KB174227

큰 글
한국문학선집

김동인 단편소설선

편주의 가는 곳

일러두기

1. 원전에는 '한자[한글]' 또는 '한글(한자)'의 형태로 혼재되어 있어 그대로 두었다. 다만 제목의 경우, 한자를 삭제하고 한글로 표기하고 이를 각주를 달아 한자를 알아볼 수 있도록 하였다.
2. 원전에서 알아볼 수 없는 글자는 '●'으로 표시하였다.
3. 이해를 돕기 위하여 편집자 주를 달았다.

목 차

청해의 객[1]

전쟁은 지금 가장 격렬한 상태였다.

이쪽과 적(敵)이 마주 대치하여, 궁시(弓矢)[2]로 싸우던 상태를 지나서, 지금은 두 편이 한데 뭉키고 엉키어 어지러이 돌아간다. 누구가 이쪽이고 누구가 적인지도 구별할 수 없이, 그저 마주치는 사람을 치고 찌르고— 내 몸에 칼이나 화살이나를 얼마나 받았는지, 그런 것을 검분할 수도 없이, 다만 흥분과 난투 중에서 덤빌 뿐이었다.

전쟁이라기보다 오히려 난투에 가까운 이 소란에 엉키어 돌아가면서도, 무주도독(武州都督) 김양(金陽)

---

1) 淸海의 客

2) 활과 화살

은 한 군데 목적한 장소를 향하여 나아가려고 애썼다. 저편 한 사오십 간쯤 맞은편에서, 칼을 높이 들고 어지러이 싸우고 있는 중노인(자포(紫袍)[3])를 입은 것으로 보아, 신분 높은 사람임이 분명하였다)이 있는 곳으로 나아가 보려고, 무척이 애를 썼다.

그러나, 겹겹이 막힌 적아(敵我)의 난투에, 팔 하나를 자유로이 움직일 수가 없을뿐더러 김양 자신도 또한 칼과 방패로서, 이 전쟁의 당사자의 한 사람인 책무를 다하여야 할 몸이니, 아무리 어려서부터 오늘까지 무인(武人)으로 닦고 다듬고 단련한 철석같은 몸이라 할지라도, 오늘 아침부터 지금까지 난투를 겪어온 몸이매, 그렇게 뜻대로 마음대로 목적한 곳에 나아갈 수가 없었다. 자기 몸에 가해지려는 창검을 피하고 막아야 하며, 그러는 한 편으로는 앞길에 겹겹이 막힌 군사들을, 적(敵)은 거꾸러뜨려야 하고 이쪽은 밀어치우거나 피하거나 해야겠고— 사람으로 꾹 멘 이 전쟁마당에서, 한두 사람을 건너 지나가기

3) 자줏빛 도포. 매우 훌륭한 옷이나 예복.

도 어려운 일이어늘, 사오십 간 저쪽에서, 간신히 옷 빛깔로 존재를 알아볼 수 있는 인물에게 어떻게 접근을 하랴.

그러나 어떻게 해서든 접근해야 할 책무감을 절실히 느끼는 김양은, 아직 몸에 남아 있는 힘과 용기의 있는 대로를 다 써서, 솟아 뛰고, 뚫어 보고, 헤쳐 보고, 갖은 애를 다 썼다. 다 써보았으나, 그의 몸은 그 자리에서 밀리고 뭉길 뿐이지, 조금도 전진은 못 하였다. 마음 조급하기 한량없었다. 이 소란 중에서는 고함을 질러야 쓸데없고, 팔을 휘둘러야 저쪽의 주의를 끌 가망이 없었다.

무한 애를 쓰면서도 김양은, 내심 맥이 풀리고 기운이 죽었다. 맞은편 자리의 인물[紫袍[자포]]과 모이기는 모이어야 할 것이지만 모인댔자 인제는 쓸데가 없었다. 말은 '난투'라 하고 보기에도 '난투' 같기는 하나, 인제는 '난투'의 고비는 지났다. 이편 쪽의 완전한 패배(敗北)이었다. 지금 범벅되어 난투하는 군졸들은, 그 대개가 '적'이지, 이편은 얼마가 안 되었다. 적이 적끼리, 어지러이 뭉기는 것이었다. 혹은 적인지 자기편인지 모르고- 혹은, 그것은 짐작하지만 제 몸을 이 어지러운 굴함에서 좀 안전한 데로 뽑아내고자- 소란에 소란을 가하는 것이었다.

지금 김양이 헤매는 근처가 가장 혼잡 분란한 곳이었다. 여기서 열아믄 사람쯤만 헤치고 나아가도, 거기는 여기 같이는 혼잡되지 않다. 거기서면 앞을 뚫기로 여기보다는 나아 보였다.

하다못해 거기까지라도 나아가고자 김양은, 이 혼잡 틈에서 있는 힘을 다썼다.

숱한 애와 힘과 시간을 삭이어서, 김양은 가장 빽빽한 구덩이에서 벗어났다. 벗어나서는 조금 자유로이 된 팔다리를 움직여서, 앞으로 자포의 중노인을 향하여 맹진하였다.

“상대등(上大等-벼슬이름).”

김양은 마치 붙안으려는 듯이 양팔을 벌리며, 자포의 중노인을 불렀다.

난군 중에 어지러이 싸우던 (상대등이라 불리운) 중노인은 낯을 돌려, 자기를 부른 사람을 보았다.

“오오, 김 도독! 피차 무사한 모양을 보는구려. 우징

(祐徵)[4]은 어디 있는지, 예징(禮徵)[5]은 어디 있는지….”

상대등은 이 어지러운 가운데서도, 얼굴에 미소를 띠고 침착한 소리로 응하였다.

“젊은이들이오매 어디 무사히 피했을 줄 생각하옵니다. 상대등, 지금 천금으로 바꿀 수 없는 존귀하오신 옥체, 무사히 오신 옥안 우러르오니, 기쁜 말씀 올릴 바이 없사옵니다. 인제 불행 옥체에 조그만 하자(瑕疵)라도 생기 오면, 지하의 선왕과 국인들을 무슨 낯으로 대하오리까. 누추합지만 잠깐 소인의 품안에 옥체 감추시고, 이 호혈을 피하오셔 뒷날의 좋은 기회를 기다리는 것이 온당치 않을까 하옵니다.”

“그도 그럴 듯하지만-.”

한번 사면을 둘러보았다.

“잠깐 엎드려 이야기합시다. 우리가 누구인지 알기

---

4) 신호왕(神虎王)의 휘(諱). 신라 45대 왕으로 신무왕(神武王)이다.

5) 45대 신무왕(神武王) 우징(祐徵)의 아버지 균정(均貞)의 매서(妹婿), 또는 우징의 조카라고 한다. 42대왕 흥덕왕(興德王)이 죽자 김명(金明) 등은 제륭(悌隆=僖康王)을 받들고, 우징(祐徵)은 아버지 균정을 받들어 서로 싸웠는데 예징은 우징의 편에 섰다. 우징은 일에 실패하여 먼저 청해진(淸海鎭)으로 갔고 예징도 따라갔다. 46대왕인 문성왕(文聖王: 神武王의 아들)은 840년 예징을 상대등(上大等)으로 삼았다.

만 했다가는 무사치 못할 테니, 시재의 방편으로—.
나 혼자 때보다도 도독까지 와서 두 사람이 모이니,
더 남의 눈에 띄기 쉬워. (두 사람은 거기 웅그리고
앉았다.) 자, 도독! 도독의 손을 이 내게 좀 주시오.
그렇지, 그렇게. 도독의 손을 잡고, 이 위난의 마당에
서 내 도독께 부탁할 일이 있소이다. 무론 들어 주실
줄은 알고….”

김양은 깊이 머리를 숙였다. 아무런 부탁 내지 명령
일지라도 듣겠읍니다는 뜻이었다.

“다른 게 아니라, 내 이미 늙었고— 늙으면 참 할
수가 없어. 당연히 될 일도, 이게 능히 될까…고 의심
이 간단 말이지. 이미 늙어 여생도 얼마 못되겠거니
와, 이렇듯 심신의 기력이 줄어 없어진 내가 무슨 변
변한 일을 하겠소. 모든 일을 사퇴하고 물러앉겠으
니, 뒤에 남는 우징(祐徵)이를 도독이 돌보아주시오.
아직 철모르는 소년이지만 본질이 그다지는 못나지
않은 것 같아. 좋은 보호자가 잘 가꾸기만 하면, 쓸모
도 있음직해. 이 소란의 마당에서 무슨 상세하고 분
명한 부탁을 하리까. 이만치만 하면 도독이 알아 처

리할 테니까— 그러니 부탁은 그만치 하고, 자, 나는 여기서 동쪽으로 빠져나갈 테니, 도독은 서쪽으로 빠지시오. 요행 둘이 다 무사히 상봉할 날이 있으면 그런 기쁜 일 다시 없거니와, 못 만난대도 부탁은 부탁으로, 자 서쪽으로. 표적나는 웃옷 벗어버리고—."

"아이, 상대등— 한마디만, 꼭—."

그러나 상대등은 못 들은 듯이, 몸을 빼쳐서 난군 틈으로 끼어들었다.

김양은 뒤따라 일어서서 미친 듯이 팔을 저으며 상대등을 부르며, 그 뒤를 따르려고 난군 틈으로 끼어들었다.

그러나 두 걸음 세 걸음 나아가다가, 유시(流矢)[6] 한 대를 등에 받고 그 자리에 넘어졌다. 그러나 그의 신분을 아는 자 없어서, 이를 자랑하여 공을 세우려는 적도 없었고, 이를 보호하여 고토에 안장시키려는 이편 쪽도 없었다.

때는 신라 흥덕왕(興德王) 십일년 섣달, 흥덕왕 방

6) 목표를 벗어나 빗나간 화살. 누가 어디서 쏘았는지 모르게 날아오는 화살.

금 승하하여 나라는 국상 중이었다.

일찌기[7] 흥덕왕은 왕위에 오르기 전에 장화(章和) 부인이라는 사랑하는 배필이 있었다. 흥덕왕이 왕위에 오르자, 부인은 '왕후'의 영화를 누려볼 겨를도 없이 불행히 승하하였다.

장화부인을 끔찍이 사랑하던 왕은 부인 떠난 뒤 다시 새 왕후를 맞지 않고, 먼저 간 장화부인을 사모하는 쓸쓸하고 애타는 왕생애를 십일 년간 보내다가, 당신도 부인의 뒤를 따른 것이었다.

그런지라 적(嫡)출 왕자가 없었다. 따라서 왕이 승하하면 국가적으로 뒤를 이을 주인이 없었다. 왕족 중에서 가장 가깝고 영특한 분을 모시어다가 위를 맡길밖에 없었다. 왕후라도 있으면, 이 중임의 일부를 의논이라고 할 것이나, 이 왕께는 왕후도 없었다. 가까운 종친으로는 당제(堂弟) 상대등(上大等) 김균정(金均貞)과 균정의 아들 시중(侍中) 우징(祐徵) 및 또 다른 당제(堂弟)의 아들 김제륭(金悌隆—제륭의 아

7) 일찍이

버지는 세상 떠났다)이 있었다.

김균정과 우징의 부자, 김제륭—이렇게가 가까운 종친이었다. 따라서 흥덕왕이 승하하면, 김균정과 김제륭 가운데 후계 임금이 날 것이었다. 균정이나 제륭이나 둘 가운데 한 사람이 양보하지 않으면 당연히 왕위계승의 쟁탈전이 벌어질 것이었다.

태종무열왕의 2세손이요, 이 나라 가장 명문의 하나인 김양(金陽)은, 흥덕왕 승하 때에 무주도독(武州都督)으로 임지(任地)에 있었다.

국왕 승하의 슬픈 보도를 받고 그는 서울로 달려 올라왔다. 현왕 승하하면 당연히 왕위계승의 문제로 분쟁이 일어날 것을 짐작하고, 거기 한팔 쓰려고 달려온 것이었다.

양은 균정과 가까이 살았다. 어렸을 때부터 균정을 모시며 자랐으니만치 균정의 위인을 잘 안다. 대행왕께 적왕자(嫡王子)가 있었으면 다른 말 쓸데없지만, 그렇지 못하면 균정이야말로 후계왕(後繼王)으로 가장 적임자라고 양은 굳게 믿는다. 그 인품, 인격—천 년에 가까운 이 사직을 물려받을 중한 자리라, 소홀히 결정하였다가는 큰일이다.

양이 잘 아는 바, 균정은 어느 모로 뜯어보아도 추호 부족한 데가 없는 인물이다. 더우기[8] 만약 균정이 그 자리에 아니 오르면 당연한 순서로 거기 오를 사람인 김제륭은 사람이 약하고 게다가 좀 경망하였다. 임금이 되기에는 부족하였다.

만약 균정이라는 사람이 없고, 제륭 단 혼자면 세부득이하지만, 균정이라는 훌륭한 적임자가 있고야, 왜 부족한 이를 위에 모시랴.

그렇게 되면 그것은 국가의 괴변이다. 이런 괴변이 생기지 않도록 사전(事前)에 방지하기 위하여, 양은, 황황히 국상중의 서울로 달려온 것이었다.

달려와서는 그래도 좀 주저하는 균정을 등 밀다시피 해서 적판궁(積板宮)으로 들여 모시었다. 일가 병사(兵士)들로 숙위케 하였다.

일이 이렇게 되매, 경쟁자인 파에서도 가만 있지 않았다. 군사를 풀어 적판궁을 둘러쌌다.

---

8) 더욱이

양은 여기 오산(誤算)을 한 것이다. 균정을 대궐로 모시어 즉위케 하고, 국왕의 명으로 호령하면, 그 뒤는 일이 순순히 될 줄로 믿었다. 국왕의 명령에 거역하면 이는 즉 반역이니까…. 그렇기 때문에 충분한 병력(兵力)의 준비도 없이 즉위의 절차부터 하였던 것이었다.

그러나 제륭의 파에서는 균정을 왕으로 여기지 않고, 따라서 균정의 호령을 왕명으로 알지 않고, 양이 궁문에 나서서, 신왕이 여기 계신데 너희들은 어찌 반역을 하느냐고 호령해 보았지만, 거기 대한 대답으로는 화살을 보낼 뿐, 더욱 포위를 굳게 하고, 싸움을 돋우었다.

하릴없었다. 수 적은 군사로써, 몇 천의 적(敵)과 싸우지 않을 수가 없었다.

저쪽은 하도 수효가 많은지라, 서로 자기네끼리도 밟고 밟히어 죽는 무리가 적지 않았지만, 적은 인원으로 많은 사람과 싸우느니만치, 이편은 마침내 전멸 당하였다.

이쪽의 수령격인 김양이 유시(流矢)에 맞아 거꾸러

지는 그때쯤, 동편으로 뚫고 나가던 균정은, 그의 채 벗지 못한 자포(紫袍)의 탓으로, 제륭(悌隆)파의 손에 비참한 최후를 보았다.

제륭은 그의 일파의 옹위로써 왕위에 올랐다. 즉 희강왕(僖康王)이었다.

신왕의 경쟁자이던 균정은 세상 떠났으며, 균정의 아들 김우징(金祐徵)은 어디로 갔는지, 종적이 사라졌다.

지금으로 이르자면 남조선 전라남도. 전라남도에도 남쪽 바다에 완도(莞島)라는 섬이 있다.

지금으로부터 일천 년 전, 완도는 신라의 영토였다. 본시 백제의 영토이던 것이 백제 망하며 신라에 속하였다. 땅이름은 청해(淸海)라 일컬었다.

신라에서는 청해에 진을 두고, 궁복(弓福)이라는 무인(武人)을 대사로 보냈다.

본시 궁복은 용력이 있는 사람으로, 일찌기 당나라에 가서 오래 있었다.

있으면서 본 것이, 당나라 사람들이 늘 신라로 건너

와서 신라인을 잡아다가 종으로 부려먹고 종으로 매매하는 일이었다. 제나라 사람들이 이런 비참한 일을 당하는 것을 분하게 생각하여, 본국으로 돌아와서 왕(홍덕왕 때)께 아뢰어 신라와 당의 요로(要路)인 청해에 진을 두게 하였다.

나라에서는 궁복으로 이 청해진의 대사(大使)를 삼았다. 궁복이 청해를 지킨 이래로는, 신라인 약탈 매매의 폐단이 없어졌다.

내지(內地)에서는 홍덕왕이 승하하고 그 뒤 얼마 옥신각신하다가 희강왕이 보위에 오른 지도, 제이년째 되는 해 오월. 희강왕의 아래서 왕의 조카뻘 되는 김명(金明)이 상대등(上大等)이 되어 나라의 권세를 한 손에 잡고 흔들고 있었다.

내지에는 그런 분란이 있었지만 내지와 멀리 떨어져 있는 이 고도(孤島)는, 내지의 바람 내지의 물결 다 관계없이 오직 평화와 안온의 꿈에 잠겨있었다.

이 외딴 곳에서 독재왕의 노릇을 하고 있는 궁복은, 오월의 상쾌한 해풍(海風)을 받으며 손[客[객]]과 마주 한담을 하고 있었다.

젊은 손이었다. 지금 겨우 소년의 역을 지난 듯 만 듯한 소년이로되, 어디인지, 어떻게인지, 사람을 위압하는 위력이 있어, 천병만마지간을 다 다녔고, 무한 거만하여, 웬만한 사람을 사람으로 여기지도 않는 대사 궁복도, 이 소년에게는 자연 굴복하는 태도를 취하지 않을 수가 없었다. 월전(月前)[9]에 표연히 이 섬에 들어와서 궁복에게 기탁(寄託)하고 있는 정체모를 소년이었다.

몇 번 소년의 근본을 물어보았지만, 소년은 미소하며 대답을 피하였다. 그러면 궁복은 재쳐 물을 기운조차 꺾이리만치 그 소년에게는 알지 못할 위압력이 있었다.

오월 하풍에 주안을 벌려 놓고, 소년과 마주 앉아 술을 나누며 담소하던 나머지에, 소년에게서 이런 말이 나왔다—.

"대사의 막하에 용졸(勇卒)을 모으면 몇 명이나 되리까?"

9) 달포(한 달이 조금 넘는 기간) 전

"오천은 되오리다."

"오천… 오천…. 그 오천은 대사의 한 호령에 수화를 가리지 않으리까."

"그러오리다."

이것으로 이 대화는 끝이 났다. 궁복은 좀 더 캐어보고 싶었지만, 캐어 본댔자 소년은 슬쩍 피할 것으로 보아, 그만두고 말았다.

그 며칠 뒤, 소년은 궁복에게, 오천 군졸을 좀 빌려달라, 청하였다. 자기가 창안한 결진(結陣)10)법이 있는데 아직 써보지 못하였으니, 그 군졸로써 시험해보겠다는 것이었다.

궁복은, 진졸(陳卒)을 소년에게 빌려주었다. 삼사 일 지나서 궁복은, 몸서리치도록 놀랐다. 소년이 군졸들을 데리고 습진(習陣)한 지 단 삼사 일, 소년의 손 아래서 놀아나는 군졸의 실력도 놀랄 만치 진척되었거니와, 그 군졸들이 소년의 한 마디 호령에 복종하기를, 그들의 여러 해 동안의 상관인 자기에게보다

10) 많은 사람이 모여 기세를 올리면서 단체 행동을 함. 전투에서 진(陣)을 침.

더 순순한 것이었다.

무시무시하였다. 그러나 말없는 위력에 눌려서 거역하거나 괄시할 수가 없었다.

세월이 흐르기를 한 달… 두 달… 석 달… 넉 달….

그 해도 어느덧 넘어가고, 이듬해(희강왕 제삼년째).

서울서는 왕위쟁탈의 또 한 개 괴변이 일어났다.

희강왕의 조카뻘 되는 상대등 김명. 상대등으로 국권을 오로지 하던 김명은, 상대등으로 흔드는 국권만에는 미흡함을 느끼었던지, 딴 장난을 시작하였다. 부하들을 움직이어 먼저 왕의 측근 신하들을, 차례로 없이하였다. 그 없이하는 궁극의 목적을 뻔히 아는 임금은, 당시의 힘으로는 이를 제지하거나 막거나 할 실력이 없어서, 스스로 대궐에서 목을 메어, 당신의 생명을 끊었다.

자기의 손으로 왕을 시(弑)하지 않고도 목적을 달한 김명은 스스로 서서 임금이 되었다. 민애왕(閔哀王)이었다.

청해진에서 이 소식을 들은 정체모를 소년은 한순

간 얼굴빛을 변하였다.

그날 저녁 의문의 소년은 대사 궁복과 조용히 (사람들을 물리치고) 마주 앉았다.

비로소 자기의 신분을 말하였다.

균정의 아들 우징이었다. 흥덕왕 승하한 뒤에, 아버지 균정이, 일가 형뻘의 제륭(희강왕)과 왕위를 다투다가, 아버지 균정이 참패 참사하고, 제륭이 왕위에 오르게 되자, 우징은 신변의 위험을 느끼어 이리저리 피하고 숨어다니다가, 청해에 겨우 은둔소를 찾아내고 궁복에게 몸을 의탁하고 있던 것이다.

불끈불끈 복수의 생각이 솟고 하였다. 아버지의 원수, 또한 겸해서 암약한 군주에게 첫째로는 사삿 원수를 갚을 겸 또한 국가적으로도 그 가음이 아닌 현왕께, 좋지 못한 생각이 일고 하였다.

그러나 한편으로는 이러니 저러니 하여도 현재의 국왕이요, 선왕을 모해한 찬역지주가 아니매, 자기 일신상으로 보자면 원수이지만, 국가적으로 찬탈 왕은 아니다. 자기의 아버지 균정을 떼밀고 등극한 사사로운 원혐은 있지만—이런 관계상 자기 한집안에서는 그를 떳떳한 임금으로 여기지 않았다. 하지만, 국가적으로는 흥덕왕의 뒤를 이은 정당한 임금이다.

그러매 이 임금께 위해를 가하면 이가 즉 반역이다.

그러므로, 반역심과 함께 반역 불가능의 해석을 아울러 가슴에 품은 우징은, 그것으로 늘 내심 번민하였다.

'성즉군왕 패즉역적(成則君王 敗則逆賊)'이란 말이 그대로 실현되어 현재 제륭이 군왕이 되어 있는 이상은, 그에게 반역하여 역적이라는 칭호(그때도 역시 성즉군왕이요 패즉역적일 것이다)를 뒤집어쓰기가 싫었다.

그러나 또한 사정으로 보든 적판궁(積板宮)에서의 전쟁으로 보든 그냥 방임할 수 없음을 어찌하랴.

이러한 문제에 끼어서 스스로도 자기의 거취를 작정치 못하고 모호한 세월을 보내고 있을 때에, 서울에서의 소식은, 그 문제의 임금의 피시(被弑)[11]를 알린 것이었다.

11) 임금이 신하에게 죽임을 당함

인제야말로 자기의 손을 들 때가 이르렀다.

지금 왕위에 오른 김명은, 내왕(乃王)을 시한 천하에 무도한 인물이다. 떳떳이 보검을 들어 그의 머리를 벨 수 있다. 국가적 입장에서 보아서….

또한 우징의 사사로운 원혐으로 볼지라도, 선왕(희강왕)은 나약하고 과단성 없는 분으로 연전(年前)의 적판궁의 변란도, 그이의 일이 아니고, 전혀 그이의 뒤에 숨어서 줄을 농락한 김명의 일이었다. 김명의 놀리는 줄에 대행왕은 한 어릿광대로 출연한 데 지나지 못하였다. 그때 그 고약한 줄을 농락하여 대행왕을 보위에 올려 모시고 자기는 상대등이 되어 권세를 천단하기에, 그만치만 알았더니, 혹은 그때부터 벌써 오늘날의 계획을 꾸며두었었는지도 알 수 없다.

오늘날 대행왕을 시하고 스스로 왕위에 오른 김명은, 국가적으로 시왕(弑王)의 대죄인일뿐더러 우징 자기에게는 또한 아버지의 원수에 다름없다.

인제는 당당히 문죄의 보도(寶刀)를 높이 들어, 대역무도의 김명을 수죄(數罪)할 수 있다.

문죄 수죄 다 한 뒤에, 마지막에 자기가 새로이 신

라 국왕의 위에 오른다면? 이는 망부의 숙지(宿志)일 뿐더러 국인의 마음 향하는 배 또한 이러하다.

자기의 근본과 아울러 자기의 마음까지 비로소 궁복에게 말한 우징은, 궁복에게 협력 보조를 빌었다.

무인으로서의 솔직한 성격의 주인인 궁복은 쾌히 응하였다. 더우기 우징이 균정의 아들인 것을 알고는, 궁복 자기도 균정이 임금되기를 희망하더니만치, 자기의 힘자라는껏 우징에게 견마의 노를 다하기를 맹서하였다.

그로부터 이 외딴 섬 청해에서는 일변 군사를 모집하고 일변 조련하느라고 몹시 소란스러웠다.

어떤 날 우징은, 종일 군사조련을 하고, 피곤한 몸을 집(궁복의 별저)으로 옮길 때였다.

웬 한 사람이 저편에서 우징에게로 달려왔다. 달려와서는 우징의 앞에 공손히 절하였다.

"시중(侍中)께 문안드리옵니다."

우징은 그 사람을 보았다. 보고 알아보았다.

"아이구, 이게—."

"무량하오신 것을 뵈오니 어찌 기쁘온지-."

"이게 누구요!"

다른 사람이 아니라 김양이었다. 아버지 균정과 적판궁 앞에서 맹전하다가 적시(敵矢)에 맞아 거꾸러졌던 김양.

이래 삼 년간을 생사를 알 수가 없던 양이 홀연히 나타난 것이었다.

양은 살에 맞아 거꾸러졌다가 저녁때야 피어났다. 피어나 보매 싸움은 어느덧 끝나고, 무수한 시체만 사면에 널리어 참담한 전장을 조상하고 있다.

아직 몸을 쓰기도 거북하였지만 더구나 남의 눈에 뜨일까보아, 양은 벌벌 기어서 차차 전장에서 벗어났다.

그로부터 삼 년간 몸을 숨겨 각곳으로 유리하였다. 의탁하였던 균정은 전장에서 참화를 본 것을 알았지만, 균정의 유고 우징이 이 세상 어느 곳에 살아 있을 것이라 보고, 언제든 그를 찾아서 그를 협력하여 고상대등의 유지를 달성하고자, 이리저리로 해매었다.

그러던 중에, 그 우징이 남해의 고도 청해에 있다는 소식과, 거기서 지금 군사를 모집하고 조련한다는 소식을 얻어들었다.

때가 이르렀다고 양도 일어섰다. 이전의 막하들을 부르고, 군사를 모아서 오천 명이라는 군졸을 얻었다. 이 군졸을 얻어가지고는 곧 무주(武州)를 엄습하였다. 이전에 무주에 도독으로 있었던 관계도 있고 하여, 무주를 엄습한 것이었다. 무주를 엄습하여 손아래 넣고, 다시 남원(南原)을 돌아 신라본토까지 세력범위 아래 넣은 뒤에, 청해로 우징을 찾아온 것이었다.

우징은 내지로 모셔다가 옛주인의 유지를 달성시키렴에, 부접할 지반이 없고, 군사 둘 자리가 없으면 안 되겠으므로, 우선 무주 남원 등지를 손에 넣은 뒤에 비로소 청해로 우징을 맞으러 온 것이었다.

우징, 양, 병졸들, 이 일행은 청해에서 내지로 들어왔다. 우징은 사졸들과 기거를 같이하며 고락을 함께 겪어, 그들로 하여금 이이의 앞이면 죽음이라도 피하지 않을 만한 신망을 얻었다.

그 겨울에 저녁하늘에는 커다란 살별이 나타났다. 그 살별은 꼬리를 동녘으로 향하고 있었다.

이것을 본 무리들은,

'이는 낡은 것을 제하고 새것을 펴며 원수를 갚고 치욕을 씻을 징조라'고 서로 기뻐하며 축하하였다.

김양은 평동장군(平東將軍)[12]이라 하였다. 동방을 평정한다는 뜻이었다.

우징의 이름으로 천하에 장군들을 불렀다.

김양순(金亮詢)이 무주군(武州軍)을 인솔하고 달려온 것을 필두로, 천하의 장군들이 우징의 막하에 모여들었다.

우징이, 염장(閻長), 정년(鄭年) 등 여섯 장군으로 하여금 군사를 인솔하고 북을 두드리며 무주성에 들 때 같은 때는 군용이 진실로 당당하고 성하였다.

신왕인 김명에게는 반역군이요 국가적으로는 토역(討逆)[13]군인 이 군대는, 착일착 점령지대를 넓히며

---

12) 신라 제44대 민애왕 때 김양이 왕권을 빼앗기 위한 군대를 청해진에서 조직하고 스스로 칭한 직함.

13) 역적을 토벌함.

동진하였다.

여러 곳에서 그곳 수장(守將)에게 반항을 받았지만, 반항하는 자는 모두 참패하였다.

신라대감(新羅大監) 김민주(金敏周) 같은 사람은 적지 않은 군사를 끌어가지고 반항을 하였지만 우징의 막하 장군 낙금(駱金), 이순행(李順行) 등이 마병(馬兵)으로써 돌격을 하여 이를 평정하였다. 토역군인지 반역군인지 장차 결과를 보아야 밝혀질 우징의 군대는, 평동장군 김양의 지휘 아래, 옛날의 국경도 무사히 넘어, 동진(東進)을 계속하여 새해 정월 열아흐렛날은 대구(大丘)에 이르렀다. 인제는 서울도 지호간이었다.

요 며칠 전에 선왕을 목매게 하고 스스로 서서 임금이 된 김명은, 관군(官軍)을 호령하여 나아가 맞아 싸우게 하였다. 관군을 내어보내기는 하고도 왕은 스스로 절망의 탄성을 연하여 내었다. 위에 오른 지 불과 수삼삭, 아직 내 백성 내 군사라고 믿을 만한 사람은 얻지 못 하였는데, 돌연한 이 변란이요, 더우기 변란의 주인인 우징은 그의 아버지의 대부터 관민간에 많은 존경과 애모를 받던 사람이었다.

이러한 입장이매 분명한 패배요 멸망이다.

근신 시종들도 모두 도망가고, 겨우 붙들어 둔 두세 명을 데리고, 왕은 망루(望樓)에서 형편 형세를 살피고 있었다. 대구를 벌써 지난 적군(?)이매, 관군과는 서울 근교에서 부딪칠 것이다. 부딪치면 그 결과는?

분명한 패배일 줄 알면서도, 그래도 천에 하나의 요행을 기다리는 왕은 시종들과 교외 쪽을 바라보고 있었다.

그 날은 요행 무사하였다.

자리에 들었으나 잠을 못 이룬 김명 왕은, 전전불매할 동안 삼경 사경쯤 갑자기 소란한 소리가 일었다.

옷도 입은 채였던 왕은 그냥 자리에서 뛰쳐나왔다. 무슨 소리인지 알아볼 겨를도 없이 전외로 뛰쳐나갔다.

어두운 가운데, 엎어지며 넘어지며 대궐 뒷문으로 빠져나왔다. 시종 한 명도 없이— 아니, 오히려 시종에게라도 들킬세라 몸을 숨겨서, 이궁(離宮)[14]으로 달려가서 숨어들었다. 이궁에서도 전에 들지 못하고 헛간에서— 헛간에서도 숨도 크게 못 쉬고 숨어 박혔다.

그러나 하늘은 그의 죄를 용서하지 않았다.

왕을 찾아 본궁으로 달려 들어갔던 병사들은 본궁에서 목적한 사람을 찾아내지 못하고 이궁으로 쫓아와서 이궁에서도 헛간에 와들와들 떨며 숨어 있는 인물을 종내 찾아내었다.

팔자에 없는 왕 노릇을 몇 달간 하여 본 대상으로 그는, 아직 좀 더 살 만한 생명을 잃어버렸다.

우징군의 통솔자로 장졸을 인솔하고 왕성안에 들어온 김양은 우선 시민들을 안돈시켰다.

"목적한 바는 김명 한 사람이라, 김명 이미 하늘의 벌을 받았으니 너희들은 마음 놓고 경거망동하지 말라."

그리고, 막하 장령을 돌아보았다—.

"생금하란 흉도는 생금했느냐."

"네이. 여기 대령하왔읍니다."

---

14) 태자궁 또는 세자궁을 달리 이르는 말.

"불러내라."

김양의 분부로 끌려나온 인물— 그는, 왕(김명)의 가장 심복막하로서, 일찌기 적판궁의 싸움에서는 가장 횡포하고 잔학한 일을 많이 하였고, 지금껏 김양의 적수로 적대해 오던 배훤백(裴萱伯)이었다. 적판궁 싸움에서는 김양을 향하여서 네 대의 살을 쏘아, 양의 다리에 지금까지 상처의 자리를 남긴— 개인적으로도 양의 원수였다.

그런 인물인 만치 간도 큰 모양이었다. 열패자로서 승리자인 양의 앞에 끌려나오니만치, 당연히 죽을 것으로 각오를 한 모양으로 맞은편에 딱 버티고 섰다.

양은 훤백을 바라보았다. 빙긋 웃었다. 웃으면서 입을 열었다—.

"충견(忠犬)은 제 주인을 위해 짖는 법이라, 네가 네 주인을 위해 내 다리를 쏜 건 의사(義士)야. 너는 혹은 내가 너를 죽일 줄 알았는지 모르나, 내 어찌 의인을 죽였다는 악명을 후세에 남기랴. 네 집에 돌아가서 가솔을 거느리고 여생을 보내거라."

그리고 군졸들을 돌아보았다.

"야. 이 사람을 고이 제 집으로 돌려보내거라."

죽을 줄 알고 죽을 각오로 끌려나왔던 훤백에게는 이 처분은 꽤 의외인 모양이었다. 눈이 휑하니 물러나갈 생각도 않고 양의 얼굴만 쳐다보고 있었다.

어서 물러가란 재촉을 몇 번 받고 군졸에게 어서 나가자는 재촉까지 몇 번 받은 뒤에야 훤백은 그 자리에 넓적 엎드렸다.

"대인! 지난 허물을 관대히 용서해 주신다면, 장차 대인을 위해 이 목숨, 아끼지 않으오리다."

"오오, 만약 그럴 생각이라면 이 나를 위해서보다, 장차 위에 오르실 나랏님을 위해서 나랏님께 내게 대신으로 바쳐 올려라."

"그야… 다시 말씀 안 하실지라도…."

"자, 그럼 물러가거라. 예전 김명에게 바치던 충성을 백배하여 새 나랏님께 바치기를 잊지 말아라."

"어찌 잊사오리까."

김양의 지휘로 대궐은 깨끗이 수리가 되었다.

천하이 바야흐로 무성하려는 첫여름 사월에, 이 대

궐의 새 주인 시중 우징은 만도 시민의 만세성과 백관의 봉영으로 대궐로 들어와서, 구오(九五)의 위에 올랐다.

신무왕(神武王)이었다.

(『조광(朝光)』, 1944.4)

최선생

최일이가 그의 제자 이준식의 아내와 관계를 맺게 된 것은 이상한 찬스에서였다.

일이는 어떤 보통학교의 훈도였다. 준식이는 그 보통학교 출신이었다. 사람됨이 고지식하고 고지식하니만치 또한 인정 깊은 일은 준식이가 재학 시부터 준식이를 퍽 사랑하였다.

그 사랑하는 까닭은 공부를 잘한다든가 재주가 있다든가 하는 것이 아니요, 준식이는 천애의 고아로서 돌보아줄 사람이 없으니 자기가 사랑한다 하는 것이었다. 준식이는 이 스승의 아래에서 보통 학교를 끝냈다. 고등보통도 일이의 원조로써 3학년까지 다녔다.

그러다가 차차 자기 철이 들면서, 공부보다도 취직이 더 큰일임을 이해하게 되자 어떤 인쇄회사의 직공의 자리를 얻으면서 공부를 중지하였다. 전매국의 여공으로 있던 지금 아내와 눈이 맞아서 부부가 되었다.

이리하여 준식이는 가정생활을 하면서는 직접으로는 일이의 원조를 벗어났다 하나 역시 일이는 게으르지 않고 준식이의 생활을 돌보아주며 틈틈이 물질상의 원조도 해주었다. 그러다가 얼마 전에 준식이가 그 인쇄공장에서 해직이 된 이래로는 생활비의 대부분은 일이에게서 나왔다. 준식이가 청하는 바가 아니로되 일이는 기회를 보아서 늘 원조하고 하였다. 원조할 의무가 있는 것같이 생각되어서였다.

말하자면 일이와 준식이는 사제의 관계라기보다도 서로 감춤 없는 가까운 친구 혹은 친척의 관계와 같았다. 따라서 준식이의 아내는 일이의 눈으로는 딸이나 조카며느리쯤으로 보이는 사랑스러운 여인이었다. 자기의 앞에서 응석을 부리고 어리광을 부릴지라도 관대한 웃음으로써 그것을 굽어보아야 할 자기의 지위였다.

그러던 것이 어찌어찌하여 일이와 준식의 아내 사이의 기괴한 육체적 결합까지 맺어지게 되었다.

그것은 어떤 여름날이었다.

집이라는 명사를 붙이기에는 너무도 참혹한 준식이의 오막살이를 일이가 찾아간 것은 무더운 여름날 공기가 온 천지를 녹여낼 듯이 삶아내는 오후 4시쯤이었다. 일이는 문밖에서 한 번,

"있나?"

하고 의례상 찾아보고는 서슴지 않고 문고리를 잡아챘다.

그러나 최일이를 맞은 것은 일이의 예기[15]해던 바와 같이 이준식이가 아니요,

"아이구, 선생님 오시네."

하면서 문을 맞받아 연 것은 준식이의 젊은 아내였다.

일이는 주춤하였다. 그 주춤한 일이의 앞에 어두컴컴한 방 안에서 준식이의 아내의 흰 얼굴이 불끈 솟

---

15) 얘기

아 나왔다.

"준식 군 어디 갔어요?"

"네, 곧 돌아오실 텐데 잠깐 들어와 기다리시지요."

"괜찮습니다. 어린애는?"

준식이의 어린애가 탈이 났다 해서 그 병문안 겸 왔던 것이었다.

"좀 그렁그렁해요."

"네……."

여인 교제에 능하지 못한 일이는 어색하여 어름어름하면서 병 앓는 어린애를 위하여 사온 과자 봉지를 내주면서,

"이거 어린애 군것질이라두 하라구 주십쇼. 준식 군 오거든 내가 다녀갔다구 좀……."

하고 그냥 돌아서버리려 하였다.

"아이구, 이런 건 왜 사오세요. 곧 돌아오실 텐데 잠깐 들어오시지요."

유난히도 고음(高音)의 주인인 이 여인의 목소리는 일이의 귀에 쨍쨍 울렸다.

"뭐 또 오지요."

시야의 한편 끝으로 준식이의 아내의 흰 얼굴을 걸핏 보면서 일이는 황황히 돌아섰다.

길모퉁이를 돌아설 때 일이가 뜻 없이 돌아볼 때 준식이의 아내의 흰 얼굴이 그냥 오막살이 문에서 자기를 바래주고 있었다.

아직껏 무관심하게 보아오던 준식이의 아내였다. 그만했으면 이쁘거니 애교도 있거니 그러나 내 생활감정과는 아무 관련이 없는 사람이거니 이만치 보아오던 여인이었다.

그러나 이날의 이 우연한 대면은 일이의 머리에 꽤 깊이 새겨졌다.

어두컴컴한 방 안에서 쑥 솟아 나오던 준식이의 아내의 흰 얼굴이 성가시게도 눈앞에 어릿거려서 일이는 그날 밤 자리에서 몇 번을 스스로 혀를 찼다. 사랑하는 친구요 후배인 준식이의 아내면 자기에게도 당연히 며느리나 혹은 조카딸과 같이 사랑스러울 사람이다. 그러나 그보다는 좀 다른 기괴한 감정의 움직임 때문에 비교적 도덕률이 강한 일이는 자기의 마음에 채찍을 가하고 하였다.

나이로 보아도 자기는 벌써 마흔이 지난 중년이요 준식이의 내외는 스물 안팎 되는 젊은이며 관계로 볼지라도 스승과 제자의 사이, 어느 모로 뜯어보더라도 별다른 감정을 품어서는 되지 않을 처지임에도 불구하고 그때 어두운 방 안에서 불끈 솟아 나오던 젊은 여인의 얼굴의 인상만은 지우려야 지워지지를 않았다.

이 불륜의 죄라도 범한 듯한 기괴한 감정 때문에 그 뒤에는 일이는 준식이를 찾지 못하였다.

실직을 하고 그 위에 몸까지 약하며 그들의 어린애도 백일해에 걸려서 신고하고 있는 줄을 번히 알며 부족하나마 좀 생활상의 조력이라도 해주고 싶은 생각도 간절하나 기괴한 양심의 가책 때문에 일이는 준식이를 찾아보지를 못하였다. 지금 한 푼의 수입도 없는 준식이의 살림이 얼마나 고달플지 그 점을 생각할 때는 준식이를 찾아서 위로며 격려도 해주고 싶고 자기의 힘 자라는껏 생활의 조력도 해주고도 싶지만 죄 아닌 죄 때문에 이 고지식한 일이는 준식이를 찾아보지를 못하였다.

한번은 언젠가 길에서 마주 오는 준식이를 보고 자기 편에서 질겁을 해서 길을 비켜선 일까지 있었다.

그러면서도…… 준식이에 대하여 미안한 생각이 더하면 더할수록 일이의 눈에는 번번이 그 어떤 여름날 어두운 방 안에서 쑥 밝은 곳으로 솟아 나오던 젊은 여인의 얼굴이 어릿거렸다. 잊어버리려면 더욱 어릿거렸다. 생각 안 하려면 더욱 생각나서 그를 괴롭게 하였다.

그 여름을 일이는 다시 준식이를 찾지 않았다. 준식이도 웬일인지 일이를 찾아오지 않았다. 준식이가 자기를 찾아오지 않는지라 일이는 더욱 마음이 무거웠다. 이치로 캐보자면 결코 그런 일이 있을 까닭도 없겠지만, 일이에게는 준식이가 자기의 마음을 꿰뚫어 보고 그 때문에 찾아보지 않는 것 같이만 생각했다.

이리하여 기괴한 자책지념 때문에 준식이와 만날 기회를 피해오던 중에 그 여름도 다 가고 초가을 어떤 날 일이는 부득이 준식이의 집에 가보지 않을 수가 없게 되었다.

백일해로 앓던 준식이의 어린애가 기관지염이 병

발하고 폐렴으로 되어서 죽었다는 기별이 왔으므로 인제는 어찌할 수 없이 준식이의 집에 가보지 않을 수가 없었다.

그사이 한동안을 오지 않았기 때문에 더욱이나 서먹서먹하여 찾기가 힘든 것을 찾아서 문밖에서 두어 마디 위로를 한 뒤에 함께 방 안으로 들어갔다.

어린애는 어제 낮에 죽어서 엊저녁으로 매장을 하였다는 것이었다.

준식이의 아내는 속이 상해서인지 아랫목에 자리를 쓰고 누워 있다가 일이가 들어오는 바람에 벌떡 일어났다.

벌떡 일어날 때에 이불에서 난 바람이 확 일이의 얼굴에 끼쳤다. 바람과 함께 무슨 그다지 향기롭지 못한 냄새까지 일이의 코로 몰려들어왔다.

일이는 눈이 아찔하였다. 젊은 여인의 몸에서 나는 냄새…….

"참, 이런 변이……."

머리를 외면을 한 채로 몇 마디 중얼중얼 위문은 하였지만, 일이는 자기로도 무슨 말을 하는지 의식하지 못하였다.

머리를 다른 데로 향하였다. 하나 일이의 마음의 눈은 연하여 아랫목으로 내려갔다. 자리에서 일어난 사람이며 혹은 그의 흰 허리든가 배가 치마 틈으로 보이지나 않나. 그것이 마음에 느껴져서 안정할 수가 없었다.

"왜 그 사이 한 번도 안 오셨어요?"

이전에는 심상히 듣던 애교 있는 음성이었지만, 그 고음이 일이의 신경을 쿡쿡 찔렀다.

"글쎄, 이럴 줄 알았더면 와보았을 걸 말이외다."

준식이의 집에 한 30여 분 앉아 있었다. 그러나 일이는 자기의 마음이 너무도 어지럽기 때문에 당연히 할 위문조차 변변히 하지 못하였다. 좁은 방 안, 젊은 여인이 두르고 앉아 있는 이불 틈에서 무슨 냄새가 나는 듯하여 그것 때문에 일이의 신경은 다른 데로 갈 틈이 없었다.

한 30분 앉아 있다가 자기 사관으로 돌아가려고 일어날 때에 일이는 분명히 보았다……고 생각하였다. 몸을 일으키는 기회에 한순간 걸핏 눈을 준식이의 아내에게 던졌던 일이는 그 순간 준식이의 아내의 허리 혹은 배쯤에서 유백색의 피부를 분명히 보았다……고 생각하였다.

그날 밤 일이는 몹시도 흥분하였다. 맹렬히 일어나는 성적 충동 때문에 머리까지 어지러웠다. 준식이에게 대해서는 무어라 말할 수 없이 미안하지만 일이는 그 젊은 여인의 유백색 피부에 향하여 ○○○○○○○○○○.

고지식한 최일이는 이튿날 학교에서 아이들을 가르치다가도 엊저녁의 일을 회상하고는 스스로 혀를 차고 하였다.

"에익."

소리까지 하여서 자기를 책망도 하였다. 교수에는 정신이 안 들고 연방 어젯밤의 기괴망측한 자기의 행동만 생각되어 뚱딴짓소리를 군소리같이 하다가는 학생들을 웃기고 말았다.

아직도 독신인 최일이라 성적 자위행동은 없을 바가 아니었다. 거리에서 본 에로틱한 광경이며 혹은 신문 기사의 간통 사건들을 회상하며 상상의 날개를 펴가면서 흥분을 더욱 돋우고, 흥분이 극도에 달할 때에 자위행동을 한 일은 결코 두세 번뿐이 아니었다.

그러나 어젯밤의 사건은 상대자가 자기의 딸이라 하여도 좋을 만한 준식이의 아내라는 점에서 그의 마음을 괴롭게 하였고 그의 양심을 아프게 하였다. 진실로 용서할 수 없는 불륜의 죄를 범한 것같이 생각되어 그리로만 마음이 쏠려서 학과에는 정신을 둘 수가 없었다.

'배나 허리나 넓적다리가 뵐 까닭이 없다. 옷을 입고 이불까지 둘렀는데 어떻게 그런 곳이 뵐까. 헛눈이다, 악희로다!'

배나 허리나 혹은 그보다 더한 곳을 보았더라도 거기다가 흥분을 느낀 자기의 죄악을 무엇으로 벌하랴!

불쾌한 하루.

다시 이제 준식이의 아내를 만날 기회가 있거든 마치 딸과 같이 흠 없이 대접해주리라. 준식이는 아들로 알리라. 다시는 결코 준식이의 아내를 '여인'으로 보지는 않으리라. 일이는 이런 결심을 단단히 하였다.

아이가 죽은 것을 기회로 준식이는 틈틈이 일이를 찾았다. 가뜩이나 고단한 살림에 아이의 병까지 과하여 찾지를 못하였던 것이다.

일이는 준식이가 오면 할 수 있는 대로 쾌활한 양을 보여주고 하였다. 자기의 죄악을 감추기 위하여 그리고 겸해서 준식이와의 사이를 더욱 흠 없이 하게 하기 위하여…….

“여보게.”

“네?”

“자네 부인, 잘 계신가?”

“네.”

이 말이 처음에는 듣기가 매우 거북하였다. 그러나 일이는 준식이가 오면 애써 이 말을 묻고 하였다. 어느 때에는 두 번 세 번 물은 일까지 있었다.

준식이에게 이 말을 물어서 자기가 준식이의 아내를 단지 사랑하는 며느리같이 안다는 것을 나타내려고 꽤 애를 썼다.

“음식 잘 자시나?”

"또 어린애 없나?"

"매우 쓸쓸해 하시겠군그려."

필요 이상 이런 말을 횡설수설해서 자기가 별다른 생각을 품지 않았다는 점을 애써 나타내려 하였다. 준식이가 자기의 아내까지 데리고 일이의 사관을 찾아오는 때도 있었다. 그런 때에도 일이는 무관심한 태도로 대했다.

준식이의 아내가 아무 흠도 없는 윗사람으로 대접해주는 것이 좀 쓸쓸하면서도 기뻤다. 자기의 괴악한 죄악이 자기 한 사람밖에는 아는 사람이 없다고 생각할 때에 적이 안심이 되었다. 준식이의 아내가 올 때는 할 수 있는 대로 눈은 그편으로 돌리지 않도록 하였다.

'온갖 죄악은 눈에서 생기느니'

다시 잘 보지만 않으면 이전과 같은 불륜한 생각은 다시 생기지 않으려니 이렇게 믿었다.

그러는 동안에 그해 가을에 준식이는 다른 어떤 인쇄회사에 직공으로 취직이 되었다. 취직이 되면서는 놀 때와 빈번히 일이를 찾지를 못하였다. 아침 8시부터 저녁 6시까지 공장에서 일을 해야 하는 준식이는 일이를 찾을 시간이 없었다.

결국 이것이 일이에게는 무지에서 해방을 당한 것 같이 시원하였다. 준식이가 오면 아무리 흠 없이 놀다 간다 할지라도 고지식한 일이에게는 양심상 얼마간 괴로웠다. 준식이가 아내까지 데리고 오면 일이는 자기의 허심을 보이느라고 무척 애를 쓰지 않으면 안 된다. 이런 귀찮은 의무에서 인제는 해방이 된 것이었다.

때때로 신문 사회면이나 지방면에서 몹시 성적으로 자격시키는 기사를 보고 그 때문에 흥분되어 기괴한 행동을 시작하다가도 문득 준식이의 아내의 이 생각나면 즉시로 성욕이 죽어버리는 것이었다. 그리고 그런 행동을 시작하려 할 때마다 물건에 따르는 그림자와 같이 준식이의 아내의 일이 생각나고 하는 것이었다.

'준식이의 아내를 엄숙히 보자. 나의 딸과 같이 엄숙히 보자.'

이렇게도 생각도 하고 이렇게 보려고 애도 꽤 썼다.

그런 엄숙히 보려는 한편에는 엄숙하지 못한 생각이 반드시 따라서 그를 성가시게 하고 그의 얼굴을 붉어지게 하였다.

여인 교제라는 것을 할 줄을 모르기 때문에 여인 친구가 없는 이일이에게는 준식의 아내는 유일한 '아는 여인'이었다. 더구나(스스로 그렇지 않기를 바랐지만) 성적으로 그를 충동한 유일의 여인이었다. 일이가 다른 일로 다른 여인의 생각을 하다가라도 그의 생각이 조금이라도 성적 방면으로 뻗으면 반드시 준식이의 아내가 그의 마음에 불끈 솟아오르는 것이었다. 그럴 때마다 스스로 자기의 마음의 따귀를 갈기고 하지만 그가 이 생각을 피하려면 더욱 그를 성가시게 하고 하였다.

성적 방면의 생각을 온전히 끊어버리면 혹은 다시는 그런 불쾌한 생각이 아니 날까 하여 그런 생각도 해보았지만 마흔이 넘은 건장한 이 독신자는 기회 있을 때마다 머리에 뛰쳐나오는 이 방면의 생각은 금할 수가 없었다.

준식이의 아내의 존재라 하는 것은 일이에게 있어

서는 꽤 불쾌한 일이었다. 도리어 어떤 처녀, 그렇지 않으면 알지 못하는 사람의 아내에게 이런 관념을 가졌었더라면 그는 아무 양심상 가책이 없이 자유로이 온갖 공상을 다 날렸겠거늘…….

그해 가을도 가고 어느덧 겨울이 이르렀다. 준식이는 취직을 한 이래로는 꽤 바쁜지 한 번도 일이를 찾아오지 않았다. 일이는 자기의 기괴한 비밀상 그의 집을 찾지를 않았다.

그런데 양력 연말이 다 된 어떤 날 이른 아침에 준식이가 허덕허덕 일이를 찾아왔다.

겨울방학 때라 좀 편안히 지내느라고 아직도 번히 자리에 누워 있노라는데 준식이가 허덕거리며 밖에서 문을 열었다. 그리고 자기는 들어오지도 않고 그냥 밖에 선 채로,

"선생님, 주무세요?"

시근거리며 일이를 찾았다.

일이는 몸을 이불로 얼싸매며 반만큼 일어났다.

"어…… 준식인가?"

"선생님, 미안하지만 저희 집에 좀 가봐주세요."

"어…… 왜 그러는가? 좌우간 들어오게나."

"아니, 공장에 가는 길이야요. 한데 그 사람(제 아내)이 감기루 좀 지금 중해요. 열이 39도에서 40도로 내왕하도록 중해요. 그런데 출근은 해야겠고 누구 집에도 한 사람 보아주는 이가 있어야겠고 참 탈났습니다. 그래서 집일은 선생님께 좀 부탁을 할랴고 그럽니다. 좀 가봐주세요."

"어……."

이 순간 일이의 머리는 천 갈래 만 갈래로 흩어졌다. 불현듯 가고 싶은 생각도 났다. 가기가 겁도 났다. 가기 싫기도 하였다. 병실의 광경, 간호하는 광경, 거절할 생각…… 천 가지 만 가지 생각이 일어나서 그는 입을 멍하니 벌리고 눈만 껌벅껌벅하고 있었다.

준식이의 말을 듣건대 아내는 혼자 있기를 매우 겁을 내며 최일 선생님이라도 좀 폐를 끼치도록 해달라고 당부를 하므로 선생님을 청하러 이리로 왔다는 것이었다. 양력 섣달그믐께라 인쇄소는 일이 여간 많지 않아서 임시로도 직공을 채용하는데 원직공인 자기가 '사보루(게으름 피우다)' 하면 이 뒤의 성적 문제에 관계되므로 자기는 집에 머무를 수가 없다는 것이었다.

“선생님, 믿습니다. 제 아버지로 알고 이런 염치없는 떼를 씁니다. 믿고 저는 갑니다.”

일이가 대답도 하기 전에 준식이는 이렇게 말하고 자기의 소속된 인쇄공장으로 달려갔다.

아버지로 알고? 그러면 자기는 준식이를 자식으로 알고 그의 아내를 며느리로 알고 가서 보아주어야겠다.

뒤이어 일어나는 모든 과거의 불쾌한 기억이며 장래 일에 대한 경멸할 만한 순간적 공상을 모두 물리치며 일이는 자기의 커다란 의협심의 발로를 보이고자 자리에서 용감히 일어났다.

열기 때문에 벌겋게 된 얼굴…… 그 가운데 또한 열기 때문에 미칠 듯이 번득이는 눈…….

“아이구, 선생님. 아유, 아유, 아유……”

일이가 들어서는 순간 준식이의 아내는 몹시도 기다렸던 듯이 윗목으로 윗목으로 몸을 돌이켜 누우며 인사와 신음을 겸하여 하였다.

그가 돌아누울 때에 너울 속에서는 뜨거운 김이 확 하니 일이의 얼굴로 몰려왔다. 거기에서 지난 가을 맡은, 그 기막힌 냄새를 다시 맡은 일이는 아득해지려는 정신을 수습하며 방바닥을 내려다보면서,

"어떠시오?"

하고 인사를 하였다.

"아이구, 선생님. 미안합니다."

열에 들뜬 얼굴에 미소를 나타내며 여인은 이렇게 말하며 이불 속에 있던 팔을 꺼내 제 이마에 얹었다.

그때였다. 일이는 보지 못할 것, 보아서는 안 될 것을 보았다. 이불이 펄떡하는 순간 그 틈으로(저고리와 치마만 입은 듯한) 젊은 여인의 흰 젖가슴과 흰 허리와 흰 배의 일부분을 보았다. 냄새는 또 한 번 확 일이의 얼굴에 얹혔다.

모든 일이 일이에게 있어서는 너무도 고약하고 기막힌 희롱이었다.

"저……."

무슨 말을 하려 하였지만 목소리가 떨려서 나오지를 않았다. 성욕의 흥분이 놀랍게도 일어나서 그를

괴롭게 하였다. 하반신에서는 육체상의 아픔까지 느꼈다. 딸과 같이 보고 친절히 간호해주려던 의협심은 어디론가 사라져 없어지고 강렬히 일어나는 성욕과 그 때문에 생기는 양심의 가책 때문에 일이는 어쩔 줄을 모르고 희번덕거렸다. 큰일이로다, 어쩌나 어쩌나, 이런 생각만 연하여 일어났다.

엉거주춤하고 앉아서 눈은 할 수 있는 대로 뒤로 치뜨고 머리를 좀 안돈시키려고 애를 썼다.

"선생님."

"어? 아니, 네?"

"미안합니다."

"좋습니다."

"이 열 좀 보세요."

눈은 감은 채 미소 비슷한 기색을 얼굴에 나타내고 하는 말이었다.

"네, 열이…… 방 안까지 화끈화끈 다는걸요."

"제 이마를 좀 짚어보세요."

"……."

"네? 여기를……."

짚어볼 자리까지 지적하였다. 체모 없는 일을 잘 하는 준식이의 아내의 이 체모 없는 청구에 일이든 혼돈된 머리로 잠깐 생각한 뒤에 드디어 용기를 냈다. 마음에 타오르는 성욕의 불길은 감추고 하다못해 표면으로라도 딸로 여기고 친절히 간호를 해주어야 할 것이다. 적어도 그렇게 보이기라도 하여야 할 것이다.

일이는 앉은걸음으로 한 걸음 나아갔다.

"자, 여기요."

가리키는 이마에 손을 갖다 대어보았다.

한순간 대어보고는 곧 떼려던 노릇이었다. 그러나 일이의 손이 이마에 닿자 여인은 제 두 손으로 일이의 손을 덮어 눌러버렸다.

여인의 양손에 손을 잡힌 채 일이는 허리를 구부리고 움찍[16] 않고 가만 있었다. 손을 뽑으려 하지 않았다. 공포와 전율과 쾌감에 어려서 차차 그의 몸까지 떨리기 시작하였다. 허리를 구부렸기 때문에 이불 가

16) (북한어) 몸이나 몸의 일부를 한 번 움직이는 모양

까이로 간 일이의 코로는 여인의 기괴한 냄새가 몰려 들어왔다.

만약 20분만 이대로 있으면 일이는 과도한 성적 흥분 때문에 반드시 기절을 했을 것이다.

시쯤 오전 "11…… 말씀이야요. 11시쯤 되면 열기가 올라요. 어제는 정신까지 잃었는데 오늘은 어쩔랴는지……."

이 말을 기회 삼아 여인은 일이의 손을 놓아주었다

"정신까지 잃으세요?"

필요 이상의 과장된 표정으로 이런 감탄사를 던진 뒤에 일이는 여인이 놓은 제 손을 아까운 듯이 끌어 올렸다.

여인은 잠이 들었다.

열기 때문에 힘없는 신음성을 연하여 발하며 잠이 들었다.

11시 거의 되어 여인은 눈을 번쩍 떴다. 희번덕희번덕 주위를 살폈다. 그런 뒤에는 무엇을 찾는 듯이 손을 내어 휘저었다. 그리고 발로는 이불을 차 던졌다.

'아아…….'

일이는 뛰어내려가서 여인의 벗어버린 이불을 씌워주었다. 눈을 꽉 감고 숨을 헐떡이며 그때에 중얼중얼 여인이 무슨 말을 하였다.

"네?"

"마코 갑은 이렇게 붙여요."

"네?"

"이렇게……."

여인은 일이의 손을 꽉 잡았다. 그리고 능란한 솜씨로 마코 갑을 붙이는 시늉을 하였다.

헛소리를 하는 것이었다. 열기가 놀랍게 오른 것이 분명하였다.

"정신 차리시오. 정신을……."

"작년 여름에는 이렇게 안 덥더니."

"정신을 차려요!"

여인은 두 팔을 높이 들었다. 들었다가 그 팔로 갑자기 일이의 목을 얼싸안았다. 그런 뒤에는 연하여 알지 못할 소리를 하며 팔을 차차 당겼다.

일이는 몸을 와들와들 떨면서 여인의 팔에 끌려 여인의 이불 안으로 들어갔다.

일이가 제 이성을 회복한 때에 일이는 이불 곁에 웅크리고 앉아 있었고 여인은 과도한 열기와 피로 때문에 곤히 잠이 든 때였다.

일이는 어쩔 바를 몰랐다. 인제는 삼십육계 줄행랑 밖에는 수가 없다 하고 여인이 잠든 것을 다행히 여기고 모자를 쓰고 문을 소리 안 나게 열고 그 집을 피해 나왔다.

그 집을 피해 나온 일이는 그 뒤를 어디서 어떻게 돌아다녔는지 자기로도 알지 못하였다.

어디를 돌아다녔는지는 모르지만 잠시도 머물지 않고 돌아다닌 것은 스스로도 안다. 그리고 그의 머리에 깊이 박혀서 그로 하여금 한순간도 안접하지를 못하게 한 한가지의 생각은, 자기는 천륜에 벗어난 짓을 한 놈이라는 생각이었다. 하늘이나 땅에 용납될 곳이 없는 자기는 무서운 죄인이라는 생각이 그의 온몸과 온 마음과 온 신경을 누르고 위협하였다.

그로부터 얼마 뒤 놀랍게도 초췌한 최일이의 모양이 자그마한 보따리를 하나 들고 영남 어떤 절간에 나타났다.

그 기괴한 사건이 있은 뒤 한때는 자살을 해보려고도 하고 한 때는 경찰에 자수를 해보려고도 하다가 두 가지 다 못하고 드디어 자기가 죄지은 몸의 피신처를 절간에 구하러 온 것이었다. 자기의 지은 바 죄를 씻기 겸하여 또한 움직이기 쉬운 자기의 마음을 굳게 잡아보기 위하여 인간 고행의 길을 떠나고자…….

이 인간 고행의 길을 떠난 최일이가 장차 그의 예기하였던 바의 목적을 달할지는 어떨지는 '세월'이라는 거인만이 증명을 할 것이다.

(부언: 연전 어떤 곳을 여행할 때에 어떤 절간에서 들은 이야기를 골자로 쓴 것이다.)

태평행[17]

서편(序篇)

일청전쟁이 끝나고, 일본은 그 전쟁에 이겼다고 온 백성이 기쁨에 넘치는 웃음을 감추지 못하는 때였다. 동양에도 이름도 없는 조그만 섬나라—부락과 부락의 전쟁뿐으로서 그 역사를 지어내려 오던 나라—종교와, 예의와, 법칙과, 학문과, 기술을 인국(隣國) 신라, 고구려, 대당(大唐) 등에서 조금씩 꾸어다가 때움질하여 오던 ×나라, 그 나라가 통일이 되고 정돈이 된 지 삼십 년도 못 되는 이때에, 대담히도 세계에

17) 太平行

찬란히 이름난 대청국(大淸國)에게 싸움을 걸어서 이겼다 하는 것은, 과연 당시에 온 세계를 놀라게 한 큰 사실인 동시에, 그만치 일본 국민에게는 기쁜 일에 다름없었다.

그리하여, 온 일본 국민이 넘치는 기쁨을 막지 못하여, 가사를 내어던지고, 영업을 내어던지고, 춤추고 날뛸 때에, 무장야(武藏野)의 어떤 벌판에 온전히 인간계의 그런 잡된 일을 초월한 듯이 한가히 날아다니던 범나비가 한 마리 있었다.

그 범나비는 고요하고 깨끗한 자리를 한 군데 찾아서, 거기 몇 알의 알을 쓸어 놓았다.

알은 벌레로 변하였다.

거미와 새, —온갖 자기를 해하는 동물들을 피하여서, 이 풀잎에서 저 풀잎으로 몸을 숨겨서 다니던 벌레의 한 마리는, 제 형제의 대부분이 피식(被食)을 당할 때에도 몸을 온전히 하여, 수렁이로 변하게까지 되었다.

겨울이 이르렀다. 찬 서리와 눈도 그의 생활력을 해하지 못하였다. 얼음과 찬바람도 땅속에 깊이 숨은 그를 어찌하지 못하였다.

이리하여 긴 겨울이 지나고 만물이 다시 살아나는 새로운 봄에 그는, 한 개의 아름다운 범나비로 화하여 가지고 세상에 나타났다.

날개의 시험의 며칠이 지난 뒤에, 그는 방랑의 여정을 나섰다. 동에서, 서에서, 그의 아름다운 자태는 무시로 보였다. 자기의 아름다움을 자랑하는 듯이 또는, 봄의 아름다움을 찬송하는 듯이 남으로, 북으로 꽃마다 잎마다 키스의 자리를 남기면서, 정처 없이 날아다녔다.

이렇게 끝없는 방랑을 즐기던 그는 차차 차차 날아서 팔왕자(八王子)의 촌락까지 이르렀다.

지금은 그만치 번화한 팔왕자이지만 당시에는 아주 쓸쓸한 한 촌락이었었다.

이 팔왕자의 하늘을 날아다니던 그는, 어떠한 집 뜰에 피어 있는 아름다운 꽃 한 송이를 발견하고 거기를 향하여 일직선으로 내려갔다.

그 집 여섯 살 난 어린애는, 어머니가 저녁을 지으려 나간 틈에 방 안에서 혼자 장난을 하고 있다가

뜰로 내려오던 아름다운 범나비[18]를 보고 그것을 잡으러 뛰어나왔다. 그러나, 위만 쳐다보고 나오던 그는 세 걸음만에 그만 불을 이럭이럭 피워 놓은 화로를 박차고 그 자리에 고꾸라졌다.

어머니가 부엌에서 달려왔을 때는 어린애는 얼굴과 온몸이 불로 데어서, 참혹히도 기절을 한 때였었다.

범나비의 아무 뜻도 없는 이 소여행(小旅行)은 여기에 그 첫 비극을 일으켰다.

기차의 기관수인 어린애의 아버지는, 이틀 밤낮을 꼭 자기의 죽어 가는 외아들의 곁을 떠나지를 않고 간호하였다. 그러나 운명이라 하는 커다란 힘은 사람의 손으로도 어찌할 수가 없었다. 어린애는, 사흘째 되는 새벽, 마침내 풍을 일으켜 죽어 버렸다.

하관(下關) 가는 급행열차가 신교역(新橋驛)을 떠났다. 기관수는 죽은 어린애의 아버지.

눈을 멀거니 뜨고 있는 그의 앞에는, 죽은 애의 형용이 어릿거렸다. 사흘을 한잠을 안 잤지만, 졸음만

---

18) '호랑나비'을 일상적으로 이르는 말

안 올뿐더러 정신은 더욱 똑똑하여졌다. 그러나 그는 아무러한 이해력도 없었다. 모든 일이 자기게는 무의미하다는 이해력조차 그에게는 없었다. 마땅히 정거하여야 할 정거장을 그냥 지나려다가 조수에게 주의를 받은 일이 한두 번이 아니었었다. 급각도(急角度)에도 전속력으로 가서(차장을 통하여) 손님에게 꾸중을 들은 일도 몇 번 있었다.

그러나 그 주의 그 꾸중이 모두 두 초만 지나면 스러져 버리고 잊어버려져서, 그는 물고기의 눈과 같은 정신없는 눈으로 다만 꺼벅꺼벅 앞을 바라보고 있을 따름이었었다. 기차는 한 번도 제 시간에 정거장에 들어서 본 적이 없었다. 그리하여 그 기차가 신호(神戶)에 거진[19] 이르러서 어떤 커브를 돌 때에, 가장 큰 비극은 일어났다.

덜걱! 소리와 함께 기관차는 선로를 벗어나서 뒤에 달린 십여 량(輛)의 객차와 함께 두어 길 되는 벼랑에서 떨어졌다.

---

19) '거의, 거의 다'의 경상도 사투리

부르짖음, 신음하는 소리, 의미 없는 고함소리, — 일본 철도사에 공전(空前)이요 또한 절후(絶後)일 떨릴 비극은 일어났다. 당시의 신문을 보건대 즉사자 이백칠십여 명, 생명이 위독한 중상자 백여 명, 그저 중상자 백여 명, 무상자(無傷者)[20] 한 사람도 없었다고 보고되었다.

그리고 그 생명이 위독한 중상자 가운데는 조선 사람 서모(徐某) 이십일 세라는 이름이 있었고, 보통 중상자 가운데 조선 여자 신함라(申咸羅) 십구 세라는 이름이 있었다.

그 비극의 결과로 생겨난 부산 비극(副産悲劇)은 몹시 컸다. 일청(日淸)교섭의 어떤 임무를 띤 대관(大官)의 즉사로 대지 문제(對支問題)의 원활히 못 된 일이며, 재계의 거두의 중상으로 바야흐로 진출하려던 일본 무역의 받은 영향 등 표면상에 나타난 문제는 둘째로 두고, 그 가운데는 무론 호주의 죽음으로 말미암아 상속 문제로 분규가 일어난 가정도 있었을 것이

20) 상처를 입지 않은 사람

었었다. 애인의 무참한 죽음에 발광하여 폐인이 된 젊은이도 있을 것이었었다.

이 사실로 새삼스러이 인간무상을 느끼어 입도(入道)한 사람이 있을지도 모를 것이었었다. 비극, 비극, 그리고 또 비극이 낳은 또 다시 비극. 결과는 또한 그 다음 결과를 낳고, 다음 결과는 또 새로운 결과를 낳아서, 지금 일본—뿐 아니라 온 세계에 그 결과의 또한 결과가 얼마나 영향되었는지 그것은 짐작도 못할 배다.

내가 무심히 강물을 향하여 돌을 하나 던진다.

그때에 그 강물에 생긴 물결이 퍼지고 퍼져서, 넓은 바다까지 이르러, 거기 일어나는 커다란 뫼와 같은 물결에 만분 일(萬分一)의 방해, 혹은 조력을 할는지 그것은 결코 예측도 못할 일이다. 그리고 또한 그 돌이 강바닥까지 내려져서 강바닥의 모래를 움직여 그것이 몇 만 년 뒤에 그 강으로서 십리쯤 동으로 혹은 서로 옮겨가게 할 동기가 될는지도 예측도 못할 일이다.

이 세상의 한끝으로 생겨나고 한끝으로 사라지는

백 가지의 일의, 그 가장 변변치 않는 한 가지라도 그 결과의 또 한 결과를 생각할 때에, 우리는 결코 숙명의 커다란 힘을 업수이여기지 못할지니 무장야(武蔵野)의 너른 드을[21]에서 자유로이 놀던 나비 한 마리가 우연히 아무 뜻 없이 팔왕자(八王子)까지 날아온 것이 사흘 뒤에는 벌써 이렇듯 커다란 비극을 일으켜 놓았다. 그리고 그 비극은 결코 거기서 막을 닫치지 않았다.

나비의 여행, 벌판에서 팔왕자 촌락까지. 그것은 아무 뜻도 없는 것이었었다.

그러나, 그 나비의 아무 뜻도 없는 소여행(小旅行)이, 삼십 년이라는 기다란 날짜를 지난 뒤에 조선에서 어떠한 결과로 나타났나? 어떠한 비극, 어떠한 희극, 어떠한 활극이 그 나비의 변변치 않은 행동의 결과로서 나타났나.

---

21) 들

20

"참 너도 걱정이로다. 왜 꾸지람을 안 듣도록 좀 몸을 단정히 못 가지느냐."

"누님 걱정 마세요. 여편네들한테 꾸지람 듣는 것은 무섭질 않으니깐."

허세(虛勢)로도 볼 수 있고 빈정거리는 말로도 볼 수 있는 이 말에 현숙이는 눈살을 찌푸렸다. 그것을 보고 일성이는 웃었다. 잘게 생긴 앞니가 전등에 반사하여 유난히 반짝였다.

"왜 눈살을 지세요? —대체 여편네란 사내를 모욕하는 것을 제일 통쾌하게 생각치 않아요?"

그리고는 대답을 요구하는 듯이 현숙이와 영옥이를 한 번 번갈아 보았다.

현숙이는 대답치 않았다. 영옥이는 신문 뒷면을 뒤지었다.

"네? 안 그래요?"

"듣기 싫다. 좀 철이 들어라."

"하하하하."

잘게 생긴 일성이의 앞니가 또 전등불에 반짝였다.

이러한 가운데서 현숙이는 머리 속에 일어나는 일종의 혼란(混亂)을 억제할 수가 없었다. 손아래 동생, 자기가 책망 한 마디만 하면 머리를 긁고 얼굴을 붉힐 줄만 알았던 일성이에게서 현숙이는 어딘지 모를 일종의 '힘'을 보았다. 그리고 그 '힘'은 불행히 현숙이의 지식과 능력으로는 어찌할 수 없는 종류의 것이었었다. 그것은 동생이라 하는 말 아래 숨어 있는 억센 사나이의 그림자였다. 예의를 예의로써 대하고 무례를 예의로써 물리칠 줄밖에는 모르는 현숙이의 상식으로써는 도저히 판단할 수 없는 손위 동생. 예외도 없었다. 경우도 없었다. 상식으로 판단할 수 있는 온갖 것은 그의 앞에서는 그 존재를 잃을 것이었었다.

그 앞에 당면한 현숙이는 아직껏의 제 인생관과 사회관과 거기서 자연히 생겨 난 처세술에 아직 더 수정을 하고 개방을 하여야겠다는 필요를 느낄 여유도 없이 먼저 그 억셈을 경멸하였다. 그 경멸에는 미움도 섞였다. 똑똑히 지각은 못하였지만 공포(恐怖)조차 섞여 있었다. 일성이의 반짝이는 이빨이 현숙이에게 몹시 불유쾌하게 보였다.

"참 이제 이 집에 오는 길에 이런 일이 있었지요. 저 앞에 수도를 고치느라고 구렁을 파지 않았어요? 그리고 거기는 한 사람이 겨우 다닐 만한 나무를 하나 걸쳐 논[22] 뿐이지요? 거기까지 와서 막 건너가다 보니깐 저편 쪽에서 여학생이 하나 건너오랍디다그려. 그래서 첨에는 내가 양보를 할까 했지만 그러나 사내가 한 번 냅딘 발을 어떻게 도로 옴쳐요? 더구나 내가 그 다리 위에 발을 먼저 올려놓은 이상에야 말야요. 그래서 막 건너가는데 그 여학생은 퍽 근시안인지 혹은 자기가 건너오면 내가 도로 물러가리라고 생각했는지는 모르겠지만 저도 당당히 건너옵니다그려. 가운데서 딱 만났지요. 누님, 여편네란 건 그런 게야요? 거기서 딱 버티고 서더니 나를 쳐다보겠지요. 아마 도로 물러가라는 뜻인가 봐요. 꼴이 미워서 나도 딱 마주 버티고 있었구료. 그러니깐 용서하세요 하더니 한 발을 내놓습디다그려. 그래서 어서 가시지

22) 걸쳐 놓은

요 하고 그냥 서 있으니깐 또 한 번 용서하라고 그래요. 너무 어이없고 미워 칵 붙안아서 이편으로 옮겨 놓아 주고 말았지요. 혹은 그— 옮겨 놓을 때에 어떻게 내 빰이 궐의 빰에 건드렸는지도 몰라요. 그랬더니 홱 돌아서면서 내 빰을 딱 하고 휘갈깁디다그려. 누님 그게 예의야요? 여편네란 사내를 모욕하는 것을 제일 통쾌하게 알 테요. 아마 궐은 인제 한 달 동안은 그 이야기를 자랑하러 돌아다닐걸요."

그런 뒤에 일성이는 또 한 번 하하하 하고 웃었다.

21

그 이야기에 부러 대척치 않은 현숙이는 영옥이에게 향하였다.

"내일 자수 강습회에 갈 테요?"

영옥이는 겨우 신문을 놓았다.

"가잖구요. 언니는?"

"나? 나는 그만둘까 봐."

"왜요?"

"사랑방도 좀 치워야겠고—."

"그게야 아침에 잠깐 다녀와선들— 가세요."

"글쎄."

일성이의 이야기에 대척치 않으려 이야기를 꺼낼 뿐 특별한 목적이며 뜻이 없었던 현숙이는 이만치로 이야기를 끝을 내었다.

그 이야기의 뒤를 일성이가 받고 일어섰다.

"영옥 씨, 자수 강습에 다니세요?"

"네."

영옥이는 간단히 대답하였다.

"불란서 자수예요?"

"네."

"누님도 다시니구요?"

"그래."

"그럼 누님, 넥타이에 수나 하나 놓아주시구료."

이런 뒤에 자기의 수놓은 넥타이를 끌어내어 내려다보던 일성이는 갑자기 제 넥타이의 내력을 자랑할 생각이 난 모양이었었다.

"누님, 이 넥타이 어때요?"

현숙이는 힐끗 볼 뿐 대답치 않았다. 일성이는 이번에는 영옥이에게 향하였다.

"영옥 씨, 어떻습니까?"

자랑하는 듯이 내어 보이는 그 넥타이에 대하여 탄상자의 지위에 서지 않을 수 없은 영옥이는 좋습니다고 하였다.

"중국 모던 걸이 수놓은 게야요."

하면서 일성이는 보아 달라는 듯이 앞으로 내어밀었다. 듣고 보니 어딘지는 모를지나 색채가 있는 듯하였다.

"조선도 모던 걸이 꽤 생겼지요? 하지만 중국 모던 걸만은 못해요. 조선서는 모던을 일본을 거쳐서 수입하는데 중국서는 직수입을 하니까요. 그만치— 조선보다 한층 더 앞선 만치 사내를 업수이여기는 도수도 더하지요. 찍하면 구두를 신겨 달라고 발을 앞으로 내어밉니다그려."

"그러면 너 같은 모던 보이는 그 신을 신겨 준 뒤에는 그것을 자랑하러 돌아다니더냐?"

이것은 농담이라기에는 너무 독한 험구였겠다. 그러나 일성이에게 대한 어떤 불유쾌한 반감은 현숙이로 하여금 아무 비판이 없이 이런 말을 하게 한 것이었었다.

영옥이가 얼른 신문을 도로 들었다. 일성이도 고소하였다.

"보구료. 누님도 남자를 모욕하는 것으로 재미를 삼지 않나."

일성이는 아직껏 여자에게 하던 빈정거림은 온전히 생각도 안하는 듯싶었다.

"그럼 네가 아직껏 여자에게 대해서 하던 말은 무에냐? 그건 여자를 모욕하는 게 아니냐?"

"나요? 그게야 사실을 예를 든 뿐이지."

"그만둬라. 영옥 씨가 속으로 욕할라."

"영옥 씨가요? 영옥 씨, 절 속으로 욕하세요? 그러진 않으시겠지요."

하면서 일성이는 영옥이를 들여다보았다. 영옥이는 얼굴이 새빨갛게 되었다.

"천만에."

그는 이렇게 말하지 않을 수가 없었다.
"보세요. 어딜 욕을 하신다구."
"영옥이도 네가 흉보는 그 '여자'의 한 사람이다."
"아 그렇던가? 그럼 전부 취소할까요?"
일성이는 머리를 긁었다.

22

일성이의 지식은 광범(廣汎)하였다. 그러나 그 지식은 조잡(粗雜)하였다. 계통과 순서와 숫자가 없었다. 그만치 어떤 편으로 보아서는 오히려 진실에 가깝다고도 할 수가 있었다.

이것은 그의 생활과 환경과 성격이 낳은 바 결과였었다. 목숨 있는 인형과 같이 아무런 일에도 간섭치 않고 지내는 어머니의 아래서 다른 감독자는 없이 자란 일성이는 그의 인생관과 지식을 온전히 다른 곳에서 얻지 않으면 안 될 자리에 있었다. 그럴 때는 손쉽게 그의 사면에는 불량소년이라 하는 떼가 있었다. 그는 거기서 지식과 인생관을 구할 수밖에 없었다. 어머니는 있지만 가정의 정이라는 것이 없는 이 소년은 집을 모르고 방랑 생활을 하였다. 활동사진과 연극은 이 소년의 커다란 오락이요 위안처였으며 겸하여 지식의 근원이 하나이었었다. 사회와는 온전히 틈을 그어 놓은 부랑소년의 축에 섞여서 사회를 바라볼 때에 이러한 방관자(傍觀者)로서야 볼 수 있는 사회에 대한 비교적 정확한 비판도 이 소년의 지식의 하나이었었다. 그것의 부산물인 역관적 사회관(逆觀的社會觀)도 그의 지식을 활약케 하는 한 힘이 되었다. 사회의 학대와 멸시는 이 소년의 마음을 더욱 비꼬아지게 하는 반면에 더욱 단련시키는 풀무불이 되었다.

게다가 이 소년에게는 천성에 타고난 화술(話術)과 그 변설을 더욱 빛나게 하는 그 독특한 역관적 사회관과 거기 어울리는 아름다운 눈과 앞니(몹시 반짝이는)가 있었다. 더구나 무기 위에는 사회의 학대의 필연적 결과로서 생겨 난 반역심과 그 반역심을 행동화(行動化)할 수 있을 만한 침착과, 그 침착을 돕는 포학

성(暴虐性)이 있었다. 부드럽게도 굳게도 아름답게도 또는 무섭게도 마음대로 변할 수 있는 그 무기는 영리한 그의 마음의 깊은 속에 숨어 있어서 주인의 나오라는 명령을 기다리고 있었다. 필요에 응해서 그 무기를 때때로 꺼내어 쓰면서 사회와 병행하여 헤엄쳐 나아가던 그는 문득 여인이라는 것을 알았다. 동시에 그 무기는 용서 없이 여인의 위에 내렸다. 혹은 아름답게 혹은 무섭게 마음대로 변할 수 있는 그 무기는 많은 여성을 정복하고 혹은 유혹하는 데 그를 도왔다. 여성에서 여성으로 혹은 제 미모를 이용하여 혹은 공갈로 혹은 변설로 많은 여성을 접하는 동안에 그의 고약한 지혜와 지식은 더욱 늘었다.

이러한 스무 살이라 하는 열성의 나이는 영리한 현숙이로도 능히 해석할 수 없고 판단할 수 없는 수수께끼였었다. 어린애와 같은 천진한 웃음을 웃는 한편으로는 때때로 억센 그림자가 걸핏걸핏 보이는 것을 현숙이는 기괴한 마음상으로 바라보았다. 그 가운데는 예기하였던 바와 어그러지는 데 대한 불만도 있었다. 모반함을 받은 듯한 노여움도 있었다. 웃동생으로서의 위신이 차차 사라져 가는 듯한 현상에 대한 분만(憤懣)도 있었다. 자존심을 상한 듯한 불유쾌함도 있었다.

이러한 기분 아래서 일성이의 이야기를 억누르려고 때때로 독설을 하는 현숙이는 그 독설이 여자로서는 굳게 삼갈 것이라고 아직껏 지켜 온 그 교양도 잊었다. 자기는 웃동생이라는 지위에 대한 자각까지 엷어졌다. 그리고 그는 점잖지 못하게 동생과 말다툼을 하여 이기려 하는 철없는 자기를 발견하였다.

23

일성이는 몹시 이야기를 즐겨하는 사람이었었다. 궤변(詭辯), 능변(能辯)—어느 편으로라도 붙일 수 있는 그의 이야기는 그의 일종의 사교술로까지 되어 있었다. 이 이야기에서 저 이야기로 이야기는 넘어갔다. 현숙이가 애써 누르려는 것은 그로 하여금 이야기를 더 많이 하게 하는 동기가 되었다.

그리고 무슨 이야기에든 그는 다 그 이야기에 자기의 판단과 의견을 붙이기를 잊지 않았다. 이것이 그의 담화술이었었다. 현숙이에게 대한 반항도 되었다. 그러나 그 뒤에는 그 판단을 증명키 위하여 어떠한 예를 들기를 잊지 않았다. 그 든 바의 예는 대개가 그 독특의 것으로서 어떻게 보면 억지의 예라고까지 할 수 있으나 그는 그런 것은 기탄치 않았다.

그리고 그는 그 이야기를 하는 동안 현숙이와 정면으로 충돌하는 것조차 사양치 않았다. 이야기가 어떻게 하여 불량소년이라는 데 미쳤을 때였다. 일성이는 문득 영옥이에게 이렇게 물었다.—

"영옥 씨, 세상에서 저를 불량소년이라는데 영옥 씨도 그렇게 보십니까?"

"천만에."

얼굴이 새빨갛게 되며 영옥이는 이렇게 대답치 않을 수가 없었다. 일성이는 뒤를 쫓아왔다.

"그럼 저를 어떻게 보십니까? 한 번 속임 없는 판단을 듣고 싶습니다."

영옥이는 대답할 바를 몰랐다. 다만 엄지손가락으

로 손바닥을 긁으며 침을 한 번 삼킬 뿐이었었다.
"네? 아무런 말씀을 하셔도 탄하지 않겠읍니다. 말씀해 보세요."
"그게야—."
"네? 그게야 어때요?"
영옥이는 또 막혔다.
"네? 말씀해 보세요."
이러한 추격전에 현숙이는 조정자로서 들어서지 않을 수가 없다.
"일성아, 예절을 알아라."
"누님은 가만 계시오. 영옥 씨, 어떻습니까?"
"야!"
현숙이는 눈으로 꾸짖으면서 다시 불렀다.
"왜 이래요. 이건 언론압박이요 뭐요? 남의 말에 가로 들어서 가지고."
여기 대하여는 현숙이는 대답할 바를 몰랐다. 이러한 불법과 무례의 앞에 쓰는 대항책은 그는 아직 못 배운 것이었었다. 현숙이의 마음은 노여움으로 떨렸다. 그러나 어찌할 도리는 없었다. 이 위에 웃동생으로서의 위엄을 쓰려다가는 더 창피한 꼴을 보기는 명백한 사실이었었다. 이것을 청년의 혈기라고 용서할 만한 관대한 마음과 여유를 잃은 현숙이는 증오에 불붙는 눈으로 일성이를 바라보는 것으로 끊칠 수밖에 없었다. 그리고 여기 대한 대책으로는 할 수 있는 대로 일성이의 이야기를 무시하는 것으로 유일의 방책을 삼으려 하였다.

그 뒤부터는 할 수 있는 대로 현숙이는 영옥이와 이야기를 하였다. 영옥이의 이야기가 끊어질 기회를 피하였다. 이리하여 일성이의 입을 봉하려고 하였다.

그러다가 기회를 엿보아 가지고 어머님이 기다리시겠다는 것을 구실삼아가지고 영옥이를 큰댁으로 올려보내었다. 일성이도 문밖까지 쫓아나와서 영옥이를 보냈다.

"영옥 씨, 혹은 오늘 저녁에 제가 실례된 일이 있을지라도 그다지 나쁘게 생각치 말아 주시기를 바랍니다. 본시 제 성미가 예절이라는 건 모르니깐요- 그럼 또-."

"안녕히 계세요. 응- 언니 내일 강습회에서."

이렇게 영옥이를 보낸 뒤에 남매는 방 안으로 들어왔다. 제각기 전투를 준비하면서—.

24

"누님 노하셨소?"

방 안에 들어오면서 일성이는 웃으며 이 말부터 물었다. 현숙이는 대답치 않았다.

"자미[23)]있는 작자인데— 누님, 어때요 내 교제술이?"

"용하더라. 기껏 경멸은 샀으리라."

"경멸?"

일성이는 오히려 의외라는 얼굴을 하였다.

"좌우간 작자에게 어떤 인상을 주었겠읍니까? 어디 알아보세요."

"극도로 나쁜 인상이야 주었지."

23) 모양을 내어 아양을 부림

"만세. 용하외다. 그게 내 목적이니깐."

현숙이는 무슨 소리를 하느냐는 얼굴을 하였다.

"여자에게는 초대면에 깊은 인상을 줘야 해요. 나쁜 인상이고 좋은 인상이고 간에 초대면에 기껏 깊은 인상을 박아 놓아야 합니다그려. 여자는 인상의 심천(深淺)[24]은 절대로 변경 안하지만 선악(善惡)은 몇 번이라도 변경합니다그려. 인제 작자— 영옥이 말이외다— 영옥이를 언제 다시 만나서 그때 좀 내가 아롱아롱해 보구료. 그러기만 하면 아직껏 박혀 있던 나쁜 인상이 확 돌아와서 좋은 인상으로 되지 않나. 아마 전번에는 내가 이 어른을 잘못 봤었나 보다 하고 오히려 제가 미안해하지 않나? 그러니깐 좋고 나쁘고 간에 첫번에 깊이는 인상을 남겨 둬야 합니다그려. 깊게 남기기 위해서는 좋은 편보다 나쁜 편이 더 손쉽지 않아요? 그것도 작자들의 자존심을 꺾는다든가 수치를 준다든가 하면 모르지만…."

이 일성이의 말에 팔 분의 진리를 인정은 하였지만—

---

24) 깊음과 얕음

아니 인정하였으므로 현숙이는 더 불유쾌하여졌다.

"언제 영옥이와 다시 만날 기회를 지어만 주구료."

현숙이는 거기 대답치 않았다. 그리고 한 걸음 내었다.

"대체 뭘 하러 상경했느냐? 의논하겠다는 것이 뭐냐?"

"참, 너절한 계집애 때문에 귀한 일을 잊을 뻔했군. 누님, 돈 좀 취해 주시오."

"돈은 웬 돈이냐, 얼마 말이냐?"

"대체, 이 집 재산이 얼마나 됩니까?"

일성이는 대답키 전에 다른 문제를 꺼냈다.

"이 집 재산이야 내가 알겠니? 또 알기로서니 아직 어머님이 생존해 계셔서 모두 잡고 계시고 너희 형님부터가 매달 연구소에서 받는 월급으로 집안을 지탱해 나가는데 웬 여유가 있겠냐?"

동생에게 대한 불유쾌한 감정은 그로 하여금 이 집안의 재산 상태를 필요 이상 낮게 말하지 않을 수가 없게 하였다.

"그래도 필요가 있을 때는 큰댁에서 임시로 얻어올

수 있겠지요.”

“그건 모르겠다. 모르겠지만— 처남의 용돈까지는 안 대주리라.”

일성이는 고소하였다—.

“누님께도 가정을 살 비용을 얼마 맡아 둔 게 있겠지요.”

“좀야 있겠지.”

“대체 얼마나 맡아 두셨소?”

“너는 대체 얼마나 필요하냐?”

이러한 문답하에 일성이는 겨우 자기의 필요한 금액을 말하였다. 그리고 그 금액은 현숙이의 생각하였던 바와는 너무 액수가 틀리는 많은 돈으로서 현숙이도 그 금액에는 처음에는 자기의 귀를 의심치 않을 수 없었다.

십 원, 이십 원, 잘하면 삼십 원까지는 부를 테고 그만하면 거기 절반쯤 꺾어서 주리라고 생각하였던 현숙이에게 천 원이라 하는 돈은 제 귀를 의심치 않을 수 없는 만한 뜻밖엣 거액이었었다.

25

이 뜻밖엣 거액을 정신 있는 소리로는 도저히 들을 수가 없은 현숙이는,

“집을 사려느냐?”

이렇게 물을 수밖에는 없었다. 거기 대답치 않은 일성이는 다른 말을 꺼내었다—.

“누님, 나는 그 새 인천 있지 않았다우.”

“그럼 어디 있었냐?”

“봉천.”

현숙이의 얼굴은 한순간 변하였다.

“그리고 대련— 여기저기 떠돌아다녔지요. 벌써 반 년 전부터.”

“어머니는?”

“모르지요. 아마 인천 그냥 있을 테지— 그리고 서울 온 지도 벌써 나흘이야요. 나흘 동안을 이 집을 찾느라고…”

“이 집은 누이한테 돈 천 원을 따내려고?”

“네.”

불유쾌에서 노여움으로 노여움에서 다시 불유쾌로 – 이렇게 움직이는 현숙이의 마음은 여기서 다만 경멸의 생각밖에는 남지 않았다.

"누가 주겠다디?"

"누님이 주지요."

어떤 확신을 가진 듯이 일성이는 이렇게 대답하였다.

"천 원을?"

"네."

현숙이는 어이없어서 웃었다.

"천 원은 대체 뭘 하겠느냐. 논을 사겠느냐 밭을 사겠느냐."

"마누라를."

"무얼?"

"그 새 대련서 어떤 중국 처녀하고 약혼을 했는데 혼례 비용이 없어서 나왔읍니다."

"그래서 그 혼례 비용을 나한테 따내겠단 말이냐?"

"네, 말하자면–."

"나는 아직 천 원이란 돈을 쥐어 보지도 못한 사람이다. 또 설혹 있다 해두 그런 데는 내줄 수 없다.

그만치 알아 둬라.”

“누님한테야 없다 해두, 용언 형님한테야 있겠지요?”

“얘－야, 네가 정신이 있느냐 없느냐, 너희 형님을 어린애로 아느냐?”

“아－니오. 당당한 어른으로 신사로 알지요. 그러기에 처남의 일신상의 중대한 문제에는 천 원은 내줄 줄 알고 찾지요.”

무슨 소리를 하느냐고 현숙이는 대척치 않았다.

“안 줄까요.”

“줄 듯싶으냐?”

“그러면 만약 누님의 일신상의 중대한 문제라면 그래도 안 내줄까요?”

현숙이는 대답치 않고 일어섰다. 그리고 벽장을 열고 거기서 손철궤를 꺼내어 소절수책을 얻어내어 가지고 거기다가 오십 원을 써서 도장을 찍었다.

이것은 현숙이로서는 커다란 용단이었었다. 그 돈은 현숙이의 마음대로 쓰라고 맡겨 둔 돈이었었지만 그는 아직껏 남편과 의논이 없이 돈을 찾아 본 적이 없었다. 그러나 차차 불유쾌함이 더하여 온 그는 얼른 이것을 주어서 일성이를 쫓아 보내려는 마음에 다른 생각은 할 여유도 없었다. 천 원 청구에 십 원 내외로써 물리칠 수 없은 그는 오십 원을 쓴 것이었었다.

현숙이의 내어주는 소절수를 받은 일성이는 먼저 그 금액을 보았다.

"오십 원이애요?"

"응."

"나머지 구백오십 원은?"

"모른다."

현숙이는 잡아뗴었다.

26

"몰라요?"

"몰라."

"언제 주실 테야요?"

"몰라."

일성이의 얼굴은 문득 험하여졌다. 그러나 다음 순간 그는 헤헤 하고 웃었다.

"누님 왜 그러우? 하나 밖에 없는 동생 아니오? 용언 씨로 말하더라두 최씨 집안에서 처녀를 하나 데려온 이상에야 그 집안에 다른 처녀를 데려들이는 데 반대는 없겠지요."

누이를 팔아서 안해[25]를 얻겠다는 말로밖에는 볼 수 없는 이 말에 현숙이의 성은 마침내 폭발하였다. 그의 얼굴은 창백하여졌다. 입술과 손이 떨렸다.

숨이 허덕였다.

"누님, 성낸 얼굴이 제일 이쁘오. 용언 씨 앞에서도 늘 성을 내구료."

현숙이는 하나 둘 셋 넷 속으로 세기 시작하였다. 그리고 서른까지 셀 동안에도 그냥 성을 삭이지 못한 그는 서른하나 서른둘 또 세었다. 그리고 쉰 한까지 센 뒤에 고즈너기[26] 동생에게 명령하였다.

---

25) 아내
26) 고즈넉이

“사관으로 가라.”

“구백오십 원은?”

“가!”

“구백오십 원은?”

“행랑아범 불러서 집어내기 전에 썩 가거라. 아직 철없는 애라고 마지막에는 별 소리가 다 나오는구나 - 싫을 것 같으면 그 오십 원도 도로 두고 가라.”

일성이는 아직 쥐고 있던 소절수를 접어서 주머니에 넣었다-.

“이게요? 이게야 약조금[27]이지요. 나머지는 언제 줄 테야요?”

“받을 재간만 있거든 받으려므나.”

“동생 하나 있는 것 너무 업수이여기지 말우. 못 쓴다우- 그리고 얼른 승낙해 버리는 게 당신께도 상책이겠소.”

마침내 일성이의 말에는 협박의 색채가 띠기 시작하였다. 혹은 이 협박을 하려고 부러 누이의 성을 돋

27) 계약보증금

우었는지도 모를 것이었었다.

“넌 나를 협박을 하느냐?”

“협박이야 무슨 협박이겠소. 남 듣기도 흉하게.”

“그럼 그게 무슨 말이냐?”

“그저 그렇단 말이지. 사람이 추어내자면 흠 없는 사람이 어디 있겠소?

비단 당신뿐이 그렇단 말도 아니오.”

일성이의 태도는 차차 침착하여졌다. 그 침착한 가운데 현숙이는 무서운 폭력을 보았다. 마주 앉은 사람은 현숙이의 동생 일성이가 아니요 이전 학생시대에 활동사진에서 본 일이 있는 한 협박자이었었다. 일성이의 얼굴이 유난히 이뻐보였다.

현숙이는 입술을 떨었다―.

“그래 내게 무슨 흠이 있단 말이냐. 말해 봐라. 내게 그래 그래 그래―”

현숙이는 자기의 지위와 교양을 모두 잃었다. 비상한 노력으로써 일성이에게 달려들려던 마음을 누른 것이 최대의 인내였었다. 얼굴의 피가 모두 눈에 모인 듯하였다.

일성이는 또 헤헤 웃었다.

"게다가 약속도 있고-."

"그래 언제! 무슨 약속!"

"말해 볼까요?"

"말해라!"

"그럼-."

일성이는 점잔을 빼는 듯이 기침을 한 번 기쳤다.

27

"그렇지만 동생의 정의로서 준다면 나도 받기도 쉽겠고 받은 뒤에도 마음도 편할 걸 왜 꼭 약속을 이행한다는 형식 아래에 주라고 그러우?"

"난 그런 약속은 한 일이 없다."

"없에요?"

"없어."

"그럼 할 수 없지. 그럼 말하리다. 오 년 전-."

이렇게 말하고 일성이는 제 말의 효과를 기다리는

듯이 누이의 얼굴을 들여다보았다.

"그래."

현숙이는 증오에 불붙는 눈으로 일성이를 바라볼 뿐이었었다. 일성이는 한 마디 더 보태었다—.

"여름."

"그래."

그러나 이렇게 대답할 동안 현숙이의 얼굴빛이 좀 변하였다.

"봉천 송죽여관(松竹旅館)에서."

만약 이 말을 최후의 거탄(巨彈)[28]으로서 일성이가 던진 것이라면 일성이의 던진 탄환은 그 예상 이상으로 맞았다.

이 한 마디의 말은 명약 이상의 효력이 있었다.

현숙이는 허둥지둥 방바닥을 양손으로 짚었다. 그리고 그것으로도 부족하여 몸을 벽에 의지하였다. 거기도 아직 부족한 그는 머리까지 벽에 의지하였다.

"생각납니까? 생각 안 나면 끝까지 말하리까?"

---

28) 큰 영향이나 파문을 일으킬 만한 새롭거나 힘 있는 의견, 주장, 선언 따위를 이르는 말

일성이는 마치 쥐를 놀리는 고양이의 태도로 현숙이에게 대하였다.

그러나 현숙이는 거기도 아무 대답도 못하였다. 눈을 가느다랗게 뜨고 일성이를 건너다볼 뿐이었었다. 그 눈에는 증오도 안 나타나 있었다. 무서움도 안 나타나 있었다. 아무 표정도 없는 그 눈은 다만 눈을 감기가 귀찮아서 뜨고 있다는 것으로밖에는 볼 수가 없었다.

일성이는 그것을 바라보면서 미소하였다. 잘게 생긴 앞니가 옥과 같이 반짝 하였다.

이삼 분의 시간이 흘렀다. 현숙이는 마침내 입을 열었다. 그리고 한 마디씩 한 마디씩 똑똑히 하는 그 말은 일성에게뿐 아니라 현숙 자기에게도 뜻밖의 말이었었다—.

"자, 이게 내 대답이다. 이것은 내 오라비 최일성이에게 하는 말이 아니고 협박자 부랑자에게 하는 말이다— 나는 역시 그런 약속은 한 일이 없다. 그러니깐 물론 거절한다. 그리고 이 집은 부랑자가 발을 들여놓을 집이 아니니깐 당장에 나가라."

순간 일성이의 얼굴은 다시 험하여졌다.

그러나 곧 헤헤 웃었다―.

"그럼 오 년 전 여름 송죽여관에서 생긴 일을 서용언 씨한테다 이야기를 해도 좋습니까?"

"좋다!"

"그러면 최현숙이라는 여자의 일생이 망하게 될 터인데 그래도 좋습니까?"

"좋다!"

"누님 왜 그러시오. 그게 누님의 본의가 아닐 테지요? 할 수 없이 그렇게 대답했지 본의는 아니지요? 난 그렇게 압니다. 그리고 구백오십 원은 승낙하신 걸로 봅니다."

현숙이에게서 대답이 없었다.

"구백오십 원은 여자의 손으로는 적지 않은 돈이야요. 그것도 나는 알아요. 그러니깐 오늘로 달라는 것도 아니외다. 사흘 후― 사흘도 부족할까― 넉넉히 잡아서 한 주일 뒤에 주세요. 어떻습니까?"

"―"

"주시겠지요? 네, 그럼 그러겠지요."

일성이는 말을 혼자 주고 혼자 받은 뒤에 벌떡 일어나서 제 모자를 집어가지고 나갔다.

현숙이에게는 한 가지의 비밀이 있었다.

세상의 많은 비밀이 대개 두세 사람의 관여자가 있으며 더구나 남녀의 비밀에는 반드시 상대자라 하는 사람이 있을 것이나 현숙이의 비밀은 이 너른 세상에 자기 혼자밖에는 아는 사람이 없을 것이라고 현숙이는 굳게 믿고 있던 것이었었다.

용언이와의 혼약이 성립된 뒤에 현숙이는 이 비밀을 곧 용언이에게 다 이야기하려 하였다. 그러나 차마 그때에 자백을 하지 못한 그는 그 뒤에 다시 자백을 할 기회를 얻지 못하였다. 그러는 동안에 결혼을 하고 부부생활이 시작되어 오늘까지 이른 것이었었다.

그 비밀이 '죄'라고 부를 성질의 것인지 어떤지는 현숙이는 몰랐다. 알고자도 아니하였다. 가장 사랑하는 남편에게 자기의 처녀를 바치지 못한다 하는 커다란 비극은 그로 하여금 그러한 사소한 문제를 생각하며 판단을 내릴는지를 잃게 한 것이었었다.

그는 다만 자기의 잃어버린 정조 때문에 남몰래 고민하였다. 그리고 그것을 기다란 일생을 통하여 비밀히 하여야 할 자기의 임무(?) 때문에 고민하였다. 그보다도 또한 더욱 큰 고통은 자기와 남편의 새에 어떤 비밀이 누워 있다는 데서 나온 마음의 아픔이었었다. 어떠한 사소한 일이라도 남편을 속인다는 것과 남편에게 비밀을 가진다는 것을 불유쾌하게 생각하는 그가 여자의 생명인 정조 문제에 관하여 일생을 통하여 남편을 속인다는 것은 그에게는 과도한 짐이었다.

그때에 돌발적으로 생긴 그 사건은 현숙이에게는 책임이 없을 성질의 사건이었었다. 상대자의 이름은 커녕 어떤 사람이었는지조차 모른다는 것도 그 사건이 현숙이에게는 '책임'이 없다는 것을 증명하는 일단이 된다. 따라서 그 사건은 완전한 비밀이라고도 할 수 있는 사건이었었다. 상대자는 상대자가 혼자서, 현숙이는 현숙이 혼자서 제각기 가지고 있는 절대적의 비밀이었었다. 이제 어떠한 자리에서 두 사람이 마주 선다 할지라도 그때의 그 사건의 관계자로서

서로 알아볼 수조차 없는지라 따라서 현숙이 혼자만 비밀히 하면 영구히 표면에 나타날 기회가 없는 사건이었다. 현숙이는 그것을 의심치 않고 믿었던 바였었다. 처음에 용언이의 혼약이 성립된 뒤에 그 비밀을 용언이 앞에 드러내어 놓으려던 그는 그 기회를 놓쳐버렸다. 그리고 다음 기회를 기다리는 동안 차차 용언이와 가까워 가면서 용언이가 자기의 처녀성을 절대로 시인하는 태도를 볼 때에 현숙이는 마침내 용언이 앞에 그 문제를 내어놓지를 못하였다. 그리고 종내 결혼식까지 거행되었다. 여기 미쳐서 현숙이는 방침을 바꾸지 않을 수가 없었다. 남녀 간에 그 정조라는 것을 중대시하는 용언이의 성격도 현숙이로 하여금 그 방침을 바꾸는 동기에 큰 동기가 되었다. 그리고 그는 이 너른 세상에 자기밖에는 아는 사람이 없는 커다란 비밀을 일생을 저 혼자서만 알고 거기 대한 책임이며 고통을 저 혼자만 지려고 결심하였다. 남편과의 새에 어떤 비밀을 두고 그것을 일생을 지키지 않으면 안 된다 하는 것은 현숙이의 성격으로는 도저히 행할 수 없는 커다란 고통에 다름없었다. 그러나 그 사건을 남편에게까지 알게 하여 남편의 마음에 일생을 꺼림칙한 불유쾌한 생각의 그림자조차 띄어 주지 않으려 그는 결심하였다. 그리고 자기는 오로지 남편을 사랑하는 것으로써 사건의 속죄함을 받고 남편의 사랑을 받는 것으로써 그 고통의 위안을 삼으려 하였던 것이었었다.

29

그것은 청천에 벽력과 같았다.

이 뜻하지 않은 벽력에 맞고 정신을 잃고 있던 현숙이는 문득 그 자리에 쓰러졌다. 마치 새암[29)]과 같이 눈물이 그의 눈에서 솟았다. 고요한 밤은 그의 울음을 더 도왔다. 발작적(發作的) 울음을 실컷 운 뒤에 그는 일어났다. 그리고 옷소매에서 손수건을 꺼내어 눈물을 씻은 뒤에 다시 소매에 넣고 문갑 앞에 가서

---

29) 샘

문갑을 의지하고 앉았다. 이제 운 그 울음은 얼마만치 그의 마음을 평정하게 하였다.

당연한 순서로서 현숙이는 일성이에 대한 선후책을 생각지 않을 수가 없었다. 그러나 그에게는 생 방책이 생각나지 않았다. 허공 같은 그의 머리에는 끊임없이 커다란 무서운 그림자가 왕래할 뿐이었었다. 어떠한 일에든 그 처결을 주저한 일이 없고 판단을 그리친 일이 없는 현숙이로는 그 문제뿐은 어찌할 수가 없었다.

천 원— 일성이의 청구하는 바의 이 돈을 주지 않으면 일성이는 오 년 전의 그 사건을 남편 용언이에게 다 말할 만한 가능성이 있는 사람이었다.

현숙이는 오늘 처음으로 일성이를 알았다. 그리고 거기서 이야기 때 들은바 제 아버지의 면목을 발견한 것이었었다.

만약 그 사건이 남편의 귀에까지 가면? 현숙이는 ●갑 위에 놓여 있는 용언이의 사진을 끄을어당겼다. 현숙이가 만든 비단틀 속에 들어 있는 그 사진의 주인공은 온화한 눈으로 현숙이를 바라보았다. 그러나 관대하고 온화한 가운데도 엄격함을 잃지 않는 그 사진의 얼굴은 오늘따라 무엇을 심문하는 듯이 현숙이를 바라본다. 현숙이는 그 사진의 눈을 피하면서 몸을 떨었다.

관대한 남편은 혹은 그 사건을 알고라도 안해를 용서할지는 알 수 없다.

그러나 그렇다고 사랑까지 계속된다고는 말할 수 없을 것이었었다. 한 걸음을 양보하여 사랑이 그냥 계속된다 할지라도 안해에게 대한 꺼림칙한 감정뿐은 결코 그의 일생을 통하여 없어지지 않을 것이었었다.

여기서 일어나는 남편의 경멸에 생각이 미칠 때에 현숙이는 뜻하지 않고 또 다시 몸을 떨었다. 그 생각의 그림자와 같이 그의 머리에는 일성이의 모양이 나타났다. 그림자의 일성이는 잘게 생긴 앞니를 내어놓고 씩씩 웃었다. 거기 향하여 현숙이는 증오에 불붙는 눈을 던지지 않을 수 없었다.

"너는 무슨 권리로써 네 누이의 행복을 깨뜨리느냐!"

현숙이는 그 그림자를 책망하였다. 그림자의 일성이는 그냥 웃음을 계속하였다—.

"아녜요 아녜요. 나야 내 행복을 위해서 그러지."

현숙이는 보이지 않는 총을 들어서 일성이를 쏘았다. 그러나 일성이는 그냥 뻣뻣 서 있었다. 그의 얼굴이 험상지게 되었다—.

"여보, 나만 죽이면 당신 비밀이 없어지는 줄 압니까? 비밀은 영구히 남아 있어요."

현숙이는 그 그림자를 지워 버리려고 눈을 다시 남편의 사진 위에 부었다.

사진은 역시 온화한 눈으로 현숙이를 바라보았다. 그러나 현숙이는 그 사진과 자신의 새에 있던 눈에 보이지 않는 커다란 방해물이 박혀 있는 것을 느꼈다. 그리고 그 원인은 순전히 일성이에게 있는 것이었었다.

즉 거대한 날개와 같이 천 원이라 하는 돈이 그의 머리를 내려눌렀다. 그리고 그 천 원이라는 돈의 저편 쪽으로 희미한 서광조차 보였다.

"천 원! 천 원!"

현숙이는 그 사진틀 속에 천 원이 있는 것같이 그 사진을 흔들면서 고민하였다.

그때에 문득 그는 자기의 형 인숙이가 생각났다. 가세가 그다지 부유하달 수는 없으나 홀몸으로서 한 집안을 주관하며 지내는 형에게는 그 맛 돈은 있기도 쉬울 것이었었다. 현숙이는 형을 힘입으려 하였다.

30

현숙이에게도 그만 돈이 없는 것이 아니었다. 용언이가 현숙이에게 자유로 쓸 권리를 주어서 맡긴 금액은 일성이가 청구한 금액보다는 훨씬 많은 것이었었다. 그리고 용언이는 거기 대하여는 절대로 간섭치 않았다. 그런지라 거기서 일성이의 청구하는 바를 주어도 이후에 나타날 근심은 없었다. 그러나 남편에게 한 가지의 할 수 없는 비밀은 가졌을지언정 또 다시 남편을 추호만치라도 속인다는 것은 현숙이의 도덕감과 교양이 결코 허락하지 않는 바였다.

이리하여 그는 시재 당한 급한 일을 끄기 위하여 제 형 인숙이를 힘입으려 하였다.

이 생각은 순간에 그의 머리에 일어나서 순간에 결정되었다. 순간에 결정 되니만치 그의 뇌리에서 근심의 자취를 쫓아내는 속도도 빨랐다. 그는 제 머리 속에서 가속도로 스러져 가는 근심의 자취를 관찰하는 흥미에 끄을리어서 그것이 성공될까 안 될까를 생각하여 볼 비판력조차 잃었다.

그리고 사진틀을 양손으로 잡고 호소하듯이 그 사진을 들여다보았다. 남편이 괴로울 때에는 그 피난처를 안해의 품안에서 구할 것이요 안해가 괴로울 때에는 그 피난처를 남편의 품안에서 구할 것이라는 것이 현숙이의 부부관이었었다. 그리고 아직껏 그것을 지켜 왔다. 그러나 이번의 이 괴로움을 만나서 피난처로 남편의 품을 선택할 수 없는 경우에 이른 그는 거기 따르는 일종의 불만조차 느꼈다. 남편을 속이는 듯한 불유쾌함조차 그의 마음에 일어났다. 그는 양손으로 잡은 사진틀을 차차 가까이 끄을어당겼다.

"여보세요, 나는 당신을 사랑합니다. 세상의 안해

들이 남편에게 바치는 가장 큰 사랑을 나는 당신께 바칩니다. 나는 당신 이전에 사람을 사랑해 본 적이 없습니다. 나는 내 부모조차 사랑해 본 일이 없습니다. 처녀의 첫사랑을 곱게 당신께 바쳤습니다. 그리고 장래에도 절대로 다른 사람을 사랑할 일이 생기지 않을 것을 굳게 믿습니다. 내 일생에 내 사랑의 전부를 다만 혼자서 점령하실 당신이외다. 그 대신 내가 당신께 사랑하는 다만 한 가지의 요구는 역시 사랑이외다. 당신이 지금 나를 사랑하시는 것은 나는 잘 알고 있습니다. 그러나 장래에 허다한 착오와 방해가 생길지라도 당신의 사랑이 그냥 계속되겠습니까? 나는 이것을 당신께 묻고 싶습니다. 아이들은 인형을 사랑할 때에 그 인형에게서 사랑의 보수를 요구하지 않는다 합니다. 그러나 나는 욕심이 많아서 그런지 아이들의 인형을 사랑하는 마음뿐으로 만족치 못하겠습니다. 내 사랑의 보수로서 꼭 당신의 사랑을 받고 싶습니다. 사랑의 보수로서 사랑이라 하는 것은 그다지 비싼 보수가 아닐 줄 압니다. 이 욕심꾸러기의 여인을 사랑해 주세요. 아니 당신이 사랑하고 싶지 않더라도 나는 꼭 당신이 나를 사랑하고야 말도록 만들겠읍니다. 이것이 내 의무이요, 또한 권리외다."

사진을 들여다보면서 현숙이는 몸을 고민하듯이 떨면서 이렇게 호소하였다. 그의 눈에는 눈물이 고여 있었다. 그는 그 눈물을 씻으려도 아니하고 겹지 않고 사진을 들여다보고 있었다. 사진의 주인은 현숙이의 호소를 알아듣겠다는 듯이 온화한 눈으로 현숙이를 바라보았다. 현숙이는 뜻하지 않고 사진을 쓸어안았다.

이때에 그의 머리에는 사 년 전 용언이를 처음 볼 때의 일이 생각났다.

31

그것은 사 년 전 어떤 봄날이었었다.

친구 몇 사람(일본 여학생)과 작반을 하여 무꼬지마의 사꾸라30)를 보러갔다가 돌아오던 길이었었다. 그 가운데서 누구가 오늘 T대학과 W대학의 새에 정구시합(庭球試合)이 K그라운드에 있는데 구경을 가자는 의논을 꺼내었다. 그 날은 일요일로서 제각기 마음으로 인제 남은 날을 무엇으로 시간을 보낼까 하고 주저하던 중이므로 반대하는 사람이 없이 모두 의견이 일치되었다.

그라운드에서 순서지를 받아서 허리춤에 넣은 뒤에 현숙이가 친구들과 자리를 잡고 앉을 때는 벌써 제일회와 제이회의 예선은 끝난 다음이었었다.

그리고 삼회전의 첫머리로 시작된 경기도 그들이 어느 편이 T대요 어느 편이 W대인지 눈치가 뜨일 때쯤 끝이 났다. 곁사람들의 비평으로써 현숙이는 이긴 편이 T대학의 부장조(副將組)라는 것을 알았다.

그 다음에 시작된 것이 T대학의 대장조(大將組)와 W대학의 부장조의 경기였었다. 한편은 대장조이요 한편은 부장조인지라 그 기술에 있어서 T대학이 우세한 것은 아무도 볼 수가 있었다. 그러나 사실은 예상과 틀리게 T대학의 대장조가 한 게임을 먼저 졌

30) 사쿠라. 벚꽃(벚나무의 꽃)의 잘못.

다. 그 뒤부터는 아직껏의 형세가 거꾸로 되었다. 한 게임을 먼저 얻은 W의 부장조는 침착한 태도로 볼을 주고받았다. 그러나 먼저 잃은 T대학조는 좀 덤비기 시작하였다. 대장조가 부장조에 졌다는 면목 없는 사실이 낳은 T대학 대장조의 낭패는 더욱 더 그들로 하여금 실수를 거듭하게 하였다. 더블까지 하였다. 당연히 후위(後衛)가 받을 볼을 전위가 받으려다가 실수한 것도 한두 번이 아니었었다.

“사나이가 저런 볼에 아께루(開ける−구멍을 내다) 하다니.”

현숙에게는 벌써 그 승부가 보였다. T대학의 대장조에 대하여 경멸감조차 일어났다.

4대1이라는 형지 없는 스코어로서 T대학의 대장조는 W대학의 부장조에게 넘어졌다. 그리고 남은 경기는 W대학의 대장조와 부장조 T대학의 부장조− 이러하였다. 이리하여 준결승전에 들어가렬 때에 W대학의 부장조는 기권을 선언하였다. 이리하여 준결승전은 없어지고 T대학의 부장과 W대학의 대장으로 결승전의 막이 열렸다.

승리가 W대학으로 갈 것은 아무도 의심치 않았다. 대장을 꺾인 T대학의 부장이(부장으로 T의 대장을 꺾은) W의 대장을 대항하리라고는 생각 못할 바였었다. 두 대학에서 다 응원의 소리조차 없었다. T대학에서는 할 기운이 없었다. W대학에서는 할 필요가 없었다. 그만치 승부는 확정적의 것이었었다.

어느덧 3대 0이라는 심판의 부름과 함께 그들은 또 자리를 바꾸었다.

자리를 바꾼 뒤에도 역시 형세는 불리하였다. 잠깐 새에 쓰리 제로라는 심판의 선언과 함께 하나 더로써 게임이 끝난다는 주의가 들렸다. 그때에 T대학의 후위가 전위에게로 가서 한참 무슨 의논을 하였다. 다시 경기는 시작되었다. 구경꾼들은 차차 돌아가기 시작하였다. 그러나 그때부터 열린 경기는 기괴한 경기였었다. T의 전위는 죽은 듯이 가만 있었다. 그리고 오는 볼은 모두 후위가 받았다. 당연히 전위가 받을 볼이라도 전위는 몸을 피하고 후위가 받았다. 그리고 후위는 그 볼을 고즈너기 높이 넘겨서 적의 전위를 패스하여 후위에게 주었다. 무서운 전위의 공격을 피하여 볼은 천천히 높이 떠서 적의 후위에게로만 갔다. 이리하여 그 둘은 적을 '먹이려'하지 않고 다만 적의 우연한 실수를 기다리는 것으로서 전략을 고쳤다. 그리고 자기네만 실수를 안 하는 것으로 유일의 전략을 삼으려 하였다.

곧 한 점을 회복하였다. 그러나 응원의 소리조차 없었다. 한 점이 무슨 쓸 데가 있을까.

32

좀 뒤에 마침내 한 게임을 회복하였다. T대학에서는 차차 응원의 소리가 들리기 시작하였다. W대학에서도 '네버 마인드(never mind)' 소리가 연하여 나기 시작하였다. 돌아가려던 구경꾼도 도로 발을 돌이켰다.

이상한 동정심은 차차 관중으로 하여금 아직껏 경멸하던 T대학에게로 쏠리게 하였다. T대학의 후위는 침착하였다. 낭패하여 자포가 된 듯한 전위를 밀어 버리고 오는 볼은 모두 저 혼자서 맡아서 가장 침착한 태도로써 기공을 희롱치 않고 저편 쪽으로 높이 넘겨 보내는 후위의 모양은 침통하달 수도 있었다. 그는 승부라 하는 것은 온전히 도외시(度外視)하는 듯하였다.

적이 실수를 할지라도 기뻐하는 듯하지도 않았다. 자기네에게 실수가 있어도 그것을 탄하는 듯하지 않았다.

또 한 게임을 회복하였다. 3대 2가 되었다. T대학 측에서는 경기장까지 뛰어나오면서 기쁘냐고 하였다. W대학 측에서는 '네버 마인드'소리가 더 커졌다. 관중의 호기심은 차차 더하여 갔다. W대학의 대장조는 T대학의 부장조의 기괴한 전략에 낭패하였다. 이 낭패는 그들로 하여금 뜻 아니 한 실수를 거듭케 하였다. 형세는 온전히 X였었다. 어느 편이 이기겠다고 아무도 단언할 수가 없었다.

이때부터 아직껏 후위의 제지로 말미암아 가만히 있던 T대학의 전위가 활약을 하기 시작하였다. 얼마간의 형세의 회복이 더하는 것은 전위로 하여금 좀 안심케 한 모양이었었다. 그리고 이 안심은 그로 하여금 활약할 야심이 생기게 한 모양이었었다. 그러나 그 활약은 결코 이로운 활약이 아니었다.

마침내 승부는 났다. 첫 번 예상같이 W대학이 이기기는 하였다. 그러나 관중의 칭찬은 오히려 진 T대학에게로 몰렸다. 아니 오히려 T대학 부대장조의 후위에게로 몰렸다.

T대학의 전위는 래킷을 상에 던지며 분개하였다. 그러나 끝까지 잘 싸운 후위는 씩 한 번 웃고 들어갈 뿐이었다.

구경을 끝내고 돌아온 현숙이는 그날 밤 노곤한 몸을 자리에 누웠다. 처녀에 적당한 몇 가지의 공상이 그의 머리를 스치고 지나간 뒤에 곧 단잠에 떨어지려던 그에게는 문득 뜻하지 않고 아까 그라운드의 광경이 눈앞에 다시 보였다. 동시에 마지막 순간까지 침착함을 잃지 않고 싸운 그 후위—승부가 끝이 난 뒤에도 다만 미소로써 자기네의 패배를 조상한 그 후위의 모양이 눈앞에 어릿거렸다.

현숙이도 미소하였다. 그러나 그 미소 가운데는 처

녀로서의 부끄러움도 섞여 있었다.

"당신은 사내다운 사람이외다."

그는 그 그림자에게 향하여 이렇게 말하였다.

그리고 좀 뒤에 그는 곤한 잠에 빠졌다.

이튿날 학교에 가려고 하까마(치마)를 입은 현숙이는 하까마에서 무슨 종이조각이 하나 내려지는 것을 보고 주워서 펴보았다. 그것은 어저께 그라운드에서 받아 넣었던 선수멤버이었었다. 처음에는 뜻없이 그 것을 구겨서 내어던지려 하였으나 T대학의 부장조의 후위의 생각이 문득 나면서 현숙이는 그 종이를 펴보았다. 멤버에는 이렇게 씌어 있었다.

'서(徐), 기무라(木村)'

멤버에 후위의 이름을 먼저 쓴다는 것쯤은 현숙이도 아는 바였다. 그러면 그 T대학 부장조의 후위는 '서'라 하는 성을 가진 사람이었었다.

그 사람과 자기는 같은 조선 사람이라 하는 점은 이상히도 현숙이의 마음을 힘 있게 두드렸다. 이리하여 현숙이의 생활에는 '서'라 하는 똑똑치 않은 이름이 어떤 진전을 가지기 비롯하였다.

33

어떠한 사내를 보든 '사람'으로밖에는 보지 못하던 현숙이는 여기서 처음으로 '사내'를 보았다. '동경서 유학하는 같은 조선 사람'이라 하는 공통점은 현숙이로 하여금 막연히 좀 더 친근한 생각을 일으키게 하였다. 몇 가지의 의혹이 그에게 안 일어난 바는 아니었었다. 중국 사람의 성에도 '서씨'가 있다는 것이 생각났다. 대만 사람에게도 '서씨'가 있다는 것이 생각났다. 그러나 그의 마음에 일단 가깝게 된 그 서씨는 다시 멀리 할 수가 없었다.

서씨— 혹은 서씨와 같은 사람. 이러한 막연한 허수아비를 공중에 그려놓고 현숙이는 학업을 닦았다. 품성을 쌓았다. 서씨가 아닌 사내 혹은 서씨와 같지 않은 사내들에게는 한낱 '사람'에 지나지 못하였다.

그러나 그것뿐이었다. 그 서씨를 좀 구체적으로 알아볼 용기까지는 못 내었다. 다만 동경 조선 사람의 회합에 부지런히 출석하는 것으로 그는 행여나 그 서씨를 종내 알게 될까 하였다.

그러는 동안에 현숙이는 서씨라 하는 아름다운 꿈을 가슴에 품은 채로 학업을 끝냈다.

그의 형 인숙이는 몇 해 전의 약속에 의지하여 현숙이에게 좋은 짝을 얻어줄 책임이 있었다. 그러나 적당한 짝은 쉽게 발견되지 않았다. 동생의 오늘날을 만들어 놓은 형은 따라서 가장 동생을 잘 이해하는 사람이었었다. 그는 제 사랑하는 동생의 짝으로서는 어떠한 사람이 가장 적당할지 잘 알았다. 그러나 고르면 고를수록 부박한 사람만 눈에 띄었다. '무게가 있는 사람'—이것이 그의 고르는 첫째 조건이었었다. 학교에서는 넉넉히 학업을 쌓았지만 현숙이는 귀국한 뒤에도 온갖 방면으로 지식을 넓히기를 게으르지 않았다. 여자의 대상으로는 반드시 '남편'이라는 사람을 세기를 잊지 않는 현숙이는 자기에게도 같은 눈을 던지지 않을 수가 없었다. 서씨 혹은 서씨와 같은 사람—이러한 막연한 형상을 가진 '남편'이라는 사람이 그의 머리 속에 박혀 있기는 하였지만 그 사람의 주위라 하는 것은 온전히 X였었다. 혹은 회사원일지도 모를 것이었었다. 혹은 기술자일지도 모를 것이었었다. 혹은 장사하는 사람일지도 모를 것이다. 교원, 변호사, 관리, 부랑자—어떠한 배경을 가진 사람일지 예상을 허락지 않는 이 문제 앞에 현숙이는 그 가운데 아무 것에 속한다 할지라도 덜컥 만나는 날에 결코 낭패치 않을 만한 지식을 얻어 두려 하였다. 이것은 장래의 남편에게 대한 안해 된 사람의 친절이라 할 수도 있었다. 그 어느 편으로 보든 장래의 남편을 맞을 처녀로서는 가장 유리한 방책이라 아니할 수 없었다. 이러한 견해와 자각 아래서 온갖 방면에 지식의 발을 넓히던 그는 어떤 때 어느 신문사 주최의 화학연구소 견학단에 따라갔다가 그 연구소 제2부 연구실에서 우연히 '서'를 보았다.

똑똑히 말하면 '서'를 본 바가 아니었었다면 예전에 몽롱한 기억에 남아 있던 그 얼굴을 연구소 안에 있는 '서'에다 갖다가 비길 공통점조차 현숙이는 몰랐다. 그러나 현숙이는 그를 보는 순간 그를 '서'로서 인정하였다.

오랫동안 벼르던 꿈은 마침내 실현될 가능성을 현숙이에게 보여 주었다.

34

현숙이는 주저치 않고 그 뜻을 자기의 보호자이요 형인 인숙에게 말하였다.

인숙이도 용언이를 보았다. 그리고 제 동생의 눈이 높음을 만족히 여겼다.

이리하여 현숙이의 삼 년 동안의 꿈은 마침내 실현되게 된 것이었다.

두 사람은 첫 회견에 서로 그 인격과 교양을 인정하였다. 약혼은 성립되었다. 즐거운 약혼 시기의 반 년도 지나갔다.

현숙에게 있어서는 남편을 맞을 만한— 그리고 용언에게 있어서는 안해를 맞을 만한 준비가 충분히 완전히 되기를 기다려서 그들은 결혼식을 올렸다.

그런 뒤에는 지금의 이곳에 집을 하나 사 가지고 따로 나온 것이었었다. 행랑방에 행랑 사람 부처를 둔 뿐 현숙이는 안잠자기며 침모여 식모며 어떠한 병색을 띤 사람이든 다른 보조자를 거절하였다. 이것은 즐거운 신혼 시기를 부처 단 두 사람에서 즐기려는 현숙이의 욕심에서 나온 것이었었다. 그러나 급기 그 일이 실현된 뒤에는 그것은 현숙에게도 다른 의미로 해석되었다.

신혼의 즐거운 시기를 부처 단 두 사람에서 즐기겠다는 뜻에서 출발한 '간단한 부처생활'은 그 일이 실현되면서부터는 가정의 전 책임을 혼자 졌다는 커다란 책임감을 현숙이에게 일으키게 하였다. 그리고 그것은 다시 말하자면 가정상의 온 권리를 자기 혼자서 잡았다는 커다란 자랑에 다름없었다.

세상에 대하여 그다지 허영심이 없는 현숙이는 그만치 또한 남편에게 대하여서는 허영심이 많은 여인이었었다. 남편과 가정—이 두 가지의 커다란 짐을 조금이라도 그 취급함에 실수를 남편에게 보이는 것을 현숙이는 죽기보다도 더 싫어하였다. 완전한 안해로서 완전한 주부로서 남편에게 대하여는 손톱눈만치의 흠이라도 안 잡히려고 현숙이는 자기의 가지고 있는 지혜와 지식의 전부를 거기다 부었다.

이리하여 그들의 앞에는 행복된 가정이 전개될 것이었었다.

남편의 사진을 가슴에 안고 이런 공상에 잠겨 있던 현숙이는 시계가 반시를 울리는 소리에 정신을 차렸다. 그리고 시계를 쳐다보았다. 시계는 열한 시 반을 가리키고 있었다.

현숙이는 꿈에서 깨어나듯이 정신을 차리고 사진을 제자리에 도로 갖다가놓은 뒤에 그 방을 정리하고 침실로 건너갔다. 침실에서 남편의 돌아옴을 맞을 화장을 하려고 경대 앞에 마주 앉은 그는 그만 얼굴을 붉혔다. 아까 우느라고 쓰러졌을 때에 앞 머리카락이 모두 흩어지고 몇 올은 이마를 걸치고 뺨을 걸쳐서 웃섶에까지 내려온 것조차 있었다. 아무리 그때에 그의 받은 바 충동이 컸은들 이 꼴이 평소에 단아함을 자랑하던 자기의 꼴이냐고 현숙이는 뜻하지 않고 얼굴을 붉힌 것이었었다.

만약 사오 분 전에 남편이 덜컥 돌아왔으면 자기는 어떻게 변명하였을까?

설혹 남편이 안 돌아온다 할지라도 이 꼴을 하고 이삼십 분 동안을 그냥 정신없이 앉아 있었다 한 것은 그에게는 확실히 경멸할 만한 일이었었다.

그는 서랍에서 빗을 꺼내어 가지고 머리를 빗었다. 이제 머리를 풀어서 다시 빗을 시간을 가지지 못한 현숙이는 늘어진 머리털을 빗어 올리고 손으로 두어 번 톡톡 두드린 뒤에 그물을 씌우는 것으로 만족치 않을 수 없었다.

그런 뒤에 얼굴에 엷게 화장을 하고 아래 떨어진 머리털이며 분가루를 비로 쓸어서 종이에 담아 가지고 내어버리려고 그가 일어설 때에 대문에서 남편의 돌아오는 소리가 들렸다.

'됐다.'

그는 안심과 함께 잠깐 얼굴을 붉혔다가 남편을 맞으러 대청으로 나갔다.

35

"늦었지?"

남편은 들어와서 자리에 앉으며 안해에게서 나는 화장의 내음새[31]를 상쾌한 듯이 맡으면서 이렇게 물었다.

"아뇨."

이렇게 대답은 하였지만 현숙이는 남편의 돌아오는 것이 늦었는지 빨랐는지는 생각도 안하였던 바였었다.

"영옥인 곧 갔소?"

"네— 아니, 일성이, 저 우리 동생이 온 뒤에도 좀 더 앉았다가 갔으니깐 아마 아홉 시 반쯤 갔지요."

"행랑어멈 보고 바래다 주랬소?"

이 뜻밖의 질문에 현숙이는 놀랐다. 마음이 얼굴을 붉혔다. 그러한 사소한 일은 생각지 않을 남편으로서도 넉넉히 주의하는 일을 안해 된 자로서 못하였다 하는 것은 현숙이에게는 부끄러운 일이었었다. 낮과도 달라서 밤에 과년한 처녀를 혼자 보냈다 하는 것은 현숙이의 커다란 실책에 다름없었다.

통상시 같으면 그런 일을 잊을 현숙이가 아니었지만 그때 일성이와의 다툼으로 불유쾌하였던 그는 그

31) 냄새

만 잊어버렸던 것이었었다. 현숙이는 변명키 전에 솔직하게 자기의 잘못을 남편 앞에 내어놓았다.

"미처 생각이 밎질 못해서 그만."

"그럼 안 바래다주었소?"

남편의 물음은 질문이라기보다 힐문에 가까웠다. 그 앞에 현숙이는 조용히 복죄하지 않을 수가 없었다.

"네."

이렇게 대답하고 눈에 온 광채를 모아 가지고 남편을 쳐다보았다.

"아직 밤이 깊지 않았기에 마음 놓고 그냥 보냈더니— 어디 큰댁까지 잠깐 다녀오리까?"

"아니 무슨 일이 있겠다는 게 아니라 아직껏 그렇게 해왔기에 말이오. 게다가 혼자 보내면 어머니께서 좀 부족히 생각하실지두 모르겠구나."

이 말의 앞에 현숙이는 부끄러움을 느끼기 전에 먼저 감사함을 느끼지 않을 수가 없었다. 남편의 그 주의는 남편 자기의 주의라기보다 오히려 어머니와 안해의 새에 어떻게 하면 생길지도 모르는 불만과 부족감을 미전에 방지하려는 그 주의에 다름없었다. 그리고 그것은 안해 된 자가 먼저 깨달아가지고 일일이 세심한 주의로써 행하여야 할 종류의 일이었었다.

"게까지 미처 생각이 돌질 못해서 그만— 게다가 일성이도 와 있고—."

"참 그 사람이 왔어. 다시 왜 왔읍디까?"

"공연히 왔겠지요."

"영옥이도 봤소?"

"네."

"그 사람 뭐? 일성이?"

"네, 일성이요."

"일성이와 영옥이와 봤나 말이오."

"한 삼십 분 가량 같이 앉았었지요."

남편은 다시 그 말에는 응치 않고 담배를 꺼내어서 붙이려 할 적에 행랑어멈이 세숫물 떠다가 놓는 소리가 대청에서 났다. 현숙이는 일어나서 양치기구와 비누와 세수 수건을 남편의 앞에 갖다 놓았다. 그러자 남편이 세수를 하러 나가는 것을 기다려서 자기도 자리를 펴려 침실로 건너갔다.

36

삼십 년 전에 무장야의 너른 벌판에 아름다운 범나비가 한 마리 떠다니고 있었다. 그 범나비가 아무 뜻 없이 어떤 동리까지 날아왔다. 그 때문에 어떤 어린아이 하나가 그 범나비를 잡으려다가 그만 참혹히도 죽는 경우에 이르렀다.

그 어린아이가 참혹히 죽기 때문에 나흘 뒤에 어린아이의 아버지가 운전하던 기차가 탈선을 하여 여기서 세계철도사에 다시 볼 수 없는 참극을 이루어 놓았다.

나비의 아무 뜻도 없는 여행은 여기서 무서운 비극을 일으켰다. 그러나 그것으로 온전히 사건이 끝난 것이 아니었었다. 그때의 그 기차에 조선 대학생 서인준(徐仁俊)이라는 사내와 그의 약혼자 신함라(申咸羅)라는 여자가 있었다.

삼십 년이라는 세월이 흘렀다.

그동안에 인준이는 미국으로 건너가 있었다. 전니 쇼우라는 이름으로서 세계 자연과학계의 상당한 이름까지 얻은 학자가 되었다.

그의 약혼자이던 신함라는 그의 고향 인천서 최모(崔某)라는 의사에게 시집을 갔다.

함라는 왜 인준이를 버리고 최모에게 시집을 갔나. 범나비의 아무 뜻도 없는 여행은 이 서로 사랑하던 두 남녀로 하여금 뜻에 없는 파경의 설움에 울게 하였다.

세상의 온갖 군잡스런 문제를 집어치운 인준이는 오로지 학업에 힘써서 오늘날 서 박사라 하는 명예 있는 이름을 얻게 되었다. 그러나 그에 반하여 그의 약혼자이던 신함라는 뜻에 없는 시집을 가서 그 뒤 삼십 년이라는 기다란 세월을 불평과 불만의 가운데서 보냈다. 목숨 있는 인형—천하의 많고 많은 일을 아불관언의 태도로써 그저 죽어지지 않으니 살아간다는 가련한 생활을 계속하는 함라와— 아직 독신으로 지내며 세상의 온갖 일을 생각지 않고 오로지 자기의 연구에만 온 힘을 쓰고 있는 인준이의 두 사람 가슴에는(그들의 태도로 미루어) 아직 많은 미련이 남아 있음을 짐작할 수 있다.

기괴한 운명은 삼십 년 뒤에 그 서인준의 조카 되는 서용언이와 신함라의 딸 되는 최현숙이를 부부라는 명색 아래 연결시켜 놓았다. 젊은 두 남녀는 자기네의 온 존경과 사랑을 상대자에게 주었다. 삼십 년 전에 한 사람에게는 제 삼촌이요 한 사람에겐 제 어머니 되는 사람이 오늘날의 자기네들과 같이 서로 사랑을 속삭였다는 것은 꿈에도 알지 못하고 신혼인 두 사람은 서로 사랑을 음식삼아 즐거운 날을 보내고 있었다.

'태평행'의 첫째 날은 막이 열렸다.

삼십 년 동안을 고국에는 돌아올 생각도 하지 않고 있던 서 박사에게서 갑자기 귀국한다는 기별이 온 것도 이 날이었었다. 그리고 그 날에 등장한 광대 네 명(용언과 현숙의 부처, 용언의 누이, 현숙의 오라비 일성이)에 대한 생활과 성격과 교양에 대한 윤곽은 비교적 명료히 독자의 머리에 그려졌으리라고 생각한다. 이 특수한 성격을 가진 네 명 밖에 아직도 현숙의 형 인숙이와 어머니 신함라, 용언의 삼촌 서 박사의 세 사람의 중요한 광대는 등장치를 못하였다. 그러면 작자는 이제 장차 전개할 사건을 붓하기 전에 인제 그 세 사람의 생활과 성격의 윤곽을 보여 둘 필요가 있다. 그리고 평범한 속에서 전개되어 나아가는 뜻하지 않은 비극의 씨를 보여 둘 필요가 있다.

37

이튿날 아침 깬 뒤에는 현숙이는 어젯밤 자기에게 생겼던 불유쾌한 일을 거의 잊었다. 머리 한편 구석에 좀 불유쾌한 감정이 성가시게 붙어 있기는 하였지만 그렇다고 그것이 그의 생활 상태에 변동을 줄 만치 그를 지배치를 못하였다. '일성이'라 하는 불유쾌한 기억과 '천 원'이라는 무시무시한 생각이 때때로 그의 마음에 일어나기는 하였지만 그것뿐이었었다. 충분한 잠을 자고 난— 남성적 매력으로서 빛나는 남편이 얼굴은 현숙이로 하여금 온갖 다른 군잡스런 일을 잊게 하는 것이었었다. 예에 의지하여 부처 단 두 사람 새에 간단한 조반을 끝낸 뒤에 남편이 연구소로 가려 할 때에 현숙이는 남편에게 자기는 오늘 언니한테 잠깐 다녀오겠다는 말을 하였다.

다른 때 같으면 자기의 이전의 비밀을 일성이의 입에서 봉하기 위하여 돈을 마련하러 가는 그 인사라 이런 일을 남편의 앞에 천연히 하지 못할 것이었었지만 받았던 커다란 격동은 그로 하여금 아무 어려움이 없이 이 말을 하게 한 것이었었다. 그러나 이 말을 하는 동안에도 그의 마음에는 형용키 어려운 쓸쓸함이 있었었다.

'당신은 모르시지요? 나는 마음속에 커다란 비밀을 가지고 있는 여인이외다. 이 비밀을 일생을 품고 있지 않을 수가 없다고 생각할 때에 내 마음은 여간 절통치 않습니다. 이 비밀을 당신의 앞에 모두 풀어헤쳐 놓으면 내 마음은 얼마나 시원하겠는지요. 그러나 이 비밀을 당신이 아신 뒤에 당신의 마음속에 당연히 일어날 불유쾌함을 생각할 때는 나는 차마 이것을 당신께 이야기할 수가 없습니다. 모든 것을 양해해 주세요. 그리고 용서해 주세요.

나는 당신을 내 온갖 정성을 다하여 사랑합니다.

그 사랑의 힘으로 온갖 것을 모두 용서해 주세요.'

"언니한테?"

"네."

"언니란 저 창선(昌善)이 언니 말요?"

"네."

"갔다오구료."

남편은 별일을 다 의논하잔다는 듯이 선선히 승낙을 한 뒤에 연구소로 갔다.

남편을 보낸 뒤에 현숙이는 간단히 설거질을[32] 하고 들어와서 화장대 앞에 마주 앉았다. 열 시에서 열두 시까지는 자수 강습회, 오후 세 시까지는 언니의 집, 그 나머지의 시간을 장보는 것과 가정 안에서의 일로- 현숙이의 오늘의 프로그램은 이러하였다.

그러나 화장대에 마주 앉는 순간 그는 어느덧 생각에 잠겨 버렸다. 좀 있다가 당연히 있어야 할 인숙이와 자기와의 문답이며 그 문답에서 또 다시 생겨 날 뒷 문답들을 이리저리 생각하는 동안에 그는 어느덧

---

32) 설거지를

화장을 잊어버렸다. 그리고 영리함과 솔직함을 자기의 가장 큰 무기로 삼고 자랑으로 삼던 그가 어떻게 하면 자기의 언니에게 의심을 받지 않고 천원이라는 돈을 꾸어올는지 그 교묘한 거짓말에 대하여 여러 가지로 궁리를 하고 있는 자기를 발견하였다. 그리고 그 거짓말을 연구하는 데 대하여 아무 부끄러움이며 미안스럼을[33] 느끼지 않는 자기를 발견하고 오히려 놀랐다.

분병에 손을 대기도 전에 열 시가 지났다. 화장을 끝내고 옷을 갈아입은 때는 벌써 열한 시도 지났다.

여기서 그는 자기의 프로그램을 고쳤다. 그리고 자수 강습회는 그만두고 곧 형의 집으로 가기로 방침을 세웠다.

그가 사랑방을 한 번 검분한 뒤에 도배지의 예산을 세우고 어멈에게 부탁을 한 뒤에 형의 집으로 향한 때는 벌써 열두 시도 거의 된 때였었다.

---

33) 미안스러움을

38

현숙이 형 인숙이는 서른한 살이었었다. 스무 살에 어떤 학교 교원에게 시집을 가서 그 이듬해로 한 아들을 보았다. 그 이듬해로는 남편을 잃었다.

사랑의 보금자리에서 아직 그 맛과 자미를 충분히 알고 이해하기 전에 벌써 어머니가 된 그는 안해의 지위에서 어머니의 지위에 올라서지 않을 수가 없었다. 어머니의 지위에 올라선 지 며칠이 지나지 못하여 남편을 잃은 그는 또 일전하여 가장의 지위에까지 올라서지 않을 수가 없었다. 이리하여 그의 청춘은 애처로이도 깨어져 버렸다. 아름다운 꿈과 자기자미한[34] 새는 그를 건너뛰었다. 그리고 '현실'이라는 커다란 짐은 어느덧 그의 어깨에 지워졌다.

그는 시어머니를 모시고 용감히도 이 쓰고 찬 세상과 싸우려 하였다.

아름다운 꿈이라는 것을 경험하기 전에 벌써 현실

34) 자미하다: 새, 짐승, 벌레 따위의 암수가 교접하여 새끼를 낳다

의 쓰라림에 부대낀 그는 여기서 자기의 성격을 고치지 않을 수가 없었다.

'꿈? 그것은 꿈이로다.'

'현실? 그것은 분투로다.'

'분투? 그것은 즐거움이다.'

비교적 냉정한 이지를 가지고 있는 그에게는 어느덧 이러한 생각이 움돋기 시작하였다. 현실은 어디까지든지 분투이며 그 분투에서야만 인생의 즐거움을 발견할 수 있다는 그의 이 주의는 어떻게 보면 할 수 없는 그의 경우에서 생겨 난 것이라 할 수도 있지만 그는 자기의 분(分)을 잘 지키고 결코 그 '분' 이상에 올라서 보려지[35] 않았다. 그리고 남편의 남겨놓은 적은 유산으로 자그마한 화장품점을 차려 놓고 시어머니와 아들을 데리고 분투의 일생을 보내려 하였다.

이러한 십 년 동안에 그의 성격에서는 여자다운 온화함은 없어져 버리고 그 대신에 사내로서의 굳셈과 가장으로서의 능함이 생겨났다.

35) 보려하지

그는 자기가 사랑하는 사람은 하늘에 한 사람 땅에 두 사람 합하여 세 사람이라 하였다. 하늘에 있다는 것은 무론 자기의 없은 남편을 가리킴이었었다. 비록 부부생활을 오랫동안은 못하였을망정 그 짧은 동안에 남편에게 바쳤던 그의 사랑은 몹시도 컸었던 것이었었다. 더구나 남편이 없는 이튿날부터 자기와 자기 식구의 입을 위하여 괴로운 세상과 분투를 하지 않을 수가 없은 그는 남편의 죽음을 고요히 조상할 기회도 못 가졌더니만치 그에게 대한 애연한 생각은 더욱 컸던 것이었었다.

땅에 두 사람이란 것은 하나는 제 보배이요 남편의 복사라고 할 만한 외아들 창선이를 가리킴이요 또 하나는 동생인 현숙이를 가리킴이었었다.

그는 자기의 부모에게는 아무런 애착도 없었다. 그는 자기의 부모가 처음 만난 지 아홉 달 만에 세상에 나왔다. 그러므로 그의 아버지는 그를 제 자식이 아니라 하였다. 무슨 귀찮고 성가신 일이 있을 때마다 그 분풀이는 인숙이의 위에 내렸다. 아버지가 갑갑할 때는 그 답답함을 풀기 위하여 인숙이를 구박하였다.

그러나 그와 반대로 어머니뿐은 그를 몹시도 예뻐하였지만 왜 그런지 인숙이는 제 어머니에게 대하여조차 애착을 가질 수가 없었다. 외로운 어머니, 세상의 아무런 일에도 감동이 없는 산송장과 같은 어머니 – 이러한 제 어머니에게 대하여 스스로 동정하여 보려고 마음도 먹어 보고 애착을 가져 보려고도 하였지만 억지로 일으키려는 사랑과 동정이 나올 리가 없었다.

'마음에 없는 일을 어떻게 하나?'

이리하여 그는 마침내 그 생각조차 내어버리지 않을 수가 없었다.

39

현숙이는 열두 살 때부터 제 형의 집에서 자랐다. 사람의 정과 성격이 조성되려는 가장 귀한 시절부터 어머니의 품에서 떠나서 형의 품안으로 온 현숙이는 따라서 어머니에게 대하여는 아무 애착도 못 가진

대신 제 형을 어머니로 알았다.

열두 살부터 스물세 살까지— 그것은 인생이 바야흐로 세상이라는 커다란 바다에 떠나려는 준비를 시작하는 때로부터 그 준비가 완전히 끝나는 시기를 가리킴이었었다. 따라서 그 시기가 인생에게는 가장 보배로운 시기에 다름없다. 그리고 또한 그만치 그 시기의 경고와 수양으로써 그 사람의 인격과 교양과 모든 성격이 결정되는 시기였었다. 그러한 귀중한 시기를 형에게서 보내고 형의 훈도 아래서 자란 현숙이는 비록 피와 살은 어버이에게서 받았다 할망정 오히려 '형의 자식'이었었다. 정애도 형에게밖에는 없었다. 존경도 형에게밖에는 못 가졌다. 신뢰도 형에게밖에는 못 가졌다.

겨우 한 아들을 본 뿐 곧 남편을 잃어버린 인숙이는 자기가 장차 가질 수 없는 딸자식에게 대한 애정과 그 교육이며 훈도에 대한 희망과 촉망을 제 동생 현숙이에게 붙였다. 그리고 그러한 뜻 아래서 제 온 힘과 정성을 다하여 현숙이를 가르치고 지도하였다. 한 개의 인격은 이렇게 하여서 어머니를 떠나서 형의 아래서 길러나기 시작한 것이었었다.

'여자는 절반.'

'남자는 그 나머지의 절반.'

일찌기 홀몸이 된 인숙이는 홀몸이 됨으로 받은 고통과 불만과 불평과 부족을 통절히 느끼느니만치 여자와 남자가 이 세상을 차지할 각각 그 '절반'이라는 것을 절실히 알았다. 그리고 여기서 출발한 그의 교육방침은 현숙이로 하여금 무엇보다도 먼저 여인이 되게 하려 하였다. 어떻게 보면 신경쇠약적이라고도 할 수 있을이만치 남자를 경계하였으며 그와 동시에 남자를 알게 하려 하였다.

'사내는 남편.'

'여인은 안해.'

첫째 방침에서 출발한 인숙이의 둘째 방침은 당연한 결과로서 여기까지 믿지 않을 수가 없었다.

그가 현숙에게 부어넣은 부부 문제는 어떻게 보면 지당하다고 비평할 종류의 것이었었다. 그러나 그 반면으로는 '지나쳤다'는 혹평을 할 수 있는 종류의 것이었었다. 인숙 자기의 성격에서 출발한 그의 부부관은 그가 여인인만치, 그리고 또한 너무 일찌기 홀몸이 된 만치— 좋게 말하자면 이상적이요 나쁘게 말하자면 '공상이 낳은 바 지나치는 친절'이었었다. 그는 복잡한 성격보다 단순한 성격이 더욱 아름답다는 것을 몰랐다. 복잡한 성격이 낳은 치밀한 친절보다도 단순한 성격이 낳은 불용의의 실수가 더 아름답다는 것을 몰랐다. 복잡한 성격의 주인공이 행한 행동은 모든 책임을 당자가질 것이로되 단순한 성격의 주인의 행동에는 책임이 없고 따라서 얼마라도 용서할 수가 있다는 것을 몰랐다. 그리고 남편에게 대한 세밀한 친절은 안해 되는 사람이 남편의 사랑을 받기 위하여 남편에게 바칠 필요조건으로 알았다. 요컨대 비교적 복잡한 성격을 타고난 인숙이는 자기와 같은 종류의 사람이 마땅히 남편에게 바칠 가장 큰 친절과 주의의 방법을 가장 잘 알았다. 다만 이 세상에는 자기와 다른 생활의 '단순한 성격의 사람'이 있다는 것을 그는 모른 뿐이었었다. 따라서 그러한 사람이 행한 행동에 대하여는 생각하여 본 일조차 없었다.

이 형 아래서 현숙이의 오늘날을 일군 것이었었다.

40

현숙이가 자기의 형 인숙이의 집에까지 이른 때는 벌써 열두 시도 지난 때였었다.

시집가기 전까지의 몇몇 해를 그 집에서 자란 현숙이는 기분이며 감정상 자기 집과 다름이 없는 그 집에 이르면서 거릿방으로 들어가지 않고 샛골로 들어서면서 대문으로 하여 안방으로 들어갔다.

마침 뜰에서 빨래를 하고 잇던 시어머니(인숙의)가 현숙이를 처음 맞아 준 사람이었었다.

"에구머니, 이게 뉘냐, 소문 없이 나들이를 왜?"

노파는 빨래방망이를 집어던지며 일어서서 반갑게 맞아 주었다.

아직까지 현숙이의 마음에 있던 어떤 주저는 노파의 첫번 태도에 온전히 사라져 버렸다. 자기는 그 집에 대하여 손님일까 혹은 한집안 사람일까. 이제 자기는 그 집에 손님의 태도로써 들어설까, 혹은 몇 해를 그 집에서 자란 그 집 딸의 태도로 들어설까. 비록 자기의 친정이라 할지라도 일단 출가하였던 딸이 돌아올 때는 그 집의 한 손님에 다름없을 것이었었다. 이것은 자기는 인젠 남편의 사람이지 결코 이 집안의 사람이 아니라는 표적을 나타낸 필요상 당연히 딸 된 자가 취하여야 할 태도일 것이었었다. 남편에게 대한 친절, 남편에게 대한 대접은 당연히 옳은 안해로 하여금 이러한 태도를 취하게 하여야 할 것이었었다.

'출가한 여자가 마음을 풀어헤치고 마주 설 수 있는 유일의 사람은 남편.'

의식적으로 이러한 관념을 비교적 강렬히 가지고 있는 현숙이는 제 집을 떠날 때는 비록 제 형 인숙에게 만나러 가는 집에 있어서도 이제 형과 대할 태도가 이전의 처녀 시절의 태도와는 달라야겠다는 것을 어렴풋이 느꼈던 것이었었다.

이것이 어떤 의미로는 그에게 한 자랑도 되는 대신 그 반면으로는 쓸쓸함이 또한 섞여 있다 아니할 수 없었다.

"다들 안녕하세요?"

역시 어떤 갈피를 푼 듯한 태도로써 이렇게 인사를 하는 동안에도 그의 마음에는 그 '갈피'가 어느덧 저절로 없어져 들어가는 것을 속으로 느끼면서 오히려 기뻐하였다.

"우리야 안녕하지 않구. 자 들어가라. 바빠서 가 보지도 못했지만 너의 지아비도 잘 있냐?"

"네."

"너두— 참, 참 시집을 가면 모두들 조금씩 상하는데 너는 상한 줄을 모르겠구나. 재미가 어떠냐?"

현숙이는 마루에 걸터앉으며 빙그레 웃었다.

"웃는구나. 재미가 있더냐? 기쁘냐? 그럴 게지. 사람 좋다, 점잖다, 돈 있다, 군 인간 없다, 인물 잘났것다 그런 사람이 재미없어서야 재미있는 곳이 있을라구."

그렇습니다. 나는 행복이외다. 내 남편 되는 이는 아무 불만이며 부족이 없습니다. 그러나 세상사에는 왜 그리 마음대로 안 되는 점이 많습니까. 행복 속에 왜 반드시 불행의 씨가 베어 있읍니까. 이 수수께끼는 어디서 풀어야 하겠읍니까. 누가 풀어 주겠읍니까. 누구의 눈으로 보든 아무 불평도 없을 내게도 뜻안한 불행이 마치 커다란 날개와 같이 머리 위에 내려덮히니 세상이라는 것은 이런 것입니까? 현숙이는 적적히 웃었다.

"언니 계세요?"

"음 있다. 찾아 주랴?"

하면서 인숙이를 찾아서 가가로 향한 작은 문으로 나가려는 노파를 현숙이는 말렸다.

"내가 나가 보지요."

그는 그 샛문으로 하여 언니를 만나러 가가로 나갔다.

현숙이가 가가로 나온 때는 인숙이는 마침 어떤 부인 손님에게 화장품을 팔고 있었다.

인숙이는 현숙이를 보았다. 때때로 부부생활의 얼마의 도움이라도 주고자 현숙이의 가정을 찾아오고 하던 인숙이는 현숙이에게는 비록 친정언니라 하나 친정 사람과 같이 보이지 않았다. 현숙이는 방긋이 한 번 웃은 뒤에 언니의 가까이로 가서 부인 손님이 고르고 있는 화장품에 눈을 던졌다.

"집을 비우고?"

형제의 새에 아무 인사도 있기 전에 인숙이는 이 말부터 물었다.

"그럼."

"그럼?- 값으로 말하면 이편 것이 비싸지만 써 보니깐 품질은 이편 것이 나은 것 같습디다- 주부가 집을 비워 두고 다니면 되나?"

농인지 힐문인지 구별키가 힘든 이 말에 현숙이도 다만 미소로써 대답을 대신하였다. 그리고 돌아서서 이편 교자에 와서 앉았다.

손님을 보낸 뒤에 인숙이도 왔다. 형제에서 몇 마디의 잡담을 할 동안에 인숙이의 시어머니도 나왔다.

"너 현숙이 데리고 안방에 들어가렴. 내 방 좀 볼게."

"참 어머님한테 그렇지 않아도 부탁을 하려고 그랬는걸요."

"내 좀 봐 주지."

어린 상속인 하나를 데리고 그것뿐을 유일의 촉망으로 세상을 살아가는 과부 시어머니와 과부 며느리의 새는 세상의 말하는 바 보통 시어머니와 며느리의 새와는 달랐다. 친어머니와 친딸—그 가운데도 특별히 의가 좋은 모녀와 같았다. 둘이 다 같이 청춘과부라 하는 점에서 생겨난 동정도 두 사람으로 하여금 세상에서 보통 말하는 바의 고부간의 반목이라는 것을 없이한 데 큰 힘이 되었을 것이지만 그보다도 더 큰 원인은 두 사람의 성격상의 유사점이었었다. 활달하고 아무런 일에든 기탄과 갈피가 없으며 마음에 없는 일이면 말을 하든가 마음에 있는 일을 안 하든가 할 줄을 모르는 그들은 그 서로 공통되는 솔직하고도 활발함에 자연히 신애함을 느끼고 거기서 출발하여 비록 고부간이라 하나 아무 거리낌이 없는 모녀와 같은 새가 된 것이었었다.

"그럼 좀 봐 주세요. 그렇지만 요전에 같이— 현숙아 하하하하."

인숙이는 허리를 굽혔다 폈다 하면서 웃기 시작하였다. 시어머니도 웃었다.

"요전에 아—."

"애, 요전에 어디 잠깐 다녀올 일이 있어서 어머니께 방을 부탁하고 나갔다가 돌아오니깐 웬 부인네가 성이 독같이 나서 찾아오더니 아 욕을들이 하겠지, 내야 영문을 알 수가 있겠니. 좌우간 후에 알아보니깐 내가 풀을 쑤어서 크림병 속에 넣어 두었더니 어머니께서 그것을 모르고 팔았다나. 그래서 그 손님이 속여먹었다고 와서 야단을 한바탕 치고 갔구나. 응 바로 이게로다.”

하면서 인숙이는 풀을 담은 크림병을 가리켰다. 현숙이도 웃었다.

“내야 네가 거기다가 풀을 담았는지 밥을 담았는지 어떻게 알겠니, 크림병이 하나 놓여 있기에 그걸 종이에 싸 주었지.”

“어머니도, 그뿐인가요? 파리제 구 원짜리 향수를 기름이라고 기껏 비싸게 받느라고 팔십 전을 받으신 일도 있지요. 십오 전짜리 분을 칠십 전 받으신 일도 있지요?”

“모르는 걸 어떻게 파니? 오늘은 손님이 오기만 하면 너한테 들어가서 알게 하마.”

“참 우스워서― 아직도 그 생각을 하면.”

인숙이는 아직도 우습다는 듯이 웃으면서 일어섰다. 현숙이도 따라 일어섰다.

42

형제는 안방으로 들어왔다.

이 집에 발을 들여놓은 지 십오 분도 못 되지만 처음에는 '남의 집'이라는 일종의 가림이 있는 듯한 마음으로 들어섰던 현숙에게는 어느덧 차차 그 마음이 사라졌다. 안방에 발을 들여놓을 때는 현숙이의 마음에는 어느덧 시집간 지 반 년과 동경 학창생활을 사오 년을 건너뛰어서 이전의 소녀 시대의 자기를 발견한 듯한 애연하고도 쾌활한 마음을 가슴속에 느꼈다. 그는 담벽을 기대고 미끄러지듯이 그 자리에 주저앉으며 기다랗게 팔과 다리를 버티었다.

"언니. 흐-."

그의 입에서는 여러 해 전에 부리던 어리광의 소리까지 나왔다.

형은 동생을 보았다. 형의 눈에도 웃음이 있었다.

"살림하기가 곤하지?"

"곤하기야."

"곤하느니라. 몸이 곤하다는 것보다 마음이 곤하느

니라. 마음을 꼭 결박한 것같이."

현숙이는 그 말을 수고하였다. 동시에 아직껏 그다지 느껴 본 적이 없던 '살림살이'에 대한 자기의 것이 뜻밖에 어렵고 컸었던 것을 깨달았다. 바늘방석—관대한 남편과 간단한 살림과 가정에 대한 전권을 잡고 있던 현숙이가 이론상으로 보자면 당연히 안 느낄 바의 '조심'이 뜻밖에 컸던 것을 현숙이는 처음으로 알았다. 그것은 바늘방석에 앉는 것과 같은 종류의 '조심'이었었다. 마음의 무장(武裝)을 잠시도 끌러 놓을 새가 없을이만치 조마조마하고 조심성스럽던 살림이었었다. 하루의 스물네 시간을 늘 마음의 무장을 단단히 하고 그 무장을 잠시도 풀어 본 적이 없었다. '훌륭한 사람'이라는 비평에 대하여는 끝없는 애착을 가지고 있는 현숙이는 자기의 온갖 지혜를 다하여 이 이름에서 벗어나지 않으려 하였다. 그것은 극도로 긴장된 마음이었었다. 그리고 그는 오히려 이 긴장에서 즐거움과 유쾌함을 발견하는 것이었었다.

오늘 갑자기 형에게서 '마음이 곤하겠다'는 위로를 받을 적에 현숙이는 아직껏 느껴 보지 않았던 그 '곤함'이 뜻밖에 컸던 데 오히려 뜻밖이라는 생각까지 난 것이었었다.

인숙이는 웃음이 섞인 한숨을 쉬었다.

"그게 자미느니라. 그 자미가 없으면 누가 시집을 간다디. 서로 경쟁—이라면 말이 좀 변하지만—좌우간 서로 마음을 잔뜩 결박을 해가지고 말하자면 그것도 투쟁이지. 그 투쟁의 재미가 없으면 시집살이란 그런 싱거운 일이 없으리라. 하기는 형은 몇 달을 해 보지는 못했다만— 하하하하."

사람의 생활의 가장 엄숙한 순간에 받는 생겨 나는 감정을 현숙이는 문득 느꼈다. 하하하 쾌활하게 웃는 형의 그 반면에는 몹시도 적적함을 발견치 않을 수가 없은 현숙이는 형을 따라서 웃기는커녕 아직 입가에 흐르던 웃음의 그림자조차 거두어 버렸다. 그리고 버티고 있던 다리를 가드러뜨리고[36] 양손을 맥없이 무릎 위에 던지면서 약하게 한숨을 쉬었다. 그 한숨 가운데는 행복된 부부생활을 하는 동생이 과부 언니에

36) 가드라뜨리다: (북한어) 1. 매우 빳빳하게 되면서 오그라지게 하다. 2. 안쪽으로 바싹 구부리다.

게 가지는 동정이 섞여 있는 동시에 또 한편으로는 그 행복된 동생이 불행한 언니에게 대하여 장차 동정을 구하며 구원을 청하여야지 않을 수 없는 자기의 딱한 사정에 대한 근심도 섞여 있었다.

"아— 아."

한 마디 쾌활하게 웃은 언니는 그 웃음의 끝을 막으려는 듯이 역시 쾌활히 한숨을 쉬었다.

43

현숙이는 점심도 그 집에서 먹었다.

자기의 처녀 시절을 보낸 그 집은 온갖 정리로 보아서 현숙에게는 정다운 집이었었다. 자기가 그 집을 떠난 지 반 년이 지난 지금도 가구들의 놓임놓임이며 머리맡 영창 위에 걸어 둔 사진틀이며 그 아래 자기가 손수 만들어 걸어 둔 꽃이며 장판 방에 두어 곳에 자기가 쏟았던 잉크의 자국가지 그냥 있었다.

현숙이는 거기서 풍부히 나는 자기의 처녀시절의

내음새를 맡았다. 즐겁던 약혼시절의 내음새를 맡았다.

'서(徐)'

이러한 허수아비가 마침내 한 개의 사람으로서—더구나 그의 약혼자로서 그의 앞에 나타났을 동안의 그 아름답고도 즐겁던 처녀 시절의 내음새를 풍부히 맡았다. 온몸을 녹이는 듯한 달콤한 공상에 잠겨서 시간 가는 줄을 모르고 장래의 즐거운 결혼생활을 머리에 그리며 있던 그 시절 내음새를 풍부히 맡았다. 그 내음새는 장판 바닥에도 그냥 남아 있었다. 담벽에도 그냥 남아 있었다. 머리맡에 놓인 문갑에는 풍부히 그냥 남아 있었다.

그 모든 공상이 오늘날 마침내 현실로 그의 앞에 나타난 것이었었다.

그것은 즐거운 가정이었었다. 남편은 안해를 사랑하였다. 안해는 남편을 사랑하였다. 그 사랑을 방해할 만한 아무런 방해도 없었다. 금전의 부자유는 없었다. 군잡스런 사람도 없었다.

시집간 뒤로 그 공상과 현실의 새에 얼마의 차가

생긴 것은 사실이었었다.

그러나 처녀시절에 앉아서 모든 아름다운 공상에 잠기던 그 찰나에도 그것이 그대로 현실로 나타나리라고는 믿지 않고 거기다가 얼마의 에누리를 하더니만치 이지적인 인숙에게는 부부생활이 비록 그래도 그 공상과는 얼마의 틀림이 있다 하나 거기 대하여는 아무 불만도 품지 않았다.

'공상을 포기하라.'

'현실을 끄을어올리라.'

당연히 일어날 이러한 생각조차 그에게 생겨 보지를 않고 그 현실에 만족하였다. 그리고 그 현실을 잃지 않으려 자기의 지식과 지혜를 다하여 노력하였다.

그렇거늘 오늘날 일성이라 하는 뜻하지 않은 방해물이 나타나서 현숙이의 행복된 현실에 한 점의 콤마를 찍어 놓은 것이었었다.

점심 뒤에 가벼운 기분에 잠겨서 공상에서 공상으로 뛰어다니던 현숙이는 문득 일성이를 생각하고 펄떡 정신을 차렸다. 동시에 그의 입에서는 약한 한숨조차 새었다.

"언니, 무슨 이야길 하세요."
"?"
"갑갑해 견디겠소? 이야기라두 하세요."
"한참 덤비어 댔더니 이야기 주머니가 그만 말라 버렸구나."
그런 뒤에는 인숙이는 쾌활히 웃었다.
"그럼 내 할까?"
"하렴."
"내니 할 이야기가 있어야지— 참 언니, 일성이 보셨소?"
현숙이의 입에서는 마침내 일성이의 이야기가 나오기 시작하였다. 그러나 그 나온 방법이 몹시도 서툴렀다. 다른 이야기 같으면 이렇듯 서툴게 말을 끄을어낼 그가 아니었었지만 그의 마음의 한편 구석을 커다랗게 점령하고 있는 오늘의 이 일에 대하여뿐은 그로서도 늘 사용하는 온갖 기교를 전부 포기하지 않을 수가 없었다.
"일성이가 왔더냐?"
"네…."

"너희 집에?"
"네-."

44

"그러고도 우리 집에는 오지를 않아?"
"언니한테는 안 오겠답디다."
"왜?"
"늘 꾸지람만 한다나?"
"하하하하. 그 애에게도 꾸지람은 싫은 모양이군. 그렇거든 왜 꾸지람을 안 듣도록 안해."
현숙이는 힐끗 언니의 얼굴을 쳐다보았다. 그리고 거기 나타나 있는 커다란 인격 앞에 뜻하지 않고 머리를 숙였다. 같은 손위 누이라 하나 현숙이에게는 노골적으로 협박을 하던 일성이가 이 맏누이 되는 인숙이에게는 저픔[37]을 가지고 감히 찾아오기까지

37) 두려움

꺼리던 것도 이 인격에 위압된 때문일 것이었었다.
순간 형용할 수 없는 외로움이 폭풍우와 같이 그의 마음을 습격하였다. 약한 한숨이 그의 입에서 새어나왔다.
인숙이는 동생을 보았다.
"와서 무슨 이야길 하디?"
"무얼, 별 이야긴 없어요."
"그럼 공연히 왔단 말인가?"
"글쎄."
이제 인숙이가 물은 바 '공연히 상경을 했느냐'던 말은 또한 현숙이가 어제 저녁에 제 동생에게 향해서 묻던 그 질문이었었다. 현숙이는 일성이에게 그 질문을 하고 대답으로서는 돈 천 원의 청구를 받은 것이었었다. 그 천 원을 마련하기 위하여 오늘 형을 찾아온 현숙이는 형에게서 '일성이가 왜 상경을 하였느냐'는 질문에 글쎄 하는 똑똑치 않은 대답을 할 뿐이었었다.
"어머님은 안녕히 계시다디?"
"글쎄."
"글쎄란? 그럼 물어도 안 보았니?"

"그 애는 그 새 집에 있지도 않았답디다."

"그럼 어디 있었다디?"

봉천이라고 대답하려던 현숙이는 그만 '만주'라고 대답하여 버렸다.

봉천이라는 것은 현숙이에게는 입에도 내기 싫은 땅이었었다.

"만주? 만주서— 마적의 부하라도 됐다디?"

"…."

"그래 어머니 혼자 버려두고 돌아다닌 것을 좀 꾸중이라도 안했니?"

현숙이는 머리를 들어서 천천히 언니의 얼굴을 바라보았다. 현숙이의 눈에는 원망의 기색이 있었다.

인숙이가 현숙이의 마음을 알아채었다.

"그런데, 네가 꾸지람을 한 대야 들을 애는 아니야. 참 딱한 애로군."

형은 이만치 비평을 한 뒤에 천천히 그 문제를 집어치웠다. 그러나 현숙이는 형의 그 말을 결코 듣고 있던 바가 아니었다. 그의 마음은 차차 긴장되어 왔다. 인제 장차 자기 입에서 나와야 할 말 때문에 그의 마음은 마치 죽 끓듯 끓고 있었다. 천하가 태평한 듯이 쾌활히 이야기하는 형의 앞에 그 문제를 끄을어내면 형은 어떻게 대답할까. 그리고 어떻게 처리할까. 대답보다도 처리, 처리보다도— 그 이야기를 끄을어낼 실마리에 현숙이는 더욱 애를 썼다. 수그리고 있는 머리는 차차 더 내려왔다.

잠시의 침묵이 흘렀다. 현숙이는 머리를 들었다—.

"언니."

"왜."

"돈 천 원만 취해 주구료."

인숙이는 눈을 딱 바로 떴다. 그의 얼굴에도 경악의 그림자가 나타나 있었다.

"천 원?"

"네."

현숙이의 소리는 듣기가 힘들었다.

"무엇에 쓰려느냐?"

"좀…."

"남편의 승낙은 있느냐?"

현숙이는 머리를 저었다.

"그럼 못 주겠다."

45

그럼 못 주겠다고 한 마디로 거절한 인숙이의 말에는 동정도 침착도 없었다. 거기는 간단한 거절이 있을 따름이었었다.

세상의 만사가 이론대로 진행되는 것이라 하면 여기서 현숙이는 당연히 비쭉하지 않으면 안 될 것이었었다. 적어도 그의 눈은 노여움으로 빛나지 않으면 안 될 것이었었다. 시집간 동생이 처음으로 나들이를 와서 청구하는 그 돈을 사정도 알아보기도 전에 너무도 냉담하게 잡아떼는 형의 태도에 그는 당연히 반감을 일으키지 않으면 안 될 것이었었다. 유린 당한 자기의 자존심을 보호하기 위하여서라도 적어도 그는 원망의 눈초리라도 형에게 던지지 않으면 안 될 것이었었다.

그러나 그는 아무 말도 안하였다. 그리고— 머리를 깊이 가슴에 묻은 뒤에 묵묵히 앉아 있었다.

형이 다시 입을 열었다.

"못써. 안해가 남편에게 의논 없이 돈을 쓴다는 것은 못써. 그맛 지각은 있는 줄 알았더니, 그럼 내가 너를 잘못 보았던 모양이구나."

현숙이는 역시 대답치를 못하였다.

이렇게 말하는 바를 자기도 모르는 바는 아니었었다. 아직껏 자기는 추호[38]만한 일일지라도 남편에게 감춘다든가 남편이 모르게 행한 일이 절대로 없었다. 그러나 이 일뿐에는 예외가 있지 않을 수 없었다. 이것은 결코 자기를 위하여 하는 일이 아니라 남편의 마음에 불유쾌한 생각을 일으키지 않으려 그가 생각하고 생각한 끝에 행하는 최후의 수단이요 최선의 수단에 다름없었다. 이윽고 현숙이는 머리를 들었다. 조금 눈물기가 있는 그의 눈은 마치 수정과 같았다.

"언니."

"?"

"대체 그 지아버니란 것은 어떻게 해석해야 합니

---

38) 매우 적거나 조금인 것을 비유적으로 이르는 말

까?”

“남편은 남편.”

인숙이의 결론은 간단하였다.

“안해라는 사람은?”

“안해는 안해.”

“두 사람의 관계는?”

“부부 관계.”

인숙이의 결론은 더욱 간단하였다. 성격의 하나기보다 오히려 환경과 성장의 차이에서 생겨 난 이 결론은 이론으로서는 당연하였지만 현숙이는 그냥 그대로 머리를 끄덕이지 못할 점이 없지 않았다. 현숙이는 다시 머리를 수그렸다.

—언니, 당신은 모릅니다. 이렇게 말하면 실언 같을지는 모르지만 부부관계라 하는 것은 당신이 생각하는 바와 같이 간단하고 명료한 것이 아닙니다. 일찌기 과수가 된 당신은 경험하였을 수가 없는 허다한 델리케이트[39]한 문제가 그 안에 수없이 있읍니다.

39) delicate: 연약한, 여린, 다치기 쉬운, 허약한, 섬세한, 우아한

나도 처녀 시절에는 일찌기 당신과 같은 생각이었었읍니다. 그러나 세상의 온갖 문제보다도 가장 델리케이트한 부부 문제는 공상과 이론뿐으로는 도저히 판단을 허락지 않는 뜻밖에 어려운 일이 많이 있읍니다. 당신이 사랑하던 이 동생도 지긋지긋한 그 문제에 부딪쳐서 고민하고 있읍니다. 그리고 그 판단을 당신에게 얻으려고 온 것입니다.

"너 부부싸움이라도 한 모양이구나."

현숙이는 잠자코 얼굴을 쳐다볼 뿐 다시 머리를 숙였다.

"안했어? 안했으면 새삼스럽게 부부 관계를 물어볼 게 웬 일이냐?"

"언니."

"왜?"

"부부의 화합은 어디서 생겨날까요?"

"서로 숨김이 없는 데서."

현숙이는 한숨을 쉬었다.

"그것이면 그뿐일까요?"

"그럼."

46

그것은 지금부터 오 년 전 현숙이는 열여덟 일성이는 열다섯 살 난 해의 여름이었었다. 그 해의 하기방학을 이용하여 마침 인천 어머니의 집에 현숙이는가 있었다.

그 어느 날 그의 집에는 한 장의 전보가 왔다.

전보는커녕 보통 편지라는 것조차 인숙에게서나 오지 그밖에서는 올 일이 없는 이 집에는 전보는 과연 뜻밖엣 것이었었다.

그 전보는 열 몇 해를 음신불통[40]으로 있던 현숙이의 아버지에게서 온 것이었다. 그 전보에는 자기의 병의 위태함과 돈을 좀 보내라는 두 가지의 사연이 있고 발신(發信)한 곳은 봉천 송죽 여관이라 하였다.

세상의 온갖 군잡스러운 일을 초월한 듯이 아무런 일도 무심히 지내는 어머니는 역시 이 전보에도 대척치 않았다.

40) 音信不通: 소식이 서로 통하지 아니함

"봉천 있었나?"

어머니는 이 한 마디로 모든 일은 다 해결된 셈을 쳤다. 그러나 현숙이는 그렇게 무심히 지나지 못할 것같이 생각되었다. 설혹 아버지의 얼굴조차 똑똑히 기억 못하며 아무런 정애도 가지지 않았다 하나 그래도 자기가 피를 받은 아버지에게 너무 무심히 지나는 것은 마음에 켕기었다.[41] 더구나 객지에서 병이 위독하다는 아버지를 생각할 때에는 의리상 어떻게든 가 보아야 할 것 같이 생각되었다.

그는 어머니를 달래어서 얼마의 돈을 준비하여 가지고 일성이와 같이 봉천을 향하여 떠났다. 그러나 그들 남매가 급기 봉천까지 도착하여 송죽 여관을 찾아갔을 때는 그의 아버지는 송죽 여관에 있지 않았다. 그는 절도라는 죄목으로 영사관 경찰의 신세를 지고 있던 것이었었다.

거기서 현숙이의 남매가 안 바는 그들의 아버지라 하는 사람은 다시 사람이 될 가망이 절대로 없는 아

41) 켕기다: 어떤 일에 시원한 결과가 나지 않고 걱정이 남아 신경이 쓰이다. 비양심적인 기분이 들다.

편장이며 그 아편의 비용을 구하기 위하여 절도, 협박, 공갈, 구걸 온갖 일을 다 거리낌 없이 행하는 사람이며 이번에도 여관 곁방에 든 사람의 행장을 도적하고 그것이 발각되어 경찰의 손에 잡혔다 하는 것이었었다. 그런지라 짐작컨대 그가 인천 본집에 자기의 병이 위독하다고 전보를 놓은 것도 돈을 좀 어떻게 구하여 보려던 최후의 수단으로밖에는 볼 수가 없었다. 여관 주인의 말로 듣더라도 그는 아무 병도 앓은 일이 없다 한다.

그 말 때문에 몹시 수치를 느낀 현숙이는 그 날 밤차로 귀국할까 하였다.

그러나 인정상 자기가 피를 받은 아버지가 이 낯선 땅에 영어의 인(囹圄人)이 되어 있다는 것을 몰랐으면 여니와 알고— 더구나 그를 위하여 가지고 왔던 돈도 있는 이상에야 그냥 돌아간다는 것은 너무도 무심한 듯하였다.

그래서 우선 그날 저녁 차입을 부탁하고 이튿날 면회라도 한 번 하고 갈 양으로 그 송죽 여관에서 하룻밤을 묵기로 하였다. 아무리 집안을 모르고 인정을 모르고 의리를 모르고 자식조차 모르는 아버질지라도 현숙이는 자기의 심리로써 짜아내어 내일 아버지를 면회할 때에는 아버지의 눈에서도 마땅히 흐를 몇 줄기의 눈물을 예상하였다. 그리고 그 극적(劇的) 씬 때문에 현숙이의 마음에로 일종의 외로운 듯한 정애가 일어났다.

"일성아, 우리 오늘 여기서 묵고 내일 아버지나 한번 만나보고 가자."

어린 동생을 향하여 이렇게 말할 때에는 감격키 쉬운 시절의 처녀인 현숙이는 코까지 메었다. 그리고 그의 마음에는 사랑이며 미음이며 이런 문제를 제외하고 어버이와 자식 간에 마땅히 있어야 할 정의와 의리와 한 걸음 더 나가서 신뢰까지 느꼈다.

이리하여 이 남매는 봉천 송죽 여관에서 하룻밤을 묵게가 되었다.

그날 밤 현숙이는 잘 잠이 들지 못하였다.

조선 사람이 경영하는 그 송죽 여관은 조선식의 집이었었다. 대문을 들어서서 사무실이 있고 가운데 네모난 뜰을 둘러서 조그마큼씩한 객실이 마치 진(陣)

과 같이 놓여 있었다. 따라서 그 객실에는 끝방과 첫 방의 구별이 없지만 현숙이의 남매가 묵어 있는 방은 모퉁이 방이었었다.

여관에는 손님이 많았다. 옷뿐으로는 그 국적조차 분간키 힘들도록 조선옷 청복 일복 양복 등의 가지각색 옷이 다 있었으며 현숙이와 같은 여자에게는 그들의 직업은 짐작도 할 수가 없었다. 무역, 밀수입, '만슈고로(滿州浮浪者)'—그들을 바라보고 현숙이는 어렴풋이 이렇게 느꼈을 뿐이었었다.

저녁 뒤에는 잠시 조용하였던 여관이 밤 열한 시 경부터는 다시 소요하기 시작하였다. 방출입을 하였던 손들이 돌아들 오는 모양이었었다. 한 사람 두 사람씩 차차 뜰에는 사람의 수효가 늘어가고 그 가운데는 술 취한 사람도 몇이 있는 모양으로 혀 꼬부라진 소리가 들렸다. 그리고 그들은 이러한 거친 만주에서는 보기가 힘든 고국의 여학생이 한 명 자기네와 같은 여관에 묵어 있다는 것을 통절히 느낀 모양으로써 부러운 소리로 지껄이며 어떤 때는 현숙이의 방 앞에까지 와서 소요스럽게 굴었다. 돈을 많이 뿌려 본 자랑이며 자기의 호협한 행동이며 여자를 후리던 경험담이며 어떤 때는 정면으로 도저히 듣지를 못할 음탕스러운 이야기까지 있었다. 그런 뒤에는 우습지도 않은 일에 큰 소리로 웃고 하였다.

'야비스럽다.'

현숙이의 호기심을 일으키고자 지껄이는 그들의 이야기는 현숙이에게는 이 한 마디로써 비평이 끝나는 행동이었었다. 현숙이는 몇 번을 혀를 차며 속으로 성을 연거푸 내며 이리로 돌아누웠다 저리로 돌아누웠다 하였다. 이런 야만의 곳을 저녁차로 달아나버리지 않은 후회까지 하였다.

한 시가 지난 뒤에는 여관도 조용하여졌다. 때때로 멀리서 놀란 듯한 기적소리가 들리고 저편 길 모퉁이에서 밤손님의 구루마 부르는 소리가 간간 들릴 뿐이었었다. 그러나 아까의 성가심 때문에 몹시 신경이 날카롭게 된 현숙이는 그냥 잠을 못 들었다. 아까 낮에는 몹시도 느끼던 피곤함도 어디론가 사라지고 그의 머리는 더욱 똑똑하여졌다. 잠이라는 것은 사람이 과연 자야 되는 것인지, 자기도 장차 언제 잠이 올 때가 있을는지 이런 생각조차 나게 되었다. 두 시를 치는 소리도 들렸다. 그 두 시를 들은 지 얼마하지 않아서 세 시를 치는 소리도 들렸다.

그러나 현숙이도 마침내 잠이 들었다. 세 시를 치는 소리를 들은 뒤에 좀 있다가 길에 지나가는 사람의 쿵쿵거리는 발소리를 꿈결같이 들은 뒤에 그도 잠이 든 것이었었다.

이렇게 겨우 잠이 들게 되었던 그는 무슨 괴상한 압박을 느끼면서 화닥닥 깨었다. 정신이 들면서 보니까 무슨 천 근 같은 무게가 그의 가슴을 내려누르고 있었다.

그는 처음에는 몸버둥[42]이를 쳐 보았다. 그러나 소란스럽게 굴어서 당연히 생겨 날 창피스럼이 휙 머리의 한편을 스치고 지나간 순간 그는 다만 몸을 힘껏 트는 것으로써 그 힘을 대항하려 하였다. 그의 몸은 사시나무와 같이 떨렸다.[43]

좀 뒤에 정신을 수습하고 현숙이가 제일 첫 번으

---

42) 몸이 힘에 겨운 처지에서 벗어나려고 부득부득 애를 씀을 비유적으로 나타냄.
43) 몸을 몹시 떠는 모양을 비유적으로 사시나무와 빗대어 표현하고 있다.

로 눈을 던진 것은 저 편에 누워 있는 동생 일성이의 위에였었다. 일성이는 숨소리 고요히 잠이 들어 있었다.

거기 얼마만치 안심을 느낀 그는 그 안심과 함께 갑자기 일어나는 공포와 설움 때문에 그 자리에 엎딘 채로 몸을 고민하듯이 떨면서 느껴 울다가 새벽 아직 어두워서 일성이를 깨워 가지고 그 여관에 세음을 치르고 빠져나와서 부산행 기차에 몸을 실었다.

48

이것이 현숙이의 비밀이었었다.

생각도 안하였을 때에 알지도 못하는 사람 때문에 그의 처녀는 깨어져 나갔다.

그 뒤 오 년간 현숙이는 늘 그것 때문에 남모르게 고민하였다. 말하자면 이 너른 세상에 자기 혼자밖에는 알 사람이 없는 비밀로서 자기만 발설치 않으면 세상에 뉘라서 알 길이 없는 일이로되 그렇다고 자기까지는 속일 수가 없었다. 처녀의 정조라 하는 것은 결코 그것으로써 남에게 대항하고 남에게 자랑하고 남에게 존경을 받는 무기에 쓸 것이 아니고 남편이라는 사람이 생기기까지의 시기를 자기 혼자서 감추어 가지고 혼자서 만족히 여길 것이라는 것이 현숙이의 생각이었었다. 따라서 아무리 처녀의 정조는 잃었을 망정 남만 감쪽같이 속이고 남에게만 처녀로 보였으면 그만이라는 생각은 현숙이로서는 도저히 할 수가 없었다.

더구나 용언에게로 시집을 간 이래로 그 생각은 나날이 더하여 갔다. 그리고 그 고민 때문에 도저히 더 참지 못하도록 어려울 때마다 탁 이 비밀을 남편의 앞에 자백하여 버릴까 하는 생각도 늘 하여보았다.

그것을 자백하는 것은 결코 어려운 일이 아니었다. 비록 말하기가 힘들기는 하나 그것을 감추어 두기 때문에 죽을 때까지 받을 고민을 생각하면 손쉽게 털어 내는 것은 그다지 힘든 일은 아닐 것이었다.

그것을 한 번 자백을 하여버리는 것은 그다지 어려운 일이 아니로되 그 뒤에 생겨 날 남편의 번민에 생각이 미칠 때에는 현숙이는 도저히 그것을 자백할 용기가 안 생겼다. 처녀로만 굳게 믿고 있던 자기의 안해가 비록 그 마음에 있어는 한 점의 티도 없는 맑은 처녀로되 몸으로써 자기이외의 다른 사내와 접한 일이 있다 하는 것은 남편 된 자의 결코 유쾌할 사실이 아닐 것이다. 일생 가운데 한 번밖에는 경험할 수가 없는 '상대자의 동정(童貞)'이라는 것이 벌써 다른 사람에게 밟힌 바가 되었으며 당연히 그 동정을 소유할 자기는 다만 한낱 몸집을 소유한 데 지나지 못한다 하는 것은 결코 남편 된 자의 유쾌할 사실이 아닐 것이다. 삼십 년 동안을 고이고이 지켜 두었던 자기의 동정을 그대로 안해에게 바친 남편이 안해에게서 그 보수로서 동정의 제공을 받지 못하였다 하는 것은 결코 남편 된 자의 유쾌할 사실이 아닐 것이다. 만약 자기의 안해가(비록 마음에는 없었다 하나) 일찍이 다른 사내와 접한 일이 있다 하는 것을 알면은 남편 된 자의 마음은 결코 유쾌하지를 못할 것이다. 거기는 커다란 불만과 분노와 번민이 있지 않을 수 없을 것이다. 그리고 그 모든 불만은 일생에 한 번

밖에는 없을 동정(童貞)에 관한 것이니만치 일생을 통하여 계속될 불만이며 또한 일생을 통하여

도저히 위로하거나 만족을 줄 수가 없는 불만일 것이다. 여기서 몇 번을 거의 입 밖까지 나왔던 자백을 현숙이는 그 대변 도로 움쳐들인 것이었었다.

'벌(罰)은 죄인에게.'

'비밀을 가진 여인'이라는 가장 불유쾌하고 창피하고 더럽고 따라서 불쾌한 이름을 스스로 제 위에 올려놓기로 마침내 결심치 않을 수 없은 그는 그 때문에 생겨나는 고통도 또한 감쪽같이 감추어 가지고 자기 혼자서 괴로워할 수밖에는 도리가 없었다.

이리하여 한 가지의 고통을 피하기 위하여 또 한 가지의 고통을 자진하여 산 현숙이는 이 두 가지의 고통 아래서 피곤한 몸과 마음을 남편의 지극한 사랑 안에 쉬며 자기도 또한 그 속죄를 겸하여 정성에 정성을 다하여 남편을 섬기던 것이었었다.

(『문예공론(文藝公論)』, 1929.6;
『중외일보(中外日報)』, 1930.5.30~9.23)

토끼의 간[44]

월전(月前)[45]에는 왕(百濟王-義慈)이 몸소 대군을 이끌고 와서 신라를 침략하여 이 나라(新羅)의 사십여 성을 빼앗았다. 그 놀란 가슴이 내려앉기도 전에, 팔월에 들면서 백제는 또 장군 윤충(允忠)[46]을 시켜서 신라의 대야성(大耶城)[47]을 쳐들어온다는 놀라운 소식

44) 토끼의 肝.

45) 달포(한 달이 조금 넘는 기간) 전.

46) 백제시대의 장군으로 642년 8월 군사 1만 명을 이끌고 신라의 대야성을 공격하였다. 대야성의 불만 세력이 팽배하여 성안의 인심이 흉흉함을 알고 김춘추의 사위인 성주 품석(品釋)에게 항복을 권유했다. 이 권유로 품석과 처자와 함께 성문을 열고 나와 항복을 하자 성을 함락시켰다. 이후 품석과 그 처자들의 머리를 베어 사비성으로 보내고, 사로잡은 주민 1천 명은 백제의 서쪽 주현으로 옮겨 거주시켰다. 이 대야성의 전공으로 윤충은 말 20필과 곡식 1천 석을 하사받는다.

47) 경남 합천군 남부지방에 있던 신라시대의 성(고을).

이 계림(鷄林)[48]의 천지를 또다시 들썩하게 하였다.

이 소식이 들어오자 꼬리를 이어서 따라 들어오는 소식은 가로되,

"대야성은 함락되었다. 대야성 도독 김품석(金品釋) 이하는 모두 죽었다."

하는 놀랍고도 참담한 소식이었다.

그 뒤를 이어서 그 상보(詳報)[49]가 이르렀다. 그 상보에 의지하건대, 대야성이 백제 장군 윤충의 군사에게 포위되자, 대야성 성내에서는 반역자의 분란이 일어났다. 대야성 도독 김품석의 막하에 점일(黏日)이라는 사람이 있었는데, 점일에게는 젊고 아리따운 안해가 있었다. 도독 김품석은 자기의 지위를 이용하여 점일의 안해를 빼앗았다. 이 때문에 도독에게 원심을 품고 있던 점일은, 백제의 정벌군이 이르자 안해 빼앗긴 분풀이로, 제 나라를 배반하고 백제군에게 내응하여, 성내의 각 창고를 불 놓으며 성내에서 난을 일으켰다. 그러지 않아도 백제의 강병을 도저히 대적치

48) 경상북도 경주시 교동 첨성대와 반월성 사이에 있는 숲.
49) 자세히 보고하거나 보도함.

못하겠거늘 성내에 반역 분자까지 생기고 보니, 인제는 대야성은 더 볼 나위가 없게 되었다. 일이 이렇게 되매 김품석의 막하에 서천(西川)이라는 사람이 성에 올라가서 적장 윤충에게

"내 목숨만 거두어 주신다면 성을 들어 항복케 하오리다."

고 굴복할 뜻을 나타내었다. 그리고 윤충에게서,

"온 성이 항복을 하면 생명은 보전해 주마."

는 대답을 얻은 서천은 도독 김품석에게 그 뜻을 전하여 동의를 얻고, 다른 사람에게도 모두 그 뜻으로 권고를 하여 동의케 하였다.

그런데 그 가운데 죽죽(竹竹)이라는 사람이 있어서

"우리 어머니가 내 이름을 죽죽이라고 지어 주신 것은, 꺾어질지언정 굴하지 말라신 뜻인데, 내 어찌 죽기를 두려워하여 적에게 굴하랴."

하며 동지를 모아가지고 끝끝내 항전하기로 하였다.

항복한 무리들(도독 김품석 이하, 서천이며 그 밖에 허다한 장졸 백성들)은 성문을 열고 목숨을 보전하러 성 밖으로 나갔다. 그러나 목숨을 보전하러 나간 무

리들은 백제의 군사에게 전멸을 당하였다. 성을 들어 항복한다더니 아직 성내에 적지 않은 군병이 있지 않으냐. 그러매 생명 보전을 허락할 수 없다 하는 것이 백제의 구실이었다.

이, 항복한 군민이 성 밖으로 나간 뒤에, 죽죽은 성문을 굳이 닫고 남은 무리들을 지휘하여 백제 군사에게 대항을 하여 용감히 싸워 최후의 한 군사까지도 남지 않고 백제군의 칼 아래에 장렬한 전사를 하였다.

그 항복한 무리에 섞이어, 부끄러운 목숨을 그냥 어떻게 유지하여 보려고 대야성을 빠져나오다가 죽은 사람 가운데는, 도독 김품석의 안해 고타조(古陁炤)가 있었다. 고타조는 신라 이찬(伊湌—벼슬 이름) 김춘추(金春秋)의 딸이었다.

×

팔월—찌는 듯한 잔서가 아직 심할 때였지만 아침 저녁은 꽤 서늘하였다. 김춘추는 바야흐로 대궐에 들어가서 임금(善德女王)께 대야성 구원병을 보내야 하겠다는 말씀을 아뢰려고 할 때에, 대야성 함락의 보도가 이른 것이었다.

무얼? 행차로 나가려던 발을 김춘추는 멈추었다.

월전에는 미후(獼猴) 등 사십여 성을 백제에게 빼앗겼다. 그 상처가 낫기는커녕 그 상처의 아픔을 명료히 감각할 겨를도 없이 지금 또 대야성을 잃는다? 백제의 횡포를 미워하는 생각보다도, 내 나라의 미약함을 한탄하기보다도, 다만 이 연다른 불행을 망연자실할 뿐이었다.

나가려던 발을 멈추고 기둥에 몸을 기댄 채 얼빠진 사람같이 우두머니[50] 서버렸다. 죽기가 두려워서 성을 들어 항복하려다가 제 목숨까지 잃어버린 사위 김품석의 가증코 치사한 행위를 밉게 보랴.

무명지사(無名之師)를 연하여 일으켜, 남의 나라를 침략하고 무고한 백성을 도탄에 울게 하고 남의 국토를 침식하는 백제의 행위를 괘씸히 보랴. 또는 자기의 딸 고타조—고귀한 가문의 딸로 태어나서 고귀한

---

50) 우두커니

가문에 출가한 것이, 결국에 있어서는 비겁한 매국한의 안해로, 그나마 남편의 고임조차 받지 못하고 남편은 남의 유부녀에게 혹하여 그것이 원인이 되어, 지키던 성을 잃고 지위와 신분을 잃고 종내 생명까지 잃는다는, 인생 최대의 비극을 겪고, 불충 불의한[51] 남편과 함께 적(敵)에게 해를 입어 죽은 그 가련한 딸의 인생행로를 조상하랴.

그런 모든 과정을 건너 뛰어 김춘추는 얼빠진 사람 모양으로 망연히 서 있었다.

“이 백제를! 이 원수의 백제를.”

망연히 서 있는 그의 입에서는 이런, 머리도 끝도 없는 말이 때때로 새어나왔다.

사서(史書)에 기록하기를,

‘伊飡金春秋聞之[윤찬금춘추문지], 倚柱而立[의주이립], 終日不瞬[종일불순], 人物過前而不之省[인물과전이부지성], 旣而言曰[기이언왈], 嗟乎大丈夫[차평대장부], 豈不能呑百濟乎[기불능탄백제호]’ 云云[운운] 망

51) 不忠不義--: 충성스럽지 못하고 또한 의롭지 못하다.

연히 서 있는 그의 머리에 일고 잦은 단 한 가지의 생각은, 이 원수의 백제를 그냥 두지 못하겠다는 것뿐이었다.

크게 보자면 나라의 원수요, 작게 보자면 그 일생을 애처롭게 마친 가련한 딸 고타조의 원수다. 이를 어찌 그냥 두랴.

이름 없는 군사—단지 침략을 위한 군사를 연해 일으키는 백제로서, 어제는 미후 등 사십여 성을 빼앗고 오늘은 대야성을 빼앗았으면, 무론 내일 또 어디를 침략하러 올지 예측을 할 수가 없으되 올 것만은 분명한 사실이었다.

원수도 원수려니와 한번 단단히 두들겨 주어서 다시는 야심을 못 품도록 골려주지 않았다가는, 연해 오는 무명지사에 신라의 관민은 마음 놓고 명일의 조반을 준비할 수가 없다. 원수까지는 못 갚는다 할지라도 한 주먹을 단단히 가해 주어서, 다시는 념실거릴 생각을 품지 못하도록이라도 해 주어야 하지, 그렇지 않았다가는 내 나라에서는 하루도 베개를 높이하고 잠을 잘 수가 없다.

그러나 워낙 내 나라의 힘이 부족한 것을 어찌하랴. 기둥을 기대어 서 있는 춘추의 머리에는 가지가지의 생각이 일고 잦았다. 명신 명장(名臣名將)이 배출한 위에 또한 명군 의자(義慈)왕이 위에 임한 백제는, 그 기세가 하늘을 찌를 듯, 날카로운 끝을 막을 자가 없다. 거기 반하여 우리 신라는, 지금 겨우 주변의 작은 나라들을 합하여 통일의 공은 이루었다 하나, 아직 튼튼한 자리는 잡지 못하였다. 김춘추 자기가 일국의 신망을 한 몸에 지니고 있고, 대장군 김유신의 위력이 국내를 덮고 있기는 하지만, 자리 잡히지 못한 나라이매 아직 백제를 대적하기에는 힘이 훨씬 부족하다.

그러나 이대로 버려두면 그칠 바를 모르는 백제의 횡포를 어찌하랴.

×

그로부터 김춘추는 식불감미,[52] 와불안면[53]—현저히 기분이 침울하여지고, 기력이 줄어졌다.

지금 이 국가의 불안한 상태에 있어서, 임금(善德女王)은 오직 김춘추 한 사람을 믿고 김춘추에게 어떻게든지 지금의 국면을 타개하기를 은근히 촉망하는 것이었다. 내 나라이 워낙 약하니 임금도 김춘추에게 어떻게 하라고 재촉을 하든가, 왜 이러이러하게 하느냐고 힐책을 하든가 하지는 못하나, 김춘추가 담당하면 어떻게든 이 국면이 타개가 되지 않을까 하는 요행심으로, 은근히 춘추에게 촉망을 하는 것이었다.

임금도 그러하거니와 온 백성도 또한 김춘추 한 사람을 믿고, 김춘추가 어떻게 활동을 하면 이 불안한 상태에서 조금이라도 벗어날 수가 있지 않을까 하는 생각으로, 김춘추의 동정을 엿보고 있다.

이렇듯 임금과 온 국민에게 무언의 책무를 지고 있는 김춘추는, 이 촉망에 대해서라도 어떻게든 무슨 보답이라도 있어야 할 터인데, 두고두고 생각하여 보아야 아무 방책도 생각나지 않아서 혼자 애타 하고 번민하고 있을 따름이었다.

52) 食不甘味: 근심과 걱정으로 음식을 먹어도 맛이 없음.
53) 臥不安面: 잠을 편히 자지 못하는 병

김춘추 자기의 처남이요 막역지우요 겸하여 지모가 겸비한 대장군 유신과 늘 마주 앉아서는, 무슨 대책이 있지 않을까고 머리를 모으고 협의하고 하였다. 그러나 여전히 무슨 묘방이 생각나지를 않았다.

그러는 동안에 그 해의 구월도 어느덧 지나가고 시월도 지나갔다. 사람의 근심이나 분한 생각이 나는, 세월이 흐르면 거기 따라서 씻기운다 한다. 그러나 김춘추의 마음에 맺힌 근심과 억분함은 세월의 힘으로도 씻기우지를 않았다. 그것이 춘추 혼자의 근심이거나 억분함이면, 혹은 세월의 힘으로 씻기웠을는지도 모르지만 지금의 춘추의 마음에 맺힌 자는 그와는 달라서, 온 신라 백성의 편달이 춘추의 뒤에서 춘추를 재촉하였다. 서쪽으로 무시무시한 원수 백제를 가지고 있는 온 신라 백성은, 하루도 마음을 놓고 내일의 살림을 준비할 수가 없는지라, 따라서 여기 대한 보호책과 방비책을 김춘추에게 채근하는 것이었다. 온 국민의 채근을 몸으로 받고 있는 춘추는, 그 책임감 때문에 잠시 한 때도 마음 놓이는 때가 없었다.

어떻게 해서든지 이 문제를 해결치 않으면 안 되겠

다. —이 생각으로 춘추의 몸이 쇠약하여 감을 따라서 차차 강박적 위협감까지 띠어서, 이 문제를 급속히 해결짓지 못하면 무슨 큰일이 생겨날 듯이 그의 마음을 누르고, 그의 관념을 재촉하였다.

그러나 아무리 생각하여야 우리의 약한 힘을 가지고는 도저히 백제를 대적할 수가 없고, 실력으로 백제를 대적치 못하여 가지고는 해결이 되지 않을 문제임을 어찌하랴.

×

물에 빠진 자는 짚이라도 붙든다.

물에 빠진 춘추는 마지막에 할 수 없이 이 짚이라도 붙들 수밖에 없었다.

"고구려에게 조력을 청하자."

고구려와 백제는 본시 같은 조선(祖先)의 후손으로서, 고구려의 시조 동명(東明)성왕[54]을 백제도 자기

54) 東明聖王: 고구려의 시조(재위 B.C. 37~B.C. 19). 이름은 주몽(朱蒙)·추모(鄒牟)·상해(象解)·추몽(鄒蒙)·중모(中牟)·중모(仲牟)·도모(都慕) 등이 전한

네의 시조로 모시고 숭앙한다.

그러나 오랜 세월을 내려오고 서로 촌수가 멀어지고 하는 동안에, 자연 분규도 생기고 티각태각[55]하는 일도 일어나고 서로 싸우는 일도 잦아져서, 어떻게 보자면 지금은 원수지간인 듯이 보이기도 한다.

고구려와 백제의 새가 이러하매, 혹은 신라에게 썩 잘 고구려를 달래면 백제 공격에 협력해 줄는지도 알 수 없다.

신라라고 무슨 고구려와 친근할 연분이 있는 바가 아니다. 친근은커녕 늘 국교관계에 분규가 있어 왔다.

그러나 물에 빠진 지금에 있어서는, 짚이라도 붙들지 않을 수가 없는 형편으로, 고구려에게 협력을 빌어 보고자 생각한 것이었다.

이렇게 마음먹고 이를 계청하고자 임금께 뵈올 때는, 춘추에게서는 차마 말이 나오지 않고 눈물만 비오듯 하였다. 임금과 국민의 신망을 한 몸에 지니고,

---

다. 『삼국사기』에 따르면 동부여의 금와왕이 데려온 하백의 딸 유화(柳花)가 낳은 알에서 나왔다고 한다. 활을 잘 쏘고 영특하여 왕자들이 시기해 죽이려 하자 이를 피해 졸본부여로 남하하여 고구려를 세웠다.

55) 티격태격

춘추면 어떻게 이 난국을 타개할 수 있는지도 모르겠다는 촉망을 받고 있는 자기로서, 아무 신통한 묘책도 없이 이제 최후로 고구려의 힘을 빌자고 임금께 계청을 하려 하니, 말문이 막혀서 입이 벌려지지를 않았다.

주저하고 주저한 끝에 간신히 말을 더듬으며 이 뜻을 임금께 아뢰었다. 임금께는 다른 의견이 있을 리가 없었다.

"내야 일국의 군왕이라 하나 구중의 아녀자, 무엇을 알겠느냐? 이찬만 믿는 배니 이찬의 의향이 그렇다면 이찬의 의향대로 하려무나."

"……"

반드시 성공하리라고 장담할 수도 없는 위에, 실패하면 국가의 치욕만 더하는 이 일에 대하여 춘추로서는 더 아뢸 말씀이 없었다.

"이찬. 그런데 그 청병을 고구려에서 응락할까."

"글쎄옵니다."

무론 그것부터가 문제였다.

과거에 있어서도 고구려에서는 그 강대함을 자세

삼아 늘 신라에게 왕자의 볼미[人質][56]를 요구하고, 왕자가 볼미로 가면 대개는 늙기까지 돌아오지 못하고 고구려에서 종신하고 하였다.

과거의 예도 그러하였지만 더우기 현재 고구려에 재상으로 앉아 있는 사람은 일대의 영웅 연개소문(淵蓋蘇文)[57]으로서, 연개소문의 품고 있는 마음이 신라와 백제를 고구려의 손아귀에 집어넣으려는 것이니만치, 신라의 두드러진 인물로 알리어 있는 김춘추를 혹은 그냥 볼미로 붙들어 둘는지도 알 수 없다.

사세가 그런지라 고구려에서 신라의 청병에 응락할는지는 춘추로서는 무에라 아뢸 말씀이 없었다.

"신 김 장군(유신)과 잘 협의를 하와 최선의 힘을 다하오리다."

"이찬만 믿으니."

이리하여 어전을 퇴출하였다.

---

56) '볼모'의 옛말

57) 고구려의 정치가이자 장군(?~665). 대대로(大對盧)가 된 후 영류왕을 죽이고 보장왕을 추대하고 스스로 대막리지(大莫離支)가 되어 정권을 장악하였다. 보장왕 4(645)년에 당 태종의 17만 대군을 안시성 전투에서 격파하였다.

×

성사 여부는 미지수이지만 좌우간 고구려에게 청병을 한다 하는 일에 대해서는 임금의 윤허까지 얻은 뒤에, 김춘추는 비로소 이 일을 대장군 김유신에게 알리었다.

벌써 시월도 다 가고 동짓달에 들어서는 절기, 남국(南國) 계림에도 동색(冬色)은 완연히 이르러 만물은 가을의 소슬한 빛깔에서 겨울의 무장으로 들어서려는 절기에, 가슴 깊이 무거운 수심을 간직한 춘추는 김유신을 그의 집으로 찾았다.

유신은 춘추를 맞아서 그의 내실로 인도하였다.

유신 장군의 인도로 춘추가 유신과 대좌한 방은, 춘추에게 있어서는 감회 깊은 방이었다.

일찌기 춘추와 유신이 혈기방장[58]한, 어떤 해 정월 상원일(上元日)에, 유신의 집 후원에서 축국(蹴鞠)을 논 일이 있었다. 그때 유신은 실수(?)하여 춘추의 옷

58) 血氣方壯: 혈기가 한창 씩씩함

자락을 밟아서 찢었다. 유신은 이 경솔을 사과하고 춘추를 안내하여 안으로 인도하여, 찢기운 옷을 벗게 하고 그의 누이 문희(文姬)로 하여금 찢어진 상처를 깁게 하였다.

그 날 춘추의 찢어진 옷자락을 기운 문희가, 오늘날 춘추의 사랑하는 안해였다. 그 날의 찢어진 옷이 연분이 되어 두 남녀는 결합이 된 것이었다.

지금 중대한 사명을 띠고 사지(死地)로 감에 임하여 옛날에 인연 있던 그 방에, 옛날의 그 인연을 지어준 사람 유신과 대좌하매, 만감이 스스로 가슴에 사무쳐 잠시는 아무 말도 못하였다.

이 수심띤 춘추에게 대하여 유신은 누차 그 수심의 원인을 물었다. 한창 구미 좋을 때는, 하루에 서 말 밥과 꿩 아홉 마리를 먹던 춘추가, 이 날은 유신의 대접에 마지못해 수저를 움직이는 뿐이었다.

유신의 수차의 질문을 받고 춘추는 비로소 오늘 임금께 계청하여 윤허 받은 일에 대하여 유신에게 자세히 말하였다.

춘추의 말을 다 듣고도 유신은 곧 대답치 못하였다.

기다란 탄식성이 나온 뿐이었다.

한참 뒤에야 비로소 유신이 입을 열었다—.

"성사여부는 둘째 두고 이찬의 신상이 안전하리까. 고구려에서 무사히 귀국하시게 되리까?"

"그게—."

춘추는 말을 중도에 끊고 한 무릎 유신에게 다가앉았다. 손을 들어 앞으로 내밀었다. 그 손에 대하여 마주 나오는 유신의 손을 꽉 잡았다.

"장군! 장군과 나는 이신동심. 같이 나라의 고굉지신으로—."

말을 끊었다. 손을 마주 잡은 채 머리를 푹 수그렸다. 등에 진 짐의 중대함이 더욱 절실히 느껴졌다.

"지금 중명을 띠고 저 나라에 갔다가, 불행 저 나라 사람에게 해를 받는 일이 있으면 장군은 어떻게 하겠소."

춘추의 말이 떨어지기 전에 유신의 대답이 먼저 나왔다—.

"불행 그런 일이 생기면, 내 말발굽이 여제(麗濟)[59] 두 나라의 왕정(王庭)을 쑥밭을 만드오리다. 그렇지 않고야 내 무슨 명목으로 장차 국인을 대하리까."

유신은 그의 눈을 들어서 춘추를 건너보았다. 유신의 눈에는 눈물이 한 껍질 서리었다.

"그렇지만 이찬. 내 생각으로는 성사는 지난한데-."

"지난한 것은 나도 알지만 지난한 이 한 길밖에는 딴 길이 없음을 어찌하겠소이까."

"……."

"……."

잠연히 서로 얼굴만 바라보았다.

성사키 지난하고 그 위에 생명조차 보전키 힘든 길을, 떠나려는 사람과 이 사람을 보내는 사람.

서로 할 말이 없어서 얼굴만 마주 볼 따름이었다.

"자, 우리 서약을…."

"그럽시다."

두 사람의 앞에는 잔이 내놓이었다. 두 사람은 칼로 손을 베어 흐르는 선혈을 잔에 받았다. 잔에 받은 피를 저어 섞이어, 둘이서 나누어 마시었다.

---

59) 고구려와 백제

"장군. 내 육 순—두 달을 기약할 테니, 두 달이 지나도 내가 돌아오지 않거든 차생에서 다시 볼 기약이 없는 사람으로 알아주."

"네, 두 달을 기다려 보아, 이찬께서 안 돌아오시거든, 내 성상께 여쭈어 용(勇)병 일만을 빌어가지고 여지(麗地)[60]에 돌입해서 그 나라를 쑥밭을 만들어서, 이찬의 원수를 갚으오리다."

"내 사삿 원수도 원수려니와 국사는— 저 백제의 횡포는?"

"그도— 지금 우리나라의 민심이 해이되었기에 백제를 당하지 못하지, 한 사람 한 사람의 힘으로야 우리나라나 백제나 일반이 아니오니까. 이찬께서 저 나라에서 해(害)를 보시면 그로써 민심을 격동시키면, 우리나라 백성인들 어찌 백제인에게 지리까. 격동된 민심으로 저 나라를 들이치면, 능히 백제의 강병이라도 넉넉히 당할 수 있으리라고 믿습니다."

"그저 뒷일을 장군께 믿을 뿐이외다."

---

60) 고구려땅

"뒷일을 염려바시고[61] 성사에나 주력을 하세요."

"그럼 육순을-."

"네, 고대하오리다. 부디 성사하세요."

이리하여 피를 나누어 마시고 작별하였다.

×

김춘추는 간소한 행차에 종자 몇 명을 데리고 계림을 떠났다. 향하는 곳은 고구려의 서울. 그의 어깨에 짊어진 짐은 국가사활의 중대한 열쇠였다.

동짓달에서 섣달로 차차 더 깊어가는 엄한의 절기에, 남국에서 북국으로 차차 더 찬 곳으로 길 가는 김춘추이었지만, 어깨에 지워진 무거운 짐 때문에 추위도 감각할 수 없도록 긴장된 심경이었다.

길을 재촉하여 대매현(代買縣)까지 이른 때였다.

그 지방에 사는 두사지(豆斯智)라는 사람이 춘추를 와서 뵙고 청포(靑布) 삼백 필을 바쳤다.

---

61) 염려하지 마시고

“이찬께서 지금 천금의 귀하신 몸으로 나라를 위하시어 만 리 이역(異域)에 가심에, 혹은 무엇에든 옹색한 일을 당하실 때에 소용이 되실까 하와, 약소한 물건이오나 바치옵니다. 쓰실 때가 계시다면 바친 소인의 무한한 영광이옵니다.”

그는 이렇게 말하였다.

혹은 짐스러울지는 모르나 이도 모두 소민(小民)의 국가에 대한 충심에서 나온 바이며, 또한 춘추 자기가 지니고 있는 중대한 책무에 대한 국민의 헌납품이라, 생각하매, 고맙기 한이 없었다.

“고마우이. 객지에는 무엇이든 부족한 법이라 이것도 지니고 가면 얼마나 유용할지 모르겠네. 내 일신보다도 이번의 사명이 무사히 성취되기를 신명께 축원이나 해주게.”

“그게야 분부 안 계신들 어련하오리까? 그럼, 이 모진 삭풍에 몸 보중하옵시고 무사히 사명을 치르옵소서.”

“고마우이.”

이리하여 대매현을 떠나서 또 길을 재촉하였다.

×

드디어 고구려의 서울까지 이르렀다.

일찌기 수(隋)나라 문제(文帝)의 삼십만 대군을 어린애 다루듯 쳐 물리고, 그 뒤를 연한 수나라 양제(煬帝)의 이백만 대군을 겨우 이천칠백의 패잔병 이외에는 전멸을 시키고, 수나라는 고구려 패전이 빌미되어 망한 뒤, 대신으로선 당나라의 고조(高祖)의 정벌군 태종의 정벌군을 뒤이어 전멸시켜, 그 위력이 천하를 누르는 고구려.

국체가 해이되고 군심이 문란된 신라에서 장성한 김춘추에게는, 고구려 서울의 모양은 가슴을 서늘케 하였다. 그 국민의 표표함은 둘째 두고 병비의 정밀함이며 군사의 정비됨은 과시 동방을 웅시하는 군국의 도시다웠다.

이웃나라가 이러하거늘 내 나라의 현황을 돌아볼 때는 한심한 생각뿐이었다.

그날 밤 춘추는 장려(長旅)에 피곤한 몸이로되 빨리 잠이 들지를 못하였다.

아아, 인제라도 돌아서서 내 나라로 돌아갈까.

남을 의뢰할 생각을 왜 품으랴. 내 나라의 무비가 이 고구려와만 같다면, 백제의 횡포가 무엇이랴. 백제가 횡포한 것은 필경은 내 나라가 약하기 때문이다. 내 나라가 약한 것은 백성의 탓이 아니라 위에서 거느리고 지도하는 치자(治者)계급62)이 무위한 탓이다. 내 나라 백성도 같은 사람일진대 잘 지도하고 훈련만 하면, 왜 이 고구려만 못 할지며, 내 나라의 형세가 고구려만 하면 왜 남의 나라의 수모를 받으랴.

남을 의뢰하기보다 먼저 나 자신을 고칠 필요가 있다. 남을 의뢰할 생각을 지금이라도 내던지고, 발을 돌이켜 내 나라 신라로 돌아갈까. 돌아가서 내 나라를 어서 바삐 키우기에 정력을 다할까.

그러나 눈에 다닥치고 현재 겪고 있는 백제의 수모에, 우선 임시적으로라도 피할 필요가 있는 현재의 형편으로는, 일껏 여기까지 왔다가 청병을 해보지도 않고 귀국한다는 것은 너무도 싱거웠다.

62) 왕만이 통치할 수 없어 측근을 이용한 정치를 하게 되는데, 세습적으로 영토를 가진 계급이다.

국력 양성은 차차 하려니와 우선 현재 받고 있는 모멸에서 면할 겸 이미 받은 수모의 원수를 갚기 위해서는, 청병은 해 보아야 할 것이다. 모사는 재인이요 성사는 재천이라, 성불성은 예측할 수가 없으되 부딪쳐 보기는 해야 할 것이다.

이 고구려 서울의 강대함을 보고 춘추는 신라 국민 훈련의 필요를 절실히 느끼고 그 실행의 결심을 굳게 하였다.

사서(史書)에는, '高句儷王高藏[고구려왕고장], 素聞春秋之名非凡[수문춘추지명비범], 嚴兵衛而後見之[엄병위이후견지]'라 하였지만 유난스럽게 위엄성을 보인 것이 아니라, 예사 때의 병위로 보았지만 신라인의 눈에는 그러이 비친 것이었다.

춘추는 고구려 조정에 자기가 이번 고구려에 오게 된 사명을 대강 아뢰고 왕께 알현하기[63]를 청하였다. 이리하여 고구려 임금의 어전에 나아가게 되었다. 고구려 임금은 그때 갓 등극한 보장왕(寶藏王)[64]

---

63) 알현하다: 지체가 높고 귀한 사람을 찾아가 뵙다.

64) 고구려 제28대 마지막 왕(재위 642~668). 영류왕을 시해한 연개소문의 추대

이었다.

임금의 곁에는 일대의 영웅 연개소문이 시립하고, 기치창검이 휘황하고 엄엄하게 번득이었다.

문약한 신라 조정의 풍습에 젖은 김춘추는, 처음 한순간은 이 위엄에 위압되었다.

이 위압에서 정신을 수습할 때에 왕께 시립했던 개소문이 물었다—.

"이 추운 절기에 먼 길을 어떻게—."

거기 대하여, 춘추는 먼저 임금께 신라왕에게서의 문안을 여쭙고 그 뒤에 이번 사명을 말하였다. 그리고,

"지금 여쭌 바 같이 백제가 무도하게도 늘 우리나라의 강역을 침범하므로 대국의 병마를 빌어 백제에게 받은 치욕을 면할까 하는 생각으로서 하신을 보내와 지금 대국에 청병을 하는 바이옵니다."

로 왕위에 올랐으며, 나당연합군의 침공으로 평양성이 함락되고 고구려가 멸망하자 당나라로 압송되었다. 이후 당나라로부터 사평대상백원외동정(司平大常伯員外同正)에 책봉되었다. 고구려 유민의 부흥운동이 지속되자 677년(문무왕 17)에 당은 그를 요동주도독 조선왕(遼東州都督朝鮮王)에 봉하고 안동도호부로 부임하게 하여 고구려 유민을 무마하고자 하였으나 그 지역의 말갈족과 손을 잡고 고구려 부흥을 도모하다가 실패하였다. 681(신문왕 1)년 쓰촨성에 유배되었다.

고 내의를 말하였다.

보장왕은 그의 막리지(벼슬 이름)[65] 개소문을 돌아보았다. 개소문이 왕을 대신하여 춘추에게 물었다―.

"그럴 리가 있겠소? 아무리 백제국인들 까닭 없이 남의 국가를 침범하고 강역을 노략할 리야 없겠지?"

"그렇지 않습니다. 아무 까닭이 없이 남의 나라를 침략―."

계속하는 말을 이번은 보장왕이 가로 끊었다―.

"사신의 말은 까닭이 없다 하지만, 백제로 보자면 무슨 연유가 있겠지. 신하와 백제의 옥신각신은 짐이 모르는 배지만, 신라는 원체 남의 나라에 대해서 불측한 일을 잘 하니까, 사신의 생각에는 까닭 없다 하지만 백제의 측으로 보자면 무슨 연유가 있겠지."

---

65) 막리지의 실체에 대해서는 의견이 분분하다. 고구려 제1관등인 대대로와 같은 관등으로, 다수의 막리지 중에서 3년마다 대대로로 선출된 것으로 본다. 또 다른 의견으로는 제2관등인 태대형(太大兄)으로 보는 견해가 있다. 고구려 말기 귀족 세력이 강해지고 왕권이 약해지자 원래 있던 대대로 대신 태대형을 막리지로 하여 정치권과 군사권을 장악하게 했다는 설이다.
연개소문도 막리지와 구별하기 위해 대막리지를 신설하고 자신이 대막리지에 올랐으며, 그의 아들 남생(男生)과 남건(男健)도 자신들의 정치적 입지를 강화하고 확고하기 위하여 태대막리지를 신설하고 그 직을 차지한 기록이 있다.

"신라는— 말대답 같아서 아뢰기 황송합지만 신라는 우금 남의 국가에 먼저 손질해 본 일이 없사옵니다."

"그건 짐 몰라. 모르는 배지만, 짐이 아는 바로서는, 지금 신라가 차지하고 있는 죽령(竹嶺)66) 지방은 본시 우리 고구려 지역—그것을 지금 신라가 점거하고 있는 것은 신라의 무도한 일이야. 그런 일을 제법 잘하는 신라라 백제에게 대해서도 무슨 그런 혐의를 질 일을 한 게지."

춘추는 한순간 주저하였다. 주저하는 동안 보장왕의 말은 계속되었다—.

"이러니 저러니 헛말을 가지고 다투느니보다 실제의 의논을 하지. 지금 사신은 신라가 백제를 치는데 우리 고구려에서 조력을 해 달라 하는 게 요점인데, 그것을 들어주마. 그 대신 짐의 소청도 신라가 들어주어야."

66) 경상북도 영주시 풍기읍과 충청북도 단양군 대강면 사이에 있는 고개로 높이 689m이며 일명 죽령재, 대재라고도 한다. 신라 제8대 아달라이사금 5(158)년에 길을 열었다.

"나랏님의 소청은 무엇이오리까."

"별게 아니라 지금 신라가 가지고 있는 죽령 이북(竹嶺以北)의 땅은 본시 우리 고구려 땅이었으니, 그 땅을 고구려에 반환하면 사신의 소청도 들어주마."

교환조건이었다. 그러나 일개 사신으로는 대답치 못할 문제였다. 춘추는 아뢰었다—.

"나랏님. 그것은 일개 사신인 하신으로서는 자유로 처분치 못할 일이오라, 지금 무에라 복주할 바이 없사옵니다."

"응락을 못하겠단 말이지?"

"하신으로서는 아뢸 말씀이 없사옵니다. 권한 밖의 일이옵니다."

"그럼 짐도 청병에 응할 수 없지."

"……."

"내 청을 들어다고, 네 청은 못 듣겠다— 뱃심 좋은 걸."

보장왕은 개소문을 돌아보았다—.

"신라 사신의 말이 저런 이상은 고구려의 한 군사도 신라를 위해 활을 들지 못하게 하오."

"분부대로 시행하겠습니다."

난문제—딴 문제를 꺼내가지고 춘추의 사명은 곱다랗게 거절하였다.

춘추는 머리를 숙이고 생각하였다. 보장왕의 말투, 개소문의 말투로 미루어, 다시 이 교환조건을 물시하고 춘추의 청을 들어주기는 꿈에도 바랄 수 없을 형편이었다.

"나랏님. 외신이 군명을 받자와 대국에 청병을 함에, 대왕님께옵서는 딴 문제를 꺼내시와 이 외신을 위협하오니, 외신은 다만 황송할 따름이옵니다. 외신 죽사온들 어찌 군명에 없는 말로써 대왕님께 응하오리까?"

이때의 춘추의 말투는 벌서 아까 청병할 때와 같은 간구하는 태도가 아니었다. 그의 생장한 환경이 그에게 부여한 거만한 태도가 다분히 포함되어 있었다.

보장왕은 이 태도를 보았다. 순간 용안의 빛이 변하였다.

"무에라."

한 마디 내던지고는 노색(怒色)67)을 분명히 나타내

고 몸을 용상에서 일으켰다. 시신의 부액을 받아 내전으로 입어하고 말았다.

사신 접견실은 사신 김춘추와 고구려 신하 연개소문 이하 몇 사람이 냉락하게 된 기분 가운데 잠자코 앉아 있었다.

이윽고 내전에서는 왕의 어명을 받자온 시신이 나왔다. 신라 사신 김춘추는 고구려 왕옥에 내렸다.

×

그 해도 다 갔다.

김춘추는 고구려 왕옥에서 낡은 해를 보내고 새해를 맞았다.

김춘추의 죄가 중하여 가두어 두는 것이 아니라, 신라의 한 두드러진 인물로서, 그냥 잡아 두는 것이 안전하다 보아서, 감금하여 두는 모야이었다.

그런지라 장차 기회 있을 때를 보아서 춘추를 제거

---

67) 성난 얼굴빛

해 보릴 심산인 듯싶었다.

이런지라 귀국할 기약이 망연한 영어의 몸으로, 김춘추는 만리타국에서 엄동을 겪고 있었다.

본국을 떠날 때에 대장군 김유신과 약속한 바— 육순이 지날지라도 돌아오지 않으면 춘추는 이미 죽은 사람으로 알고, 유신이 신라의 군사를 이끌고 고구려로 달려오겠다—한 그 기약의 날짜도 점점 가까와 온다. 그러나 고구려의 조정에서는 김춘추에게 아무런 처분도 없이 그냥 버려두었다.

춘추는 문득 생각난 일이 있었다.

그가 본국을 떠나서 고구려로 오는 길에, 대매현을 지날 때에 그곳 사람 '두사지'가 청포(靑布) 삼백 필을 바치며 장차 쓸 일이 있거든 쓰시라고 하던 일이었다.

청포 삼백 필이면 한 사람을 매수하기에 넉넉하다. 이 청포 삼백 필 무엇에 쓸 수가 없을까.

청포 삼백 필을 누구에게 뇌물해 가지고 내 몸을 고구려 왕옥에서 벗어날 도리가 없을까.

북국 엄동에 떨면서 김춘추는 청포 삼백 필을 유용

하게 쓸 방도를 생각하고 또 생각하였다.

생각하고 생각한 끝에 이 물품을 고구려 보장왕의 총신 선도해(先道解)에게 보내기로 하였다. 보내는 연유에 대해서는 아무 덧붙이가 없이 무조건으로 보낸 것이었다. 이 물품을 받은 선도해가 이를 받은 뒤에 자유로이 처단하라는 뜻이었다. 시치미를 떼고 잘라 먹건 혹은 도의적(道義的) 보답(報答)을 하건 선도해의 자유에 맡겨서….

창(窓)살 틈으로 비치는 다스로운[68] 볕에 밤새도록 얼었던 몸이 녹느라고 매지근해 지는 바람에, 잠깐 앉은 채 잠이 들었던 김춘추는 밖에서 사람의 두선두선 하는 소리에 깨었다.

밖에서 두선거리는 목소리의 주인을 알아들었다. 청포 삼백 필을 받은 선도해의 음성이었다.

"갱(坑)에 불이나 좀 지펴라. 그리고 화로에 불을 하나 가득 피어 들여오구."

도해는 수직하는 사람에게 이렇게 분부하였다. 그

68) 따사로운

리고 문이 데걱데걱 열리고 앞에 선도해가 들어오고 그 뒤에 (책임상) 이 회견에 입회(立會)할 옥관이 달려 들어왔다.

도해는 들어와서 김춘추와 마주 앉았다. 옥관은 뒤에 섰다. 불을 가득히 피운 화로가 들어오고 갱에 불을 때려는 소리도 났다.

"객고가 심하시겠읍니다. 귀하신 몸이…. 더구나 이 엄동에."

도해는 마주 앉으며 이렇게 인사의 말을 하였다.

"네. 내 집에 있는 것보다는 약간 불편하고 괴롭습니다."

"야. 그 주안상 들여라. 존객의 객고를 약간이라도 위로하고자 변변치 못하나마 주효를 좀 준비했읍니다. 한 잔 드시지요."

따뜻이 데운 술과 안주가 들어왔다.

"자, 드십시요."

"네, 사양치 않고 받으리다."

도해가 준비해 가지고 돈 주안을 가운데 놓고, 김춘추와 도해는 술을 서로주고 받았다.

허하고 굶주렸던 창자에 기름진 음식과 향그러운 술이 들어가니, 추위는 순식간에 사라지고 춘추의 심신은 차차 녹아들었다.

따르는 술을 연해 받으면서 춘추는 생각하여 보았다. 지금 도해가 옥중에 자기를 찾아온 것은, 무론 청포 삼백 필의 효과일 것이다. 그러나 춘추는 청포 삼백 필을 도해에게 보낸 것은 단지 이렇게 술이나 한번 얻어먹고자 하여 한 바가 아니다. 도해도 춘추의 입장과 환경이며 사정을 짐작하는 사람이거니, 청포 삼백 필을 보낼 때에 무슨 덧붙이의 사연이 없었을지라도 그 의미를 짐작은 할 것이다.

그렇다 하면 도해는 무슨 수단 어떤 방법으로써, 자기를 (혹 잘하면) 고국으로 돌아가게 하려는가. 술을 주고받으며 도해의 입에서 혹은 행동에서 무슨 그럴듯한 점을 얻어 보려 퍽이나 주의해 보았지만, 도해는 다만 시시하고 너절한 잡담 한담만 연해 하면서 술 먹기에만 골독한 모양이었다.

감시하는 옥관이 있으매 무론 노골적으로 어떤 언사나 행동을 표시하지는 못하겠지만, 좌우간 좀 다른 무엇을 발견해 보려 하였지만 도해는 연해 쓸데없는 한담만 하고 술만 연거퍼[69] 먹고 있었다.

꽤 술이 취했다. 그러나 도해에게는 무슨 별다른 표시는 여전히 보이지 않았다. 한담과 옛말. 한담과 옛말만 연해 하는 가운데 도해는 이런 이야기를 하였다.

"계림에도 이런 이야기가 있는지 모르지만, 우리 고구려에는 이런 재미있는 옛말이 있습니다. 토끼하구 거북이의 이야긴데 이야기가 자미[70]있어요. 내 그 이야기를 할 테니 이찬 들어 보세요."

이러한 서두로 도해가 춘추에게 한 한 가지의 옛말. 그것은 대략 이런 이야기였다.

×

동해 용왕(龍王)께는 사랑하는 따님이 있었다.

그 따님이 우연히 병에 걸렸다. 좋다는 약은 구할

---

69) 연거푸

70) '재미'의 제주 방언

수 있는 대로 다 써 보고, 굿이라 경이라 온갖 노릇 다 해보았지만 따님의 병은 나날이 더 집중하여 갈 따름이었다.

고칠 약방문이 없는 바가 아니었다. 약방문은 났으나 그 약을 구할 수가 없었다. 영한 의원들의 여출일구 하는 말은 가로되,

“토끼의 간을 잡수셔야 이 탈이 낫겠읍니다.”

하는 것이었다.

그러나 심해(深海) 중에 있는 용궁에서, 어떻게 해서 산짐승 토끼의 간(肝)을 구할 수가 있으랴. 그래서 다른 약으로 다스려 보았지만 용녀님의 탈은 나날이 더 중하여 갈 뿐이었다. 토끼의 간이 아니면 용녀의 탈은 도저히 가망이 없었다.

사랑하는 따님의 탈 때문에 용왕은 수심에 잠겼다. 구할 수 없는 토끼의 간— 그러나 따님을 어떻게든 구하여 보려는 성심으로, 용왕은 이 구할 수 없는 토끼간을 어떻게 하여 구할 도리가 없을까고 머리를 싸매고 생각하였다.

드디어 한 가지의 방책을 안출하였다. 어족(魚族)

중에서 고래로 뭍[陸]에 올라가서 장시간을 지낼 수 있는 자는 오직 거북이다. 이 거북에게 토끼의 간을 구하는 중대한 사명을 부탁해 보기로 하였다.

거북을 용궁으로 불렀다.

높은 벼슬과 많은 상금으로써 토끼의 간을 구해오기를 거북에게 명하였다. 빠르고 날래기로 유명한 토끼를, 느리고 둔하기로 으뜸인 거북이, 어떻게 붙들어 가지고 그 간을 얻어 오나. 지중막대한 사명을 띤 거북, 벼슬과 재물에만 욕심난 바가 아니라 천성이 충직한 짐승이라, 용왕께 대한 보답으로 무슨 수단으로 써서든지 토끼의 간을 구해다가 용왕께 바쳐서 용왕의 사랑하는 따님을 병에서 구원하고 이로써 용왕의 근심을 해소시켜 드리려고 굳이 결심하였다.

느리고 더딘 거북이매 토끼를 붙들어서 힘으로 그 간을 꺼낼 생각은 꿈에도 낼 수가 없었다. 이 직하고 슬기롭지 못한 거북은, 그의 둔한 머리를 짜내어서 토끼를 속여서 바다로 끌고 가기로 하였다.

우선 문제는 토끼의 생김생김이었다.

"대왕님 분부대로 봉행은 하오리다마는, 소신이 뭍

에 올라가서 토끼란 놈을 만날지라도 그 생김생김을 모르오니 그것을 가르쳐 주시옵소서."

"그도 그럴듯한 말이로다."

용왕도 토끼의 생김생김을 잘 알지 못하였다. 그래서 뭇 어족들을 불러가지고 토끼의 생김생김을 아는 자를 구해내 가지고, 그로 하여금 토끼의 생긴 모양을 거북에게 설명해 주게 하였다.

설명뿐으로는 도저히 알 수가 없었다. 그래서 마지막에 화공을 불러서(설명하는 대로) 토끼의 모양을 그림으로 그리게 하였다.

"자, 토끼의 화상이로다. 이것을 품 깊이 잘 간직하고."

"네이."

화공에게서 받은 토끼의 화상을 잘 간직하고 어슬렁어슬렁 뭍으로 기어올랐다. 수풀을 찾아갔다. 그의 짐작으로는 토끼가 다닐 듯한 곳으로 찾아 기어갔다. 토끼의 화상을 펴들고 기다리기를 한 나절, 한 마리의 토끼가 깡충깡충 달려와서 거북이 앉아 있는 그곳에 와서 코를 바룩거리며[71] 무엇을 살피고 있다.

여기서 거북은 길게 그의 목을 내어 뽑았다.

"여보게 토끼."

"아이 깜짝이야. 거 누구냐."

"내로세."

"내라니?"

"바다의 별주부로세."

"별주부. 바다의 별주부가 무얼 하러 뭍에 올라왔나."

거북은 다시 토끼의 화상을 실물과 비추어 보았다.

"임자가 분명 토낀 가. 틀림이 없지."

"토끼구 말구."

여기서 거북은 그의 지혜로 연구한 바의 꾀를 베풀 순간이 이르렀다. 그의 능치 못한 언변으로 토끼를 속이지 않으면 안 될 차례였다. 그는 다시 화상을 굽어보고 눈을 들어 실물 토끼를 쳐다보고 목을 뽑아 올려 감탄하는 얼굴을 하였다.

"그럴듯하이. 털도 이쁘기도 해라. 부드럽기도 비

71) (북한어) 작은 입을 좀 크게 벌리고 숫기 있게 자꾸 웃다.

단 이사일걸. 눈깔 빛깔을 새빨갛게 물들였는가? 어쩌면 저리도 고울까. 주먹 같은 저 귀. 어쩌면 머리 꼭대기부터 꼬리까지 저렇듯 이쁠까. 저런 것들을 모두 잡아서 종자를 없애야지 그냥 두었다가는 우리 용궁에서는 용녀는 통 없어지겠다. 요놈 토끼야. 네가 이쁘게 생겨서 우리 용왕님의 따님이 어쩌다가 너를 잠깐 보고 그만 홀짝 반해서, 상사병이 나서 자리에 눕게 됐다. 인삼 녹용, 백약이 무효고 네놈하고 혼인을 하지 못하면 다시 자리에서 일지 못할 지경이다. 우리 용왕님도 처음에는 뭍의 천종(賤種)을 어떻게 용궁에 불러들여 부마(駙馬)[72]를 삼겠느냐고 노염이 심하시고 꾸중이 심하셨지만, 따님이 워낙 네놈의 그 눈빛 같은 터럭에 홈박[73] 반해서 너하구 혼인하지 못하면, 죽는다고 야단이니 어찌하느냐. 타이르고 꾸중하고 하다 못해 종내 따님에게 지시고, 나더러 너를 좀 용궁까지 데려오라시누나. 이 벼락 맞을 놈. 우리 용궁 일색을 뭍에 사는 네놈에게 빼앗길 일 생

72) 임금의 사위
73) 흠뻑

각하면 분하기 끝이 없지만 우리 대왕님의 분부가 계시니 할 수 없지, 여보게 토끼 생원. 나하구 좀 할께 가세. 여보게, 임자 데려오느라고 그릇 딴 놈 데려올까 보아 임자 화상까지 그려서 내게 분부야. 이 복벼락 맞을 자식 같으니. 천하일색 용궁의 햇빛—네놈이 용궁공주를 데려가면 우리 용궁은 컴컴해지겠구나."

능하지 못한 언변으로 늘어놓는 바람에 토끼는 얼떨해졌다.

"자, 이 자식 내 등에 올라라."

"대체 어쩌자는 말인가."

"아 용궁에 들어가지."

"그러니—."

"잔말 말고 어서 올라."

좌우간 해롭지는 않은 말이다. 게다가 천하일색이라 하고 용왕의 부마라 하니 토끼 비위가 동하였다.

"오르면 되겠는가."

"염려 말고 어서 올라."

이리하여 토끼를 등에 실었다.

다시 텀벙 바다로 들어갔다. 한참을 헴쳤다. 한바다

까지 이르렀다.

한바다까지 이르러서 인제는 토끼를 놓칠 염려가 없이 되매, 거북은 비로소 안심하는 동시에 인제 토끼를 잡아온 덕으로 받을 막대한 상과 높은 벼슬이 생각나며, 스스로 얼굴에 떠오르는 미소를 금할 수가 없었다.

"여보게 토끼."

"왜."

"자네의 덕으로 나는 인제 많은 상과 높은 벼슬을 하게 됐네그려."

"내가 부마가 되면 나도 그저 있지 않을 테니."

"하하하하하. 네가 부마가 돼? 등에 업고 보니 네 살이 꽤 보드럽구나. 맛있겠는 걸. 네 간은 꺼내서 대왕님께 바치구 네 고기는 내가 얻어먹겠네."

무슨 뜻인지 알지 못할 말이었다.

"응?"

"너를 잡아서 간을 꺼내 먹는단 말이야."

정직한 거북은 (인제는 토끼가 도망치려야 칠 수 없는 한바다인 데 안심하고) 자기가 토끼를 속여서 지금 업고 가는 까닭을 토끼에게 다 말하여 주었다.

"뭍엣 짐승이란 그렇게 어리석단 말인가. 용궁 안에는 얼마나 사내가 없어서, 너 같은 방정맞고 야스꺼운 것에게 공주가 반하겠느냐 말이다. 저 잘난 맛에 산다구 너는 그래 네 꼴이 스스로 이쁜 줄만 아느냐. 이 어리석은 뭍것아."

토끼는 잠자코 있었다. 기가 막힌 모양이었다. 한참을 잠자코 있다가 비로소 생긋 웃었다.

"흥, 내가 어리석어? 어리석기는 네가 어리석다."

"왜?"

"내 간이 어째서 그런 영약이 되겠는지-. 이놈의 간 저놈의 간 다 제쳐놓고 유독 내 간이 그렇듯 영약이 되겠는지, 그 점을 생각해 보지 못한 자네가 어리석지 않고 어떻단 말인가."

"그야 내가 알게 있나?"

"여보게, 내 간은 남의 간과 달라서, 한 달에 절반은- 초승부터 보름까지는 몸속에 넣어 두되, 보름부터 그믐까지는 꺼내서 영기로운 곳에 걸어두어서, 영기와 별을 쬐네그려. 반 삭을 영기와 별에 쬐

어서 몸에 간직하면 그게 천하 영약이 되는 걸세그려. 그런 유다른 간이 아니고야 왜 하필 토끼의 간이 약이 되겠나."

거북은 이에 걱정이 났다.

"그게 정말인가."

"내가 왜 거짓말을 하겠나?"

"그럼 지금 자네는 간을 가지고 있는가 안 가졌는가?"

"지금이 스무날이 아닌가. 지금은 꺼내서 영기롭고 인적 안 이르는 청명한 곳에 잘 널어두었지."

"그럼 헛길일세그려."

여기서 토끼는 한 번 그의 귀를 쫑긋하였다.

"여보게, 거북네 아저씨."

"응."

풀이 죽었다.

"내 산에 돌아가서 그 간을 가져다가 몸에 넣고 용궁에 가면— 공주가 천하일색이라지."

"천상천하의 일색일 걸."

"나 중매해 주겠나."

"어떻게?"

"간을 갖다가 공주께 바쳐서 공주의 불치의 병이 낫는다 하면, 나는 공주의 재생의 은인이 아닌가. 재생의 은인이 용왕님의 부마가 못 되겠나."

"그렇지만 임자는 간을 꺼내서 공주께 바치면 살겠나?"

"지금도 간 없이 살아 있지 않은가. 뿐더러 간을 아주 꺼내면 반 년만 지나면 또 새 간이 돋다나네그려. 중매만 서 주겠다면 내 그 간을 갖다가 공주께 바치마."

"그건 내 담당하마. 자네 아니면 죽을 목숨을, 자네 덕에 살아났으면, 일생해로야 그 보은으론들 못하겠나. 중매는 내 장담하마."

"그럼 뭍으로 돌아서게."

"간은 꼭 가져 오겠지."

"염려 말게. 내야 간을 바쳐두 반 년만 있으면 새 간이 돋아나니 염려 없구, 그 대신 용왕의 부마가 되는 일이니 내 일은 염려 말고, 중매나 다짐 두네."

"그건 내 담당하마."

이리하여 거북은 토끼를 업은 채로 돌아섰다.

해안까지 이르렀다.

한 번 다시 서로 다짐을 두었다. 그리고 거북은 등에 업었던 토끼를 내려놓았다.

거북의 등에서 뭍에 내린 토끼는, 열아믄 걸음 달려가서 거북에게 돌아섰다.

"이 어리석은 짐승아. 이 세상에 간을 꺼내고 사는 짐승이 어디 있단 말이냐. 간은 여기 이 내 가슴 속에 그냥 있다. 잘 가거라. 나는 산으로 간다."

한 번 소리높이 거북을 비웃고는 몸을 돌려서 산으로 향하여 달아났다.

×

선도해는 춘추에게 이런 이야기를 하였다.

"알아들으시겠어요? 토끼가 거북을 속이고— 옥에서가 아니라 바다에서 살아났단 말씀이지오. 옥에서 —아이 내가 취했네— 옥에서가 아니라 바다에서 피해 나고자 거북을 속였단 말씀이지오. 예삿수단으로는 도저히 옥에서—가 아니라— 참 취했어— 바다에서 피할 도리가 없으니까, 제가 하지 못할 일을 하겠노라고 거짓말을 해가지고 이로써 거북을 속이고 사지(死地)를 피해났단 말씀이야요. 바다에서고 옥에서고 살아나기 위해서는 거짓말이 필요한 때는 거짓말도 할 줄 알아야 하는 법인 모양이지오. 허허허 그놈의 토끼 슬기롭지 않아요?"

김춘추는 선도해의 수수께끼를 알아들었다. 감시하는 옥관이 있으매, 노골적으로는 말하지 못하였지만 선도해가 춘추에게 한 바 토끼와 거북의 이야기는, 말하자면 춘추에게 고구려 조정을(토끼와 같이) 거짓말로 속이고 몸을 빼어나가라는 뜻임에 틀림이 없었다. 무슨 거짓말을 어떻게 한다는 것은 김춘추 자기가 안출해야 할 일이지만 속이고 몸을 빼어나가라는 선도해의 의견만은 넉넉히 알아들었다. 청포 삼백 필의 값이 넉넉하였다.

선도해를 보낸 뒤에 쓸쓸한 옥중에 혼자 남은 춘추는, 고구려 조정을 속일 일을 생각하였다.

고구려 조정에서는, 춘추더러 '지금 신라가 차지하

고 있는 마목현(痲木縣) 죽령(竹嶺) 등지는 본시 고구려의 땅이니 도로 돌려보내라'는 요구를 한다. 그 요구만 들어주면 무론 춘추는 본국으로 돌려보내 줄 것이다.

그러나 국가의 영토를 자의로 어떻게 한다는 것은 김춘추의 권한에 없는 일일뿐더러 설사 권한 안의 일이라 할지라도 내 몸 하나를 위하여— 내 일신의 자유를 얻기 위하여 국가 영토를 운운한다 하는 것은 말이 되지 않는다. 도저히 응낙치 못할 일이다.

그러나 '돌려준다'는 거짓말로써 이 몸의 자유를 얻을 수 있다 하면 그 맛 방편은 혹은 취하여도 무방할까.

김춘추의 몸이라는 것도 신라 국가에서는 꽤 중요한 것이다. 현재의 인망으로 보든 신분 지위로 보든 혹은 역량 수완으로 보든, 춘추의 존재는 현하 신라의 무게를 훨씬 더하고 있는 배다. 실질적으로 국가에 손해만 없을 터이면 임시방편의 거짓말쯤은 하여서라도 일신의 안전을 도모하는 것은, 오직 자기 한 사람을 위함이 아니요 국가적으로 적잖은 도움이 될 것이다.

김춘추는 자기의 일신의 자유를 도모하기 위하여, 고구려 조정에 비공식으로, 마목현 죽령 지방을 돌려주겠노라는 거짓 약속을 하기로 마음먹었다.

그로부터 며칠 뒤 김춘추는 막리지(莫離支－군부대신) 연개소문을 좀 만나게 해달라고 청하였다.

춘추는 개소문의 앞에 나아가게 되었다.

“나를 좀 보자고 그랬어요?”

호상에 걸터앉아서 개소문은 춘추를 보았다. 사람을 위압하는 그의 눈초리 앞에 춘추는 마주 앉아서 고요히 그를 우러러보았다.

“네, 막리지께 뵙구 잠깐 대왕님께 상주할 말씀을 주달해 주시기를 청하자.”

“대왕님께는 무슨 사연이오?”

“내 몸을 고국으로 돌려보내 주신다면, 마목현 죽령 등지를 귀국에 돌려보내오리다.”

“그럼 내 대왕님께 여쭈어서 이찬을 뵈옵게 하리다.”

이리하여 춘추는 고구려 보장왕의 어전에 나아가게 되었다.

“마목현 죽령 등지를 우리 고구려에게 반환하겠다

고?"

보장왕은 춘추를 보자 곧 이 말부터 꺼내었다.

"네이, 외신이 무사히 환국하오면 우리나라 임금님께 여쭈어 그 땅을 대왕님께 돌려보내도록 하오리다."

"그래, 그게 될 듯싶은가?"

"네이. 소국으로 말씀합자면 하신이 비록 우매하오나 소국의 귀한 몸이옵고 겸하와 왕실의 지친이옵니다. 소국 몇백 리의 불모지지(不毛之地)[74]보다는 한 하신을 소중히 여기옵니다. 하신의 무사환국을 위하와는 몇백 리의 불모지지는 결코 아끼지 않으리라고 하신은 믿사옵니다."

"만약 계림 임금이 응낙치 않으면?"

"하신의 이 몸둥이가 계림의 국가로 보자면 약간한 영토보다는 더 귀중하옵니다."

왕은 그의 막리지 개소문을 돌아보았다. 어떻게 할까 하는 의견을 묻는 눈치였다. 개소문이 왕께 아뢰

74) 식물이 자라지 못하는 거칠고 메마른 땅

었다.

"계림은 본시 반복무쌍하와 그대로 믿기 힘듭지만 이찬을 인질(人質)로 삼아 국경까지 호송하옵고 거기서 마목현 죽령 등지를 우리나라로 거두는 수속을 끝내고 이찬을 계림으로 돌려보내면 무방할 듯하옵니다."

"그럼 그렇게 하도록 해보지."

이리하여 마목현 죽령 등지를 고구려로 돌려보내는 교환조건으로 김춘추의 귀국을 허락하기로 작정이 되었다.

×

삼백 필의 청포로 몸의 해방의 약속을 얻은 김춘추. 옥에서도 해방이 되어 그가 나라에서 데리고 온(밖에서 기다리고 있던) 종자(從者)들이 묵어 있는 사관으로 몸을 의탁하였다. 김춘추를 국경까지 호송할 관원이 준비되기까지 이삼 일간을 더 고구려에 묵어 있지 않을 수가 없었다.

옥에서는 나왔다.

그러나 장차 고구려의 호송군관들과 함께 국경까지 가야겠으니 거기서 고구려의 호송관원들을 어떻게 하고 자기 홀로이 고국으로 돌아가는가.

약속한 바 마목, 죽령 등지 반환은 마치 토끼가 거북에게 약속했던 생간(生肝) 출급과 마찬가지로, 춘추는 꿈에도 생각하지 않는 바였다. 그야말로 임시의 방편에 지나지 못하였다.

적지 않은 생령과 적지 않은 물자와 적지 않은 노력을 들여서 얻었던 그 영토를 왜 고구려에게 돌려주랴. 내 변변치 않은 몸뚱이 하나를 구하고자 그 피의 대상품을 고구려에게 주어? 당치않은 소리다. 또 그만한 영토를 얻을 수 있다 하면 이 목숨을 아끼지 않겠거늘 지금 일껏 얻었던 영토를 내 목숨 살겠다고 도로 내주어? 큰 망령이요 망발이다.

설사 내가 어떤 망발로 우리나라 조정에 그런 건의를 한다 할지라도, 우리나라의 조정에서 승락할 리가 만무하다. 섣불리 그런 소리를 꺼냈다가는 장군 김유신의 성난 칼에 몸과 머리가 두 토막에 나고야 말

것이다.

고구려 조정에서는 호송관원들 동행케 하여 국경까지 보낸다 하니, 국경까지 가서 영토반환의 수속이 되지 않으면 도로 자기를 붙들어 서울로 데려올 것이다. 그렇게 되면 이번에는 성난 고구려의 군신에게 목숨을 잃을는지도 알 수 없다.

죽기가 아까운 바는 아니다. 그러나 자기 한 사람이 없어진다 하는 것은 신라의 국가로 보아서 막대한 손실이다. 똑똑히 가치(價値)를 따져 보면 마목현, 죽령 등 지방과 비겨서 그다지 가볍다고도 볼 수 없다. 자기 일 개인으로는 죽기가 아깝지도 않다 할지라도 국가적 안목으로 보아서 경경히 죽을 수도 없는 이 몸이다.

어떻게 해서든 목숨을 그냥 보전하여 가지고 귀국을 해야겠다. 여기서 그렇게 헛죽음을 하지 않고 곱게 보전해 두기만 하면, 장차 나라를 위하여 얼마만한 공로를 세울지 어찌 알랴.

여기서 죽는 것은 의미 없는 헛죽음이다. 그러면 어떻게 해서 이 목숨을 보전해 가지고 귀국을 하나.

×

그날 밤이었다.

춘추는 따로이 방을 하나 차지하고 종자들은 종자들끼리 딴방에서 자고— 밤이 어지간이[75] 깊은 때.

춘추는 소리를 감추어 자리에서 일어났다. 고구려의 감시병의 눈은커녕 자기네(신라) 종자들에게도 들키지 않을 만치 소리를 감추어서.

곁방(종자들이 자는 방)으로 소리 없이 건너갔다.

눈[雪]의 반사광 때문에 방안의 형지는 어렴풋이 알아볼 수가 있었다.

곤하기 때문에 깊이 잠든 종자들을 한 사람 넘고 두 사람 넘어 그가 목적했던 사람에게까지 이르렀다.

먼저 그 사람의 입을 막았다. 그리고 가만가만 몸을 흔들었다.

몇 번 흔들리우기 때문에 깨어나는 그의 입을 수건으로 단단히 누르고, 입을 귀에 갖다 대었다.

75) 어지간하다: 정도나 형편이 기준에 크게 벗어나지 아니한 상태에 있다.

작기는 하나마 폐부를 찌르는 듯한 음성으로 한 마디 한 마디 똑똑히 종자의 귀에다가 불어넣었다―.

"먼저 귀국하거라. 김유신 대장군께 국경까지 정병을 이끌고 맞아달란다고 부탁해라. 나머지는 알아차려 좋도록 하거라."

그만치만 분부하면 그 뒤는 알아차려 잘 처리할 만한 사람을 골라서 분부했는지라, 이 간단한 부탁만 하고는 춘추는 자기의 자던 방으로 돌아왔다.

그리고는 이번은 시킬 일 다 시켰는지라 마음 놓고 자리에 들었다. 본시 김춘추가 고국을 떠나 고구려로 올 때에 김유신과 약속한 바― 육순―두 달이 지나도 춘추가 귀국치 않으면, 고구려에서 해(害)를 본 줄로 인정하고, 김유신이 정병을 이끌고 달려와서 여제(麗濟), 두 왕정(王庭)을 쑥밭을 만들마한 그 두 달이 거진 다 되었다. 의에 굳고 용감한 김유신은 혹은 지금 그 정병의 준비를 해가지고 있을 것이다.

만약 김춘추가 두 나라 국경까지 이르기 전에 김유신의 행동이 시작되면, 모든 일은 다 허물어지고 만다. 지금 김춘추가 보낸 사자가, 유신이 정병을 이끌고 출발하려는, 그 같은 때에 도달해야 꼭 좋을 것이다.

아직도 김유신 정병의 비보가 고구려 조정에 뛰어 들지 않았으니, 여기의 사자가 빨리 가기만 하면 꼭 알맞은 날짜에 들어가 닿을 것이다.

"그렇게 됩소서."

춘추는 심축하였다.

드디어 춘추가 고구려를 출발하는 날이 이르렀다.

춘추는 고구려 임금께 하직하고 고구려의 장상들과 작별하고 귀국의 길에 올랐다.

춘추가 이곳으로 올 때에 데리고 와서 그 새 춘추가 왕옥에 갇히어 있을 동안 밖에서 기다리던 신라의 종자들이며, 김춘추를 호송하는 고구려의 호송관원(20명)의 일행은, 북국 정월의 매운 바람을 가슴으로 안고 고구려 서울을 떠났다.

춘추 본시의 목적이었던 청병(請兵)은 완전히 실패하였다. 지금 구원병은커녕 무사히 국경을 넘는 것까지도 의심스러운 처지 아래서, 두 달 전에 왔던 길을 거꾸로 더듬어서 고국으로 길을 밟았다.

청병을 왔다가 그 사명을 다하지 못한 것만 해도 언짢은 일이어늘, 자기가 무슨 죄가 있다고 호송병으로 엄중히 단속을 받으면서 길을 가야 하는가.

그 위에 인제 장차 국경까지 이르러서 거기서 예기한 바와 같이 김유신의 영접 정예군이 와 있지 않으면, 그 뒷처리를 또 어떻게 해야 하는가.

방환(放還) 귀국의 길이지만 앞일을 생각하면 답답하였다.

고구려에서 실패한 구원병의 문제는 자기가 무사히 귀국하기만 하면 다시 다른 길로 활동하여, 당(唐)나라에 청병을 하여 당나라의 힘을 빌어서 백제에게 분풀이를 하면 되기는 될 것이다. 같은 이웃나라와의 분규를 가지고 멀리 당나라에게까지 청병을 한다는 것은 사체에 어긋나기는 하지만, 고구려가 이 청병을 응낙하지 않고 딴 시비를 꺼내니 부득이 그렇게 할밖에는 없다. 그러나 그보다도 선결문제는 자기의 무사 귀국이어늘, 이 문제가 어떻게 귀결지으려는가. 하루 이틀— 한 걸음, 두 걸음— 국경에 가까와 감을 따라서 무사 월경 문제가 차차 더 가슴을 무겁게 하였다.

여기서 김유신에게 보낸 사자는 어떻게 되었는가. 중도에 지체되지나 않았는가. 무사히 계림까지 득달하여서 예기했던 바와 같이 김유신을 만나서, 지금 이리로 달려오는 도중인가. 혹은 어떤 고장이 생겨서 모든 예기가 틀려나가지나 않았는가.

내일이면 국경까지 이르는 그 전날 밤이었다.

'내일'이라 하는 중대한 운명의 기로에 선 춘추는, 그 밤은 긴장되어 좀체 잠이 못 들었다. 지금껏 너무도 아무 소식도 없으니 불안증이 마음에 적지 않게 일었다.

그저께와 꼭같은 어제요, 어제와 꼭같은 오늘이나, 내일도 오늘과 꼭같은(아무 변화도 없는) 날이 이르면 어찌하는가. 지금 고요히 잠든 이 세상에서 내일이라고 무슨 별다른 일이 생겨날 듯싶지도 않았다.

무슨 변동, 무슨 변화가 있어 주어야 할 터인데, 오늘과 꼭같은 내일이 이르면 이 일을 어찌하는가.

근심 걱정으로 좀체 잠이 들지 못하고 이리 돌아눕고 저리 돌아누우며 전전 불매하다가, 거진 날이 밝게 되어서야 간신히 잠이 들었다.

첫잠을 풀낏 들다가 밖에서 나는 소리에 깜짝 놀라 깨었다.

밖에서는 수다한 인마성이 요란스러웠다. 날은 벌써 밝아서 동천에는 불그스레한 아침빛 그림자까지 보이고, 인마성이 소란하고 노호성 질타성 무슨 큰 소란이 일어난 것이 분명하였다.

동시에 이 소란한 소리를 누르고 우렁찬 노호성이 들려 가로되—.

"우리 이찬 어디 계시오니까. 약속에 의지해서 소장 김유신 봉영차로 왔습니다."

무얼?

이불을 박차고 일어났다. 옷을 입고 자던 몸이매, 그냥 문 밖으로 뛰쳐나갔다.

"김 장군!"

"어디 계시오니까?"

"여기오. 김 장군."

마주 붙들었다.

붙들매 무슨 말이 입에서 나오지 않았다. 너무 억하여 눈물만 주르르 흘렸다.

"김 장군 어떻게?"

"정병 삼천을 이끌고 이찬을 봉영하려 왔읍니다."

이 근처의 민가를 점령하고 이틀 전부터 여기서 춘추의 오기를 기다렸다 한다.

춘추를 호송하여 온 고구려의 호송관원들은 김유신에게 잡혀서 한편 방에 감금되어 있다는 것이었다.

"김 장군. 사명을 다하지 못하고 성상께 욕을 돌렸으니 사람을 대할 면목이 없소이다."

"무법한 폭력 앞에 큰 욕을 보셨읍니다. 성상께옵서 고대하시오니 어서 환경하사 성상전에 뵈사이다."

"백제의 무도함을 갚고자 이 나라에 청병을 왔더니, 대왕께서는 도리어 내게 땅을 반환하라 요구하시니, 이것은 일개 사신의 자유처리치 못할 문제라, 지금 임시의 방편으로 한 때 거짓말로 응낙했지만 이는 위협에 못 이기어 부득이 한 대답이라 시행치 못할 일이라고 대왕께 여쭈어라."

자기를 호송하여 온 고구려 관원들에게 이렇게 말하였다.

그리고 신라의 삼천 정예에게 호위되어 김유신과

말을 나란히 하여 서울로 서울로 길을 채었다.

어깨에 지고 갔던 사명은 다하지 못하였지만, 무사히 귀국한 것을 기뻐하여 임금은 큰 잔치를 열고 춘추를 맞았다.

이때에 국경까지 진군하여 춘추를 무사히 맞아온 공로로 임금은 김유신을 압량주(押梁州)[76] 군주(軍主)를 제수하였다.

(『야담(野談)』, 1943.12~1944.1)

76) 현 경상북도 경산시이다. 삼한시대에는 압량소국(押梁小國)이 있었으며, 102년 신라 파사왕이 이곳을 점령하여 군을 설치했다. 뒤에 압량주(押梁州)를 설치하고 군주(軍主)를 두었으며, 642(선덕여왕 11)년에는 김유신이 군주가 되었다.

편주의 가는 곳[77]

동방의 정기를 한몸에 지니고 기다랗게 벋어 내려오던 산맥이 한 군데 맺힌 곳—거기는 봉오리를 구름 위로 솟고 널따랗게 벌여 있는 태백산이 있다.

이 태백산 아래 자리를 잡고 한 개 나라를 건설하고 나라 이름을 동부여(東扶餘)라 한 금와왕[78] 때에 금와왕에게 사랑을 받는 소년이 있었다.

고주몽이라는 소년이었다. 일곱 살 때부터 활쏘기와 말달리기로써 어른이 능히 대적치 못할 기능을

77) 片舟의 가는 곳

78) 고구려 동명성왕 설화에 나오는 동부여의 왕이다. 부여왕 해부루(解夫婁)가 어느날 곤연(鯤淵) 못가 큰돌 밑에서 금빛으로 빛나는 개구리 모양의 아이를 발견하여 이렇게 이름지었다고 전해진다. 자라서 태자가 되고, 해부루를 이어 부여의 왕이 된다.

보여서 사람들을 놀라게 한 기이한 소년이었다. 이 소년이 벌에서 말을 달리며 눈을 들어서 멀리 서편쪽 하늘 닿는 곳의 산야를 바라보며 웅심(雄心)[79]을 기르기 십수 년 드디어 기회를 얻어서 지금껏 몸을 의탁하고 있던 동부여를 등지고 서로 달아와서 거기 새로이 한 나라를 이루고 고구려라 정하였다.

고주몽의 이룩한 고구려가 차차 자리를 든든히 잡을 동안 주몽의 작은 아들 온조(溫祚)[80]는 자기의 아버지의 나라에 머물러 있기를 꺼리어서 몇 몇 신임하는 신하를 이끌고 스스로 또 다른 나라를 건설하려 주인 없는 땅을 고르려 남쪽으로― 남쪽으로 내려왔다.

이리하여 하남 위례성(河南 慰禮城)까지 내려와서 거기서 기름진 땅을 얻어서 나라를 세우고 도읍을 정하고 국호를 백제라 하였다.

이리하여 시조 온조왕에서 비롯하여 제이대 다루(多婁)왕[81]을 걸쳐서 삼대기루(己婁)왕[82]을 지나서

---

79) 웅대한 뜻

80) 백제의 시조(?~28)로, 고구려 시조 동명왕(주몽)의 셋째 아들이다.

81) 백제의 제2대 왕(재위 28~77). 백제의 시조 온조왕의 원자로 태어났다.

82) 백제의 제3대 왕(재위 77~128). 다루왕의 맏아들이다.

제사대 개루(蓋婁)왕[83]의 시대.

말하자면 온조왕이 백제를 건국한 뒤 대략 백오십 년쯤 지난 뒤의 일이다. 한 국가가 서서 일백오십 년이나 지나면 그때는 모든 것이 다 정체가 되고 건국 초의 긴장도 풀려서 태평시대다운 사건이 많이 생겨나는 것이다. 개루왕의 망령 때문에 생겨난 한 개 비극도 건국의 긴장이 풀리기 때문에 생겨난 것이다.

이 개루왕이 즉위한 지 얼마 지나지 않은 어떤 해 가을이었다.

벌에는 오곡이 무르익고 백성들은 배를 두드리며 이 성대를 축하하는 어떤 즐거운 가을날 백제 서울 어떤 한가한 모퉁이에 노파 서넛이 앉아서 서로 쓸데 없는 이야기를 주고받고 한다.

사실 아무 모에도 쓸데가 없는 한담들이었다. 누가 계집애만 다섯째 낳고 누가 시집을 가고 뉘집 며느리가 어떻고 뉘집 과부가 어떻고 말하자면 이런 노파들이 모여 앉으면 저절로 입에서 흘러나오는 부질없는

83) 백제의 제4대 왕(재위 128~166). 기루왕의 맏아들이다.

이야기들이었다.

한참 서로 이런 부질없는 이야기들만 하다가 한 노파가 맞은편을 바라보고, 눈을 한 번 질긋하고 다른 노파들에게 무슨 눈짓을 한다.

다른 노파들은 이 노파가 본 곳을 일제히 돌아보았다.

웬 한 젊은 여인이 지나가는 것이었다. 그 젊은 여인은 노파들과도 면식이 있는 모양으로써 노파들한테 미소를 하며 인사를 던졌다.

“아지먼네들 안녕합서요?”

“응 어디 가는 길인가?”

“잠깐 마실[84] 갔다가 집으로 돌아오는 길이야요.”

“그럴듯하이. 걸음걸이가 발이 땅에 붙지 않는 품이 어서 가서 그 지아비 품에 안기려구 빨리 가는 게 분명하이.”

“아지머니두. 그럼 앉아 말씀들 하세요.”

“어서 가게 돌부리 차지 말고.”

---

84) 이웃에 놀러 다니는 일. 마을의 강원, 경상, 충청 방언.

놀랍도록 아름다운 얼굴을 가진 여인이었다. 그 놀랍도록 아름다운 얼굴에 달린 놀랍도록 아름다운 눈으로 노파들을 한 번 흘긴 뒤에 자기의 가던 길로 가 버렸다.

노파들은 모두 눈을 뫕고 여인의 뒤를 바라보았다. 여인이 길 모퉁이로 사라져 안 보이게 된 뒤에야 비로소 모두 얼굴을 바로 하였다.

"언제 보아도 이뻐."

"장안 일색이야."

그들의 한담은 이번은 젊은 그 여인에게로 돌아섰다.

"처녀 적보다 시집가서 더 이뻐졌거든."

"시집간 지도 이럭저럭 벌써 오 년이지?"

"참 장안이 넓다 해두 저만한 색시는 또 없어. 나무랄 데가 없단 말이야."

"얼굴도 이쁘거니와 마음씨가 더 고와. 시집간 지 오 년에 이렇단 말 한 번도 내 본 적이 없고."

칭찬뿐이었다.

말하자면 얼굴도 곱거니와 마음씨도 곱고 흠할 데 없다는 것이다.

이런 종류의 노파들에게 흠 잡힐 곳이 없는 사람은 쉽지 않다.

"도미(都彌)에겐 과해."

"아깝구 말구. 가세도 넉넉지 못하지. 게다가 집안도 미천하지. 학(鶴)이 닭에게 시집간 셈이다."

"그래 옳은 말이야."

도미(都彌)의 안해.

이 존재는 백제 서울에는 당시 한 큰 이야깃거리로 되어 있었다.

절세의 미색 도미의 안해는 일찍 처녀 시절부터 이야깃거리가 되어 왔다.

장차 누구의 안해가 되려느냐.

위로는 왕족으로부터 아래는 서민에 이르기까지 수없는 사내가 이 처녀를 얻기 위하여 장가를 안 들고 혹은 약혼을 깨뜨리고 혹은 기처를 하고 경쟁들을 하였다. 한 개의 미천한 집에 딸이었지만 너무도 뛰어난 미모 때문에 이름이 장안을 덮었다. 그리고 그 집 대문 밖은 마치 저자와 같이 만날 젊은 사내들이 우글우글 하였다. 그리고 그 인기가 너무도 굉장하기 때문에 온 장안 백성은 호기의 눈으로 이 처녀가 장차 어떤 곳으로 시집가나 주시하였다. 그랬는데 그 처녀가 골라 낸 남편은 의외의 사람이었다. 그가 마음만 내면 왕후장상[85]에게도 능히 갈 수가 있을 것이요 어떠한 부요한 집에라도 갈 수 있을 것이어늘 그가 골라 낸 것은 도미라는 한 미천한 사내였다.

집안도 보잘것없었다. 가세도 보잘것없었다. 그렇다고 도미 당자가 또한 뛰어난 인물에 혹하여 갔는가 하면 그도 그렇지 않았다. 도미라는 인물은 아무 보잘 것도 없는 한 평범한 사나이였다.

장안은 모두 입을 딱 벌렸다. 방맞은 사내들은 주먹을 휘둘렀다.

"훌륭한 데 가서 평범하게 지내는 것보다는 평범한 데 가서 훌륭하게 지내겠읍니다."

이것이 도미에게로 시집갈 때에 제 부모에게 한 말이었다.

그러나 장안 모든 사람들은 그 말뜻을 잘 알지 못하

85) 王侯將相: 제왕·제후·장수·재상을 아울러 이르는 말.

였다. 그리고 그의 결혼은 불행한 결말을 맺으려니 하였다. 그만큼 뛰어난 인물의 계집이 아무 보잘것없는 도미의 집에 만족해 할 리가 없다. 지금 철없이 가기는 했지만 얼마를 못 살고 다시 돌아올 것이라 하였다.

그들의 상식으로 보자면 그렇게밖에 해석할 수가 없었다. 지금도 수없는 훌륭한 도령님 서방님들이 연하여 유혹의 눈을 던지는데 평범하고 보잘것 없고 가난한 도미의 집에 끝까지 붙어 있을 이치가 없다는 것이었다.

시집간 지 일 년이 지났다.

현처(賢妻)[86]의 소문이 차차 밖으로 새어 나왔다. 가난한 살림살이를 맡아가지고 한 마디의 불평도 없이 집안을 다스리고 남편을 섬기고 잘 산다는 것이었다.

그러나 길쌈[87] 좋은 장안 사람들은 그래도 감시의 눈을 게을리지 않았다.

86) 어진 아내
87) 섬유를 가공하여 사람이 실로 만드는 일을 말한다.

"일 년쯤이야 아직 아무것도 모르지. 인제부터야 차차 싫증이 날 테지."

자기네의 경험에 미루어 이렇게 비평하고 감시하였다.

또 일 년이 지났다.

현처의 소문은 차차 높아 갔다. 시집온 지 이 년 그 새 수없는 유혹의 손끝이 그를 불러도 보았으며 수없는 유혹물이 그를 달래도 보았지만 눈 한 번 거듭 떠보지 않고 가난한 제 집안을 아름답게 꾸미기에 열중이라 한다.

삼 년도 지났다.

사 년도 지났다.

인젠 유혹의 손도 감히 그의 곁에 이르지 못하였다. 열 번 찍어서 꺾이지 않는 나무가 없다지만 도미의 안해뿐은 천 번을 찍을지라도 꺾이지 않을 것을 인젠 알았으므로 헛된 노력은 인젠 중지한 것이었다.

동시에 도미의 안해의 정절과 미모에 대한 칭찬이 차차 장안에 퍼지기 시작하였다.

"얼굴과 마음이 똑같은 만고일색이야."

다른 점으로는 아무 보잘 것도 없는 도미의 집안이언만 그 안해의 덕으로 장안에 이름 높은 집안이 되었다. 장안사람 치고 도미의 집이라면 인젠 모를 사람이 없었다. 그리고 그 소문은 퍼지고 퍼져서 백제 전국에 꽤 유명한 집안으로 이름났다.

"평범한 집안에 가서 훌륭하게 살겠읍니다."

과연 평범한 집안에 갔기에 그 집안에 명성이 퍼졌지 좀 웬만한 집안에 갔더면 그 집의 한 며느리로서 장안에서는 벌써 잊히어 버린 지가 오랬을 것이다.

이리하여 도미의 집안은 나날이 유명해지어서 가세와 문벌은 보잘 것이 없지만 이름 높기로는 어느 재상의 집안보다도 나았다.

도미의 안해의 소문은 드디어 대궐 안에까지 들어갔다. 국가 창건도 제삼대까지 지나서 제사대쯤부터는 저으기 긴장미도 잃고 차차 안일(安逸)[88]을 즐기게 되는 때 국왕 개루(蓋婁)도 어리석다든가 포악하다든가 하는 왕은 아니었으나 태평 시대의 임군으로

88) 편안하고 한가로움, 또는 편안함만을 누리려는 태도.

서 많은 궁녀를 두고 한가로운 그날그날을 술과 놀이로 보내는 그런 종류의 왕이었다. 그리고 많은 궁녀를 지내보았으니만치 여인에게 대하여 자가 독특의 견해도 가지고 있는 왕이었다.

어떤 날, 그 날도 신하들과 역시 연회를 열고 계집들을 늘이어 놓고 놀 때에 말말결에 신하들에게서 도미의 안해의 평판을 들은 왕은 처음에 웃어 버렸다.

"하하하하 여편네에게 대체 정절이라는 게 어디 있소."

여기 대하여 약간의 반대의 의사를 표한 것은 일찍이 도미의 안해의 정절을 매우 아름답게 보던 노신이었다.

"젛[89]사오나 도미의 안해만은 아마 세상 보통의 여인과 좀 다른 데가 있는 모양이옵니다."

"그게야 아직 톡톡한 유혹을 겪지 못했기에 그렇겠지. 혹은 조용한 곳에 은근히 유혹을 받아 보거나 혹은 눈에 현혹되는 보물로써 유혹을 받아 본 일이 없

89) 젛다: '두려워하다'의 옛말

기에 그렇겠지."

"똑똑히 알지 못하옵거니와 조용한 곳에서도 적지 않은 유혹을 받아 보았다는 모양이옵니다."

이러한 말이 오고가는 동안에 왕은 지금 너무도 세상 평판이 높은 소위 도미의 안해의 정절이 얼마나 한 것인지 시험하여 보고 싶은 생각이 일어났다.

여자에게 정절이 대체 뭐냐. 그것은 톡톡한 유혹을 겪어 보지 못하였기에 정절이라는 것이 있지 왕의 영화 후궁의 영광으로 유혹해도 그냥 굽히지 않을 계집이 어디 있겠느냐.

이 태평 시대에 전형적 임군 개루왕은 이리하여 도미의 안해를 시험하면 제아무리 정절로 이름 높은 계집일지라도 넉넉히 꺾을 수 있을 것으로 깊이 믿고 성사가 되겠느냐 안 되겠느냐 하는 문제를 내걸고 신하들과 내기를 걸었다.

그로부터 며칠 뒤 남편 도미가 갑자기 어전에 불리었다.

한미한 집안에서 생장한 도미는 어전에 불릴 일이라고는 손톱만치도 없었다. 그래서 무슨 일인지를 모르고 황급히 왕사에게 이끌리어 입궐하였다.

감히 눈을 뜨지도 못하고 어전에 꿇어 엎드려 몸만 벌벌 떨고 있는 도미에게 향하여 왕이 직접으로 내린 첫말.

"네가 도미라는 백성이냐."

"황공무지하옵니다."

"네 안해가 정절이 높다고 그 소문이 내 귀에까지 들려와. 사실로 그렇듯 정절이 높으냐."

"황공하옵니다. 변변치 않은 계집의 소문이 구중까지 넘어들어와 어이를 더럽힌 죄를 무에라 아뢰올 말씀이 없사옵니다."

"그러면 사실 그렇듯 정절하단 말이냐."

"세상이 모두 그렇다 하옵니다."

"너도 그렇게 믿느냐?"

"소신도 그렇게 믿사옵니다."

"믿어?"

왕은 미소하였다.

"네 믿는다는 뜻은 대체 계집에게 정절이라는 것이 있다고 믿는다는 말이냐 혹은 네 안해에 한해서는 정절이 있다고 믿는다는 말이냐."

"황송하옵니다마는 천하의 여인이 다 부정하다 할지라도 소신의 계집만은 정절하리라고 소신은 믿사옵니다."

과거 오 개년의 경험에 미룬 자신 있는 대답이었다.

이 너무도 자신 있는 대답에 왕은 잠시는 먹먹히 도미를 굽어보고만 있다가야 입을 열었다.

"조용한 곳에서 은근히 꾀어도 안 넘어갈 듯싶으냐."

"네이."

"권세와 영화로 꾀어도 그냥 지킬 듯싶으냐."

"네이."

"권력으로 억압해도?"

"그래도 소신의 계집만은 안 넘어가리라고 굳게 믿사옵니다."

"그 세 가지를 다 병해서 꾀어도?"

"네이."

"응 물러가거라. 좋은 안해를 두어서 너도 기쁘리라."

그리고 그 날 도미는 어명으로 대궐에 그냥 머물러 두고 잡역을 시켰다.

왕은 도미를 물러가게 한 뒤에 당신과 외양이 비슷한 신하 한 사람을 불렀다. 그리고 그 신하에게 당신의 의대를 한 벌 내어주고 노부(鹵簿)[90]까지 빌려 주어서 그 신하로 하여금 왕으로 가장을 하고 왕인 체하고 도미의 안해를 유혹하여 보라는 것이었다.

신하야말로 꿩먹고 알먹게 되었다. 하룻밤이나마 왕의 행세를 할 특권을 얻은 위에 또한 절세의 미인이라는 도미의 안해를 재간껏[91] 달래 볼 권한까지 받은 것이었다.

그날 밤 이 거짓왕의 노부는 대궐을 떠나서 주인 없는 도미의 집으로 향하였다.

남편이 대궐에 불리어 간 뒤에 무슨 영문인지 몰라서 안해는 매우 근심하였다. 그리고 이제나 저제나 하고 남편이 대궐에서 나오기만 눈이 빠지게 기다렸다.

---

90) 임금이 나들이할 때에 갖추던 의장(儀仗)제도. 또는 의장을 갖춘 거둥의 행렬.
91) 재주껏

바싹 소리만 나도 남편이 아닌가 하고 내다보았다. 무슨 기척이 들릴 때마다 버선발로 뛰어나가 보았다.

그러나 낮에 들어간 남편은 저녁이 되고 날이 어두워도 돌아오지 않았다.

한 사람의 계집종과 함께 문에 불을 켜 달고 남편 돌아오기를 기다릴 때에 뜻밖에도 왕의 거둥이 있은 것이다.

도미의 안해는 망지소조하였다. 어찌할 바를 몰라서 벌벌 떨며 뜰 한편 구석에 숨어 있었다.

궁액들이 먼저 와서 방안을 대강 정리한 뒤에 왕(거짓왕)은 방안에 자리잡았다. 그리고 도미의 안해를 불렀다.

도미의 안해는 뜰안에 불리어 나왔다. 마루 아래 국궁하고 선 그는 감히 머리를 들지 못하였다.

"네가 도미의 안해냐?"

왕의 하문이 이것이었다.

"네이."

"어디 머리를 들어라."

그러나 어전에 어찌 머리를 들랴. 그의 머리는 더욱

수그러질 뿐이었다.

"내가 네 집에 거둥한 것은 너를 보러 온 것이로다."

"…."

나를 보러? 소문이 대궐까지 들어가서 황공하게도 이렇듯 왕의 거둥까지 보게 되었나. 왕의 그 본다 하는 것은 다른 뜻을 포함한 것이 아닌가. 더구나 지금은 밤이로다. 단지 보기 위해서는 대궐로 불러서도 넉넉할 것이요 밤이 아닐지라도 좋은 것이어늘.

머리를 푹 숙이고 있는 도미의 안해의 가슴에는 천 가지 만 가지의 생각이 오락가락하였다.

가왕이 다시 입을 열었다.

"이봐라. 오늘 네 그 지아비를 대궐로 불러들인 것은 너도 알지."

"네이. 아옵니다."

"너는 그 지아비를 무엇으로 아느냐."

"네이. 하늘로 생각하옵니다.

"그 지아비의 뜻이면 어떤 것이든 따라야 하는 줄 아느냐."

"아옵나이다."

“네 뜻과 거슬리는 일이라도?”

“네이.”

가왕은 미소하였다.

“그러면 너는 단장을 다시 하고 이 방으로 들어오너라.”

“?”

“오늘 짐은 대궐에서 네 그 지아비와 장기를 두었다. 짐이 지면 네 그 지아비에게 높은 벼슬을 주기로 하고 짐이 이기면 짐이 하룻밤 네 그 지아비의 행세를 하기로 해서 짐이 이겼으니 네 그 지아비의 뜻이로다. 할 수 없다.”

청천의 벽력이었다.

어의가 이럴진대 이를 어찌 피하나. 더구나 남편의 뜻이라 하여 강제하며 왕의 권력으로써 누르니 이를 어찌 모면하나?

슬기로운 도미의 안해이었으나 이 급박한 변에는 갑자기 좋은 수가 생각이 나지 않았다. 어전에 국궁하고 선 그는 땀을 벌벌 흘렸다.

“네 뜻에는 비록 맞지 않을지라도 남편의 뜻이라면

시행하겠노라고 네 말로도 한 바로다. 자 어서 채비를 하여라."

꿩 먹고 알 먹을 심사의 이 가왕은 어서 이 미색을 품에 안아 보고자 독촉이 불 같았다. 이 급박한 경우에 당하여 도미의 안해는 드디어 솟아날 구녕[92]을 발견하였다.

"어의가 그러하옵고 그 지아비의 뜻도 그러하올진대 소신이 어찌 감히 거역하오리까. 그러면 소신은 잠깐 머리를 빗고 어전에 뵙겠읍니다."

이리하여 그는 어전을 물러 나왔다.

×

어전을 물러 나온 그는 계집종을 불러 가지고 건넌방으로 들어갔다.

"네가 오늘 밤 폐하를 모시어라. 아무리 어명이요 남편의 뜻이라 하나 어찌 두 그 지아비야 섬기겠느

92) 구녕: 〈방언〉 '구멍'의 강원·경상·전남·충청·평안·함경·황해 방언

냐.”

종에게 사유를 타이르고 이렇게 부탁할 때에 계집종은 쾌히 승낙을 하였다.

도미의 안해는 계집종을 힘과 재간을 다해서 단장시켰다. 머리를 크게 하고 얼굴을 절반을 가리고 분을 희게 바르고 연지를 크게 찍어서 할 수 있는껏 자기의 모습과 비슷하게 만들어 가지고 가왕의 좌정해 있는 방으로 들여보냈다.

“결코 머리를 들지 마라. 눈을 뜨지 마라. 작은 소리로만 말하여라.”

신신부탁을 하였다.

일찍이 도미의 안해를 본 일이 없고 다만 아까 캄캄한 뜰에 국궁하고 서있는 것을 본 뿐인 가왕은 이 단장하고 들어오는 미녀를 무론 도미의 안해로 알았다.

이리하여 한방에서는 거짓왕과 거짓도미의 안해가 함께 하룻밤을 지내는 동안 한편 방에서는 정말 도미의 안해가 이 가장극이 발각이나 되지 않을까 하여 한잠도 이루지 못하고 떨며 지냈다.

도미의 집에서는 이러한 일이 진행되는 동안 대궐에 붙들려 있는 도미는 어떤 궁액(宮掖)[93]에게서 놀라운 소식을 들었다.

–오늘 밤 왕께서 너의 집에 거둥하세서 너의 안해를 보신다.

도미는 이 소식을 듣고 가슴이 철석 하였다. 어떠한 영화로 유혹할지라도 혹은 어떠한 권력으로 위협할지라도 자기의 안해가 결코 굽히지 않을 것은 도미는 번히 아는 배다. 자기의 안해의 정절이 더럽혀지리라고 놀란 것이 아니었다.

그가 놀란 것은 자기의 안해의 생명 때문이었다. 왕령으로써 위협할 때에 이를 모면할 수가 없게 되면 자기의 안해는 반드시 스스로 제 목숨을 끊을 것이다. 목숨을 끊어서라도 제 정절은 지킬 것이다. 그리고 또한 아까 본 바 왕의 태도로서는 어떻게 해서든 꺽어 보려고 할 것이다.

그러면 자기의 안해는 정녕코 죽을 것이다. 대궐

93) 각 궁에 속한 하인.

에 붙들려 있는 몸이라 피하여 나갈 수는 없고 도미는 안타깝고 속상하여 밤새도록 혼자서 통곡하고 있었다.

×

이 희극미(喜劇味)를 다분히 띤 비극의 밤도 어안간[94] 밝았다.

하룻밤 국왕의 노릇을 한 위에 또한 절세의 미색을 품고 잤노라고 믿는 가왕은 득의양양하여 밝는 날 아침 입궐하여 어젯밤의 경과를 왕께 복주하였다.

왕은 절세의 미색을 당신이 품어 보지 못한 것이 얼마만치 아수하기[95]는 하였지만 그래도 자기의 의견이 맞기 때문에 매우 흡족하였다.

왕은 도미를 불렀다. 하룻밤을 울어 새기 때문에 눈이 뚱뚱 부은 도미는 어전에 부복하였다.

"네 어제 뭐라 했느냐."

94) 어언간(於焉間). 알지 못하는 동안에 어느덧.
95) 아수하다: '아깝고 서운하다'라는 뜻의 북한말.

"…."

"운 모양이로구나. 왜 울었느냐."

"황송하오나 소신이 상배(喪配)[96]를 하왔삽기 울었삽니다."

"상배라? 네 말이 옳다. 안해를 잃었으니 상배는 상배로다. 네 안해는 어젯밤부터는 짐의 후궁이로다."

"네?"

도미는 깜짝 놀랐다.

"놀라느냐. 놀라리라. 어리석은 사내야. 계집의 마음을 그렇듯도 믿었더냐. 네 계집은 어젯밤 단장 곱게 하고 짐의 침석에 들었다."

믿지 못할 말이었다. 그러나 이것을 농담으로야 어찌 볼까.

입을 악물고 머리를 숙이고 있는 도미의 사지는 사시나무와 같이 떨렸다.

격분과 비애의 떨림이었다.

"이 어리석은 사내야. 인젠 너의 집으로 물러가거

---

96) 상처(喪妻, 아내의 죽음을 당함)을 높여 이르는 말.

라. 그러나 어제까지 네안해이던 사람은 인젠 짐의 후궁이니까 그렇게 알고 예식범절에 소홀이 없도록 해야 한다."

이리하여 도미는 퇴궐을 하였다.

×

왕의 말을 믿을까. 그것을 농담으로 볼까. 왕이 자기 집까지 거둥하였던 것은 틀림없는 사실인 모양이다. 그러나 제 안해가 왕을 모셨다는 것은 아무리 하여도 믿기지 않는 말이었다.

아픈 가슴을 부둥켜안고 도미는 더벅더벅 제 집으로 돌아왔다.

돌아오매 안해는 여전히 기쁜 낮으로 맞아 준다.

도미는 들어와서 어젯밤의 경과를 듣고 무한히 눈물을 흘렸다.

그러면 그럴 것이다. 죽거나 그렇지 않으면 어떻게 모면을 했을 것이지 꺾이단 웬 말이냐.

왕의 영화가 무엇이냐.

왕의 권력이 무엇이냐.

자기의 안해가 정절을 꺾거나 굽힐 자는 이 세상에 하나도 없다.

안해의 앞에서 도미는 너무도 감격되고 고마워서 하염없이 울었다.

부처에서 서로 붙들고 한참을 서로 운 뒤에 그들은 오래간만에 만난 내외와 같이 힘 있게 서로 쓸어안았다.

×

그러나 이러한 일이 영구히 탄로가 안 될 까닭이 없었다.

"왕은 도미의 안해의 꾀에 속았다."

이러한 소문이 어디서 나기 시작했는지 삽시간에 온 장안에 퍼졌다. 그리고 그 소문은 어언간에 대궐에까지 들어가게 되었다.

왕은 이 소문을 듣고 격노하였다.

첫째로는 한 미천한 계집에게 속았다는 것이 분하

였다. 둘째로는 한 미친한 계집이 외람되이도 왕을 속였다 하는 것이 괘씸하였다.

왕은 이 소문을 듣는 즉각으로 다시 도미를 대궐로 잡아들였다.

뜰 앞에 엎드린 도미에게 왕은 호령하였다.

"네가 네 죄를 아느냐?"

도미는 대답치 못하였다. 할 말이 없었다. 계집이 정절을 지켰다는 것이 과연 죄일까. 왕을 속였으니 혹은 죄도 될까. 부복한 도미는 묵묵히 있었다.

"아느냐 모르느냐."

"모르겠읍니다."

"몰라? 네 계집이 임군을 속인 것을 너는 모른단 말이냐?"

"소신의 계집이 어리석으와 그런 일이 생겼는가 하옵지만 천기를 거스르지 않았사오니 소신의 생각으로는 죄는 되지 않을까 하옵니다."

"이놈 무얼? 죄가 아니야."

"…."

"저놈을 국법에 의지해서 왕령을 어긴 죄로 두 눈

알을 빼고 물에 띄워 내 버려라."

추상같은 엄령이 내리었다

이리하여 도미는 아름다운 안해를 두었던 탓으로 두 눈알을 뽑히고 노며 치[舵]가 없는 작다란 배에 실리어 송파강(松波江) 물 위에 정처 없이 떠나게 되었다.

이렇게 도미를 처치한 뒤에 왕은 도미의 안해를 대궐로 불러들였다.

자기의 남편의 운명이 어찌됐는지 궁금하여 하던 안해는 대궐로 불리어서 비로소 자기 남편이 어떻게 되었는지를 알았다.

왕께서 직접 그 말을 들을 때에 눈이 아득하였다. 그러나 그는 자기의 온갖 표정을 죽이고 이 뒤에 이를 박해와 싸우려 마음을 가다듬고 뒤를 기다렸다.

왕도 불러 놓고 보니 과연 미색이었다. 왕의 호탕한 마음은 저으기 움직였다. 이전에는 한 미천한 계집으로서 정절이니 무에니 하는 것이 아니꼬와서[97] 그런

---

97) 아니꼬워서

처분을 하였지마는 어전에 불러 놓고 보니 무럭무럭 욕심이 일어났다.

"아. 네 남편은 말한 바와 같이 국법에 의지해서 처형을 했다. 지금쯤은 멀리 어느 대해바다에 떠나갔을 게야. 그러니 너는 인젠 주인이 없는 몸이라 주인 없는 몸도 정절이 있어야느냐."

도미의 안해는 생각하였다. 지금 한 마디의 잘잘못으로 자기의 운명은 결정이 될 것이다. 잠시를 생각한 뒤에야 대답을 하였다.

"바칠 이가 있고서야 정절이 있삽지 바칠 이 없는 정절이 어디 있겠사옵니까?"

"그럼 너는 어떠냐."

"소신은 인제 정절 바칠 분을 새로이 구하여서 그 분께 다시 바치려 하옵니다."

"그러냐. 그러면 오늘부터는 짐의 후궁에 있거라."

좌우를 명하여 즉각으로 후궁으로 맞을 준비를 하려는 모양이었다.

여기서 도미의 안해는 다시 입을 열었다.

"폐하. 잠깐만 한 말씀을 올리게 허락해 줍시사."

"무슨 말이냐."

"소신이 지금 몸이 더러운 중에 있사오니 이삼 일의 수유만 주시오면 몸을 깨끗이 하고 그 뒤는 일평생을 폐하를 정절로 모시겠읍니다."

"그는 마음대로 하여라."

도미의 안해는 대궐에서 나왔다. 그러나 갈 데는 어디냐. 남편이 있었기에 집이지 남편이 없는 집에 무얼 하러 갈까.

그는 자기의 남편을 띄워 보냈다는 강변으로 달려갔다.

달려오기는 달려왔으나 남편의 배가 아직도 강변에 있을 리가 만무하였다.

푸르른 강물은 고요히 아래로 흘러내려갈 뿐이었다.

아아. 어찌하나. 집으로 돌아갔다가는 다시 대궐로 붙들려 갈지도 알 수 없다. 어쩔 바를 몰라서 그는 강변에 서서 넘어가는 황혼을 바라보며 통곡하였다.

한참을 통곡하다가 정신을 가다듬고 보니 저편 강가에 웬 자그마한 배 한 척이 주인 없이 떠 있는 것이 있다.

"옳다. 저 배를 타자. 저 배를 타고 물결이 흐르는 대로 흘러내려가자. 임께서 타고 내려가신 물결 뒤따라가노라면 임을 만날 곳이 있을는지도 알 수 없다."

그는 그 배로 갔다. 그 배에 올라서 배를 언덕에서 띄웠다.

배는 물결을 따라서 아래로— 아래로 흘러갔다. 이리하여 물결에 흘려서 흘러내려가기를 얼마. 얼마를 내려가다가 배는 저 혼나 어디 걸려서 멈췄다.

신이 없이 배 안에 쓰러져 있던 도미의 안해는 배가 저절로 멎으므로 머리를 들어 보았다. 어느 섬에 걸린 것이었다.

모든 일이 다 귀찮은 그는 그냥 다시 누으려 하다가 저편에 좀 이상한 것이 보이므로 머리를 좀 들고 자세히 보았다.

그때는 새벽이었다. 새벽 어둠컴컴한 가운데 저편 섬 가운데서 무엇이 꿈틀거리고 있는 것이었다. 무슨 신음성까지도 약간 들렸다. 눈이 번쩍하여 다시 자세히 보니 그것은 분명히 사람이었다. 웬 사람이 섬 위에 쓰러져 혼자서 신음을 하고 있는 것이었다.

그는 가슴이 철석[98]하였다. 그 사람을 그는 제 남편으로 보았다. 갑자기 맥이 하나도 없이 빠진 다리를 끄을고 달려가서 그 사람을 추켜들고 보니 과연 그것은 자기 남편에 틀림이 없었다.

"여보세요. 제가 왔읍니다. 당신의 안해 제가 왔습니다."

"네?"

"저예요. 이게— 아아 하느님 맙시사."

눈알이 뽑힌 남편을 부둥켜안고 그는 통곡하였다.

그들은 거기서 나물을 캐어서 요기를 하였다. 그런 뒤에는 한많은 백제를 뒷발로 차고 고구려로 찾아들어가서 그들의 여생을 보냈다.

마음과 외모가 아울러 아름다운 안해의 부양으로 소경이나마 기쁨과 만족의 세월을 이 명군 치하의 고구려에서 길이길이 보냈다.

(월간 『야담(野談)』, 1935.9)

98) 철썩

피고

피고는 경찰서와 검사국에서 자백한 바를 모두 부인하되, 피고인의 범죄 사실은 확실하다. 피고는 5월 31일 오후 6시쯤, 용산에서 동대문으로 가는 제1호 전차 안에서, 피해자 이○○의 미모를 보고 종로에서 같이 내려서, 피해자의 집까지 뒤를 밟아서 집을 안 뒤에, 그 이튿날 오전 3시쯤 안국동 피해자의 집에 몰래 들어가서 강간을 하려다가 붙들린 사실은 피해자가 검사국에서 공술한 바이며, 피고도 그 일부 사실은 인정한다. 피고가 ○○내외 술집에서, 친구와 술을 먹고 헤어진 것은 오전 2시며, 나머지 한 시간 동안을 들어갈까 말까 주저한 것은 피고에게 약간의 양심이 남아 있었다고 할 수는 있지만, 그래도 강간미수라는 큰 죄는 법으로 다스리지 않을 수 없다.

그러므로 본관은 형법 제○조에 의지하여 피고를 징역 3년에 처함이 옳다고 생각한다…… 운운.

이것이 검사가 그에게 대하여 한 논고였다. 그 뒤에는 소위 관선 변호인이란 사람이 그를 위하여 변호를 하였다. 피고의 모든 행동은 모두 술 때문이었고, 또 그의 이전의 품행이 단정하였던 것을 보고 특별히 가벼운 벌을 씌워주시기를 원한 것이다.

저녁 뒤에 어둠침침한 감방 안에 앉아 있는 그의 머리에는 아까 재판소에서 지낸 광경이 활동사진같이 지나갔다. 검사도 그를 강간미수죄로 다스려달라 하였다. 변호사도 '그를 위하여' 죄는 그렇지만 특별히 용서해달라고 원하였다. 이에 극도로 어지럽게 된 그의 머리에는, 과연 자기가 그 이모라는 여학생의 집에 강간을 하러 들어갔다(는 것같이) 생각되게까지 되었다.

5월 31일, 그는 한 달을 땀을 흘려서 얻은 월급을 받아 쥐고 문득 친구 D를 생각하였다. 동시에 술과 취한 뒤의 아름다운 환상을 생각하였다. 그리고 D를 찾아서 한잔 술을 나누어 먹을 작정으로 공장을 뛰쳐 나와서 안국동 사는 D를 찾으러 동대문 가는 전차를 잡아탔다. 이리하여 전차가 남대문에 이르렀을 때에, 어떤 예쁜 여학생이 하나 전차에 올라서 그의 맞은편에 걸터앉았다. 젊은 사내인 그는 문득 '예쁜 계집애다' 생각하였다. 그와 함께 저런 계집애를 마누라로 삼고 살았으면 얼마나 즐거우랴 생각하였다.

전차[99]는 종로에 이르렀다. 그는 전차에서 내려서 (그에게는 향기롭다 생각되는) 피존 한 대를 붙여 물고 안국동으로 향하였다. 그리고 문득 앞을 보매, 아까 그 계집애가 앞서서 활발히 걸어간다. 그는 한 번 다시 그런 계집애를 마누라로 삼고 싶었다. 그는 앞에 보이는 좁은 골을 보고, '그리로 들어가서 한참 가면 D의 집'이거니 생각할 때에 그 계집애는 벌써 그 골목으로 들어갔다. 그는 부끄러워서 옆 골목으로 돌아가려다가 그만 그 골목으로 들어섰다. 이리하여

99) 공중에 설치한 전선으로부터 전력을 공급받아 지상에 설치된 궤도 위를 다니는 차로 시대적 배경을 알 수 있는 단어이다. 우리나라에서는 1898년 서울에 처음으로 등장하였으며, 1969년 모두 철거되었다.

한참 가는 동안 그 계집애는 길을 인도하는 듯 때때로 힐끗힐끗 돌아보면서 그의 앞을 걸었다.

마침내 D의 집에 이르렀다. 그가 D를 찾으려고 뜻없이 앞을 볼 때 그 계집애가 D의 집에서 대여섯째 되는 어떤 깨끗한 집으로 쑥 들어가버렸다. 그는 그만 정신없이 걸어나가서 그 집을 들여다보았다. 그는 펄떡 놀랐다. 가난한 그에게는 '깨끗한 집과 학교 졸업한 마누라'라는 것이 머리에서 떨어져본 적이 없었다. 그리고 그는 몇 가지의 집을 머릿속에 그려보고는 지우고 하였다. 이리하여 마침내는 완전하고 쓸모있고 깨끗한 집이 머릿속에 생겨났다. 그리고 돈만 벌면 이런 집을 지어보리라고 마음속에 굳게 생각하였다. 그러나 그 계집애가 들어간 그 집이야말로 '이것이면' 하고 그의 머릿속에 건설된 그 집에 다름없었다. 드높고 서늘한 대청이며, 깨끗하게 생긴 건넌방이며, 또는 대청 앞에 새로 해놓은 화단이며, 그의 연래로 바라던, '바람'의 덩어리가 뭉쳐서 이 집이 되지 않았나 생각될 만한 집이었다.

'이런 집에 한 번 살아보았으면. 아까 그런 계집애

를 마누라로 삼고…….'

그는 얼마 동안 거기 서 있었는지 알지 못하였다. 좀 있다가 건넌방 장지문[100]이 덜컥 열리며 아까 그 계집애가 머리를 쑥 내밀다가 대문 안에 눈이 멀둥멀둥[101] 서 있는 그를 보고 눈을 흘기더니 도로 쑥 들어가버렸다.

그는 펄떡 정신을 차리고 그 집을 나서며 D의 집에 이르렀다. 서너 시간 뒤에 그와 D는 그 근처에 있는 어떤 내외술집에 얼근히 취하여서 마주 앉았다. 술로 말미암아 용기가 난 그는 이 세상이 모두 제 앞에 꿇고 앉았는 듯이 지절거렸다. '레닌[102]이 노동 노국(露國)[103]을 세우매 마르크스가 도와주었다. 그래서 맬서스[104]가 생어를 하여 마침내 보이콧이 되었다.

100) 障-門: 〈건설〉 지게문에 장지 짝을 덧들인 문.
101) 멀뚱멀뚱.
102) 1870~1924. 러시아의 혁명가·정치가로 소련 최초의 국가 원수이다. 러시아 11월 혁명(볼셰비키혁명)의 중심인물로 러시아파 마르크스주의를 발전시킨 혁명이론가이자 사상가이다. 무장봉기로 과도정부를 전복하고 이른바 프롤레타리아 독재를 표방하는 혁명정권을 수립한 다음 코민테른을 결성하였다.
103) 러시아.
104) 토마스 맬서스(Thomas Robert Malthus, 1766~1834)는 영국의 성직자이며, 인구통계학자이자 정치경제학자이다. 고전경제학의 대표적인 학자 가

그러매 우리 프롤레타리아[105]는 힘을 다하여 부자들을 없이하고 잡지에 투서를 하여야 한다…….'

그는 여기저기 강연회에서 얻어들은 어려운 말을 함부로 내뿜었다. 그리고 자기도 한낱 훌륭한 사람이 된 것같이 생각하였다.

새벽 2시쯤 그들은 술집을 나서서 D는 자기 집으로 가고, 그도 동대문 밖 자기 집으로 향하였다.

종로에 이르러서 보매 전차는 벌써 없어졌다.

"제길, 걸어가주어라. 전차가 다 뭐야. 부르주아 놈들!"

그는 이렇게 중얼거리고 걷기 시작하였다. 이리하여 한참 걸어서 어떤 큰 문 앞에까지 이르렀다.

'벌써 왔다. 전차가 있기만 했더면 두 냥 반 삯을 뺀했다.'

운데 한 명으로 영국 왕립학회 회원이었으며 '인구학'에 대한 이론으로도 유명하다.

105) 정치상의 권력이나 병력의 의무도 없고, 다만 자식밖에 남길 수 없는 무산자들을 의미하는 라틴어 'Proletarius'에서 나온 말이다. 즉, 자기 자신의 생산수단을 갖고 있지 않으며 오직 살기 위한 노동만을 필요로 하는 임금노동자, 무산계급, 노동계급을 말한다. 독일의 사회학자 마르크스가 1840년대 사용한 개념이다.

그러나 그다음 순간 그는 그것이 동대문이 아니고 남대문인 것을 깨달았다.

'흥. 내가 취했구나.'

그는 크게 한 번 웃은 뒤에 돌아섰다. 그러나 그는 길을 어떻게 들었는지 좀 뒤에 그의 앞에는 커다란 경성일보사가 우뚝 서 있다.

'옳다, 됐다. 인젠 이리로 쑥 나가서 동쪽으로만 가면 된다.'

그는 다시 마음먹고 다시 걸었다. 그러나 여우에게 홀렸는지 그는 암만 걸어도 동대문은 보지 못하였다. 그는 유행 노래라 양산도라를 코와 입으로 부르면서 좁은 길 큰길 할 것 없이 한없이 걸었다.

이리하여 얼마 뒤에 그는 아직 동대문은 보지 못하였는데 자기 집 앞에 서 있는 자기를 발견하였다. 그는 서슴지 않고 대문을 밀매 대문은 열렸다. 그는 안뜰로 들어섰다. 그러나 뜻하지 않은 일은 그의 집은 이전에 살던 그 오막살이집이 아니고 어느덧 자기의 마음에 맞게 지은 그 집이었다.

'언제 내가 다시 지었나?'

잠깐 머리에 이런 생각이 지나갔지만 시재 눈앞에 이 집에 있는지라 그는 서슴지 않고 다 떨어져가는 구두를 벗어던지고 대청에 올라섰다.

'역시 나는 지중지물(池中之物)이 아니다. 집두 잘은 지었다.'

그는 돌아서서 대청에 켠 전등빛으로 뜰에 만발한 꽃밭을 둘러보고 자기 방(이라 생각되는) 건넌방으로 들어갔다.

그러나 거기 또한 뜻하지 않은 광경이 벌여 있었다. 대청에 켠 전등빛으로 그는 아랫목에는 비단 이부자리가 펴 있는 것을 보았고, 뿐만 아니라 이전에 어디선가 보고 자기 마누라로 삼고 싶었다고 생각되던 어떤 여편네가 그 이불 속에서 곤하게 잠이 들어 있었다.

그러나 이것도 의심할 것이 아니었다. 자기가 이미 크고 깨끗한 집의 주인이매 이만한 마누라가 있는 것은 결코 이상한 일이 아니었다. 그는 역시 서슴지 않고 옷을 활활 벗어던진 뒤에 이불 속으로 뛰어들어갔다. 그리고 드러누우면서 어느덧 잠이 들었다(그 뒤에 한 주일을 연구하고 생각하여 겨우 생각난 일은 그가 어렴풋이 잠이 들 때에 날카로운 소리와 함께 부드러운 살의 맛이 그를 스치고 넘어간 것이다).

그 이튿날 그가 겨우 잠이 깬 때에는 그는 벌써 경찰서 구류장에 들어 있었다.

모든 사실이며 증거는 확실하였다. 피해자의 아버지가 경찰서와 검사국에서 그가 자기의 딸의 뒤를 따라서 마침내 '자기 집 안뜰까지 들어온 일'이 있음을 공술하였다. 그리고 그도 따라가지는 않았지만 그 집 안뜰까지 정신없이 들어간 일은 자백하였다.

이 이상의 증거가 필요 없었다. 그는 곧 재판소에 넘어갔다.

그는 마침내 자기를 의심해보았다. 그리하여 마침내(사실이 너무도 기적적인지라) 자기는 역시 아까 검사며 변호사가 말한 바와 같이 참말 강간하러 그 집에 들어갔었다 의심하게까지 되었다.

세월이 닫는 말과 같다(如走馬[여주마]). 하지만 오히려 소걸음(如行牛)이라 형용하고 싶은 감옥 안의 한 주일은 지났다. 그리하여 그가 다시 재판소에 불려 갔을 때에 재판관은 (피고가 이전에 선량한 직공이던 것을 생각하여) 특별히 징역 2년에 처한다는 판결을 내렸다.

이리하여 선량한 시민인 그는 지금 서대문 감옥에서 매일 톱질과 대패질로 세월을 보낸다.

학병 수첩

이 손이 사람을 죽였다.

이 주판[106]이나 놓고 편지나 쓰고 하던 맵시[107]나

106) 셈을 할 때는 계산도구로 중국의 주판이 우리나라에 들어왔는지는 정확히 알 수 없다. 다만 주산교본이라고도 불리는 정대위(程大位)의 『산법통종(算法統宗)』이 1593년에 출간되면서 우리에게도 수입되었다. 그러나 셈을 정확히 따지지 않았기에 널리 보급되지 못했으며 일부 식자층에서만 관심을 가졌다. 우리의 주판은 임진왜란을 통하여 일본에 전래되고 널리 사용되었다. 중국의 주판은 윗줄에 5개로 셈하는 알이 2개, 아랫줄에는 1개를 나타내는 5개의 알로 구성되었으나, 일본에서 이를 개량하여 윗알 1개를 줄였으며, 뒤에는 아랫알도 4개로 바꾸었다. 이것이 1932년에 거꾸로 우리에게 돌아왔다. 우리나라의 주산보급은 1920년 조선주산보급회가 생기면서 본격화되었으며, 1936년 보성전문학교에서 주산경기대회를 연 것을 계기로 이후 각종 대회가 개최되었다. 1950년대 상업학교의 교육과정에 주산과목이 채택되었고, 1960년대 문교부에서 검정을 실시하였으며, 학교에서도 주산교육을 특기교육의 하나로 장려하였다. 또한 주산교육을 실시하는 사설학원이 곳곳에 있었다.

107) 아름답고 보기 좋은 모양새

고 아름다운 손이 사람을 죽였다!

전쟁 마당에서 한 병정이 적병 몇 백쯤을 죽였다니 기로서니 무엇이 신기하고 무엇이 이상하랴만 이 맵시나는 손으로 잡은 총검이 적인 호주 출신의 영국군의 가슴에 쿡 틀어박혀서 그를 즉사하게 한 것이다.

무슨 은원이 있을 까닭도 없고 무슨 이해관계가 있을 까닭도 없는 생면부지의 사람 단지 나는 …… 일본군의 한 사람이고, 저는 영국군의 한 사람이라는 인연으로 오늘 내 칼 아래 가련한 죽음을 한 것이었다. 그리고 내 칼이 만약 10분의 1초만 늦었더라면 그의 칼이 내 가슴에 박혀서 내가 도리어 가련한 죽음을 할 것이 아니었던가.

전쟁이란 이런 것인가. 나는 그를 왜 죽였나. 그는 왜 나를 죽이려했는가. 이런 소리는 너무도 평범하다. 다만 검티티하고 태산 같은 호주인이 납함(娲喊)108)을 하며 우리를 향해 습격해오고, 우리 역시 돌격 호령 아래 적진을 향하여 쇄도할 때에…… 무아무중으로

108) 한자 '吶喊'의 오류로, 적진을 향하여 돌진할 때 군사가 일제히 고함을 지름을 뜻함.

달려간 뿐이지 이 전쟁 이겨야 하겠다든가 져서는 안 된다든가 그런 생각은 할 여지가 없었다.

적과 우리와의 간격이 열 간으로 다섯 간으로 한 간으로 줄어들어가는 순간순간 다만 들리는 것은 폭포 소리 같은 납함뿐이요, 보이는 것은 태산이 내게 부서져 내리는 듯한 적병의 쇄도뿐이었다.

최후의 순간…… 적과 백병전이 벌어지려는 그 순간 내 옆구리에 힘 있게 낀 총검은 적의 가슴을 향하여…….

깜짝 놀랐다.

사람을 죽인다! 사람이 죽는다!

이런 생각이 번개같이 머리를 스치고 지나가며 나는 본능적으로 내 옆구리에 꼈던 총검의 방향을 휙 오른편으로 돌렸다. 그러나 시기는 이미 늦었다. 내가 총검의 겨냥 방향을 돌리는 순간, 손과 팔로는 무슨 육둔한 탄력을 감각하였다.

호주병이 내 칼에 찔린 것이었다.

이것을 의식하면서 내 칼을 낚아당기나 방금 나를 향하여 납함하며 달려오던 호주병은 내 칼에 끌려서 앞으로, 땅으로 쓰러지는 것이었다. 다만 멍하니 서버렸다. 이곳이 전장이라는 것도 잊고 방금 나와 한 적병이 단병 접전[109]을 하여 내가 이겼다는 것도 잊고 다만 망연히 서버렸다. 우군이며, 적군이며 연하여 내 곁으로 혹은 내 앞으로 무엇이라고 부르짖으며 달려간다.

그러나 이 가운데서 역시 한 전투원으로 활약해야 할 나는 망연자실하여 내 앞에 쓰러진, 나의 피해자인 호주병만 굽어보고 있었다. 서른 살 안팎의 젊은이였다.

무사히 개선하기를 부모처자가 얼마나 기다리랴. 전장에 내보낸 아들이요 남편이거니, 혹은 죽을지도 모르리라는 각오야 했겠지. 그러나 사람이란 도대체 욕심꾸러기로서 가망 없는 데서도 무슨 희망점을 찾아내려고 애쓰는 동물이니, 더구나 전쟁이 나가면 꼭 죽는다는 것도 아닌 이상에야 호주병의 친척인들 왜 생환을 꿈꾸지 않았으랴. 그것은 마치 나의 부모가

109) 短兵接戰: 칼이나 창 따위의 단병으로 적과 직접 맞부딪쳐 싸움, 또는 전투.

나의 생환은 기다리는 것과 마찬가지로…….

그렇거늘 그는 여기서 그가 예상도 안 했을 '조선 출신의 학병'인 나의 총검을 받고 즉사하지 않았는가.

호주인인 그는 영국 황제를 위해서 싸웠고, 영국 화제를 위해서 죽은 것이다. 그를 죽인 사람, 나는 일본 황제를 위해서 싸웠고, 지금도 계속해 싸우는 중이다. 목숨이라 하는 것은 무엇으로도 바꿀 수 없는 귀중한 보배거늘 전쟁이라는 것은 무엇이길래 내게 이해관계 없는 일에 목숨을 빼앗으며 빼앗기며 하는 것인가.

일본제국…… 그 사이 오륙 년간의 중국과 턱없는 전쟁을 계속하여 이제는 손가락 하나를 더 움직일 수가 없도록 기진맥진한 일본이 세계의 최대 강국 영국과 미국에게 선전을 포고하며 덤벼드는 이 행동은 순전히 일본의 발광적 발작이며 국가적 자살 행동이라는 것은 삼척동자[110]라도 넉넉히 알 일이다.

국가 태평시에는 적은 수효의 우수한 국민으로 국

---

110) 三尺童子: 키가 석 자 정도밖에 되지 않은 어린아이. 철없는 어린아이를 말한다. 여기서는 무식한 사람을 비유적으로 이르는 말이다.

가가 넉넉히 구성되나 국가 비상시에는 국민의 질은 약간 떨어진다 하더라도 국민의 수효가 많아야 한다. 일본도 세계를 상대로 전쟁을 시작하고 보니 국민의 수효가 문제였다. 7천만 국민을 가지고 있는 일본은 지금껏 열등 국민이라 하여 도외시하였던 조선의 2,600만까지 끌어넣어 1억 국민을 자랑하고 아직껏 사반 세기 동안 잊어버렸던 명치 황제의 일시동인(一視同仁)[111]까지 끌어내 조선인을 추어세우고, 1,500년 전에 망한 백제까지 등장시켜 '동근동조'[112]를 부르짖으며, '요보'라고 멸시하던 조선인에게 '반도인'이라는 자랑스러운 벼슬을 주고 일본인과 동등이라는 인식을 밝히기 위하여 창씨 제도를 세우고…… 그리고 나서는 일본 신민 된 가장 빛나고 귀한 권리인 병역권을 조선인에게도 뒤집어씌웠다.

우선 '지원병'이라 하여 공장과 농촌의 씩씩한 젊은 이들을 끌어내 중국이며 남방지대에 보내어 죽여버

111) 멀고 가까운 사람을 친함과 관계없이 똑같이 대해 준다는 뜻으로 성인이 누구나 평등하게 똑같이 사랑함을 이르는 말. 한유의 『원인(原人)』에 나오는 말이다.
112) 同根同祖: 뿌리가 같고, 조상이 같다.

렸다.

뒤따라 학병 제도였다. 그 봄에 상과를 나와서 어떤 은행에 취직하고 있던 나는 온갖 방면으로 뜯어보아 학병에 가장 적합한 사람이었다. 그러나 재학 중이 아니요, 벌써 취직할 데 취직해서 내 인생 항로를 스스로 개척하려던 나 같은 사람은 딱 질색이었다. 할 수 있는껏 피하려 했다.

그런데 그때, 신문기자는 왜 그렇게 성화 야단해서 피하려는 사람을 큰 반역자인 듯이 야단했으며, 모교의 직원이며 선배들은 왜 그다지도 시시콜콜이 꼬집어내어 한 사람도 피할 수 없도록 야단을 했는지.

나는 그래도 피해보려고 어느 시골에 내려가 박혔다. 그랬는데 신문지며 선배들이 얼마나 야단을 했던지, 늙은 아버님이 그 위협에 겁을 잡숫고 일부로 시골로 찾아 내려오셔서 걱정을 하시는 것이었다.

이번 학병을 교묘히 모피하면 장차 무서운 도덕적 처벌이 있으리라는 둥, 너 한 사람의 도피 때문에 2,600만이 그 품갚음을 받는다는 둥…… 나같이 소심익익하게 인생의 정로만 밟아오던 사람은 견딜 수가 없으리만치 매일매일 신문지의 위협 색채는 농후해갔다.

드디어 나도 지원하였다. 나 지신보다도 노부모의 걱정이 더 보기 어려워서 좌우간 자식을 전쟁 마당에 내보내는 것보다도 신문지의 질책은 더 겪기가 어려웠던 것이 사실이다. 내가 어버님께,

"학병 지원하겠습니다."

고 여쭐 때 아버님은 긴 한숨을 내쉬시면서 '잘 생각돌렸다. 나도 이제나 마음 놓았다' 하신 것만으로도 신문지며 모교 당국의 뒷채근이 얼마나 흑심했는지 알 수 있을 것이다.

학병!

영예의 학병!

학창에서 군문으로…… 펜 대신에 칼자루를.

학병으로 명예의 입영을 하는 날, 모교의 선배며 동창 사회 유지들의 격려며 찬사에 뒤몰려 정거장 저편 어둑신한 모퉁이에 혼자 초현히[113] 서 계신 늙

113) 초연히

은 아버님께 하직 인사도 못 드리고 '반자이! 반자이!'에 범벅되어 기차 안에 몸을 실은 나였다.

운 좋으면 혹은 다시 뵈올 기쁨의 날이 있을지도 모르지만, 지금의 이 가혹한 전쟁에서는 생환은 도저히 예기할 수 없는 바라 조용히 하직도 못하고 기차에 몸을 실으매 눈물만 멈출 수 없이 흐를 뿐……

조선인이요, 학병인 우리의 가질 마음보는 좀 색채 다른 것이 아닐 수 있다. 일본인인 황군은 싸움 마당에서 어떤 실수가 있다 할지라도 그 책임은 한 개인에게 있다.

"비겁한 놈."

"어리석은 놈."

이것으로 문제는 끝이 난다.

그러나 조선 출신의 병정은 그렇지 않다. 무엇을 실수하든가 잘못하면,

"조선인은 저렇다."

"조선인은 할 수 없다."

만사가 그 개인의 행동이 아니고 '조선인'이라는 민족 배경의 일원으로 잡힌다.

그러니 모든 일은 용의주도하게 하여서 그 욕이 민족 전체에 미치지 않도록 하는 것, 이것이 우리의 책임이다.

꿈을 세우기보다 흠집 안 보이게 트집 안 잡히게……우리의 전쟁 방식은 전전긍긍하였다.

싸움의 형세는 불리해가는 것이 분명하였다. 한 지역을 한동안이나마 지탱을 못하고 온 해군 병력은 동남 태평양을 포기하고 서남태평양과 일본 본토로 압축되어 들어가는 모양이었다.

이번 전쟁 벽두에 점령하였던 이곳 필리핀 군도도 다시 적의 포위권 내에 들어서 그 형세 매우 위태로운 형편이다.

육탄 혹은 인탄(人彈)[114]이라는 것이 있다. 탄환 대신으로 사람의 몸뚱이를 내놓는 것이다. 자고로 사람의 목숨의 존귀성을 인정하지 않는 '일본식 무사도'는 이 전쟁에서도 충분히 발휘되어 전쟁 벽두의 진주만 기습이 '사람 어뢰'로 시작된 것을 실마리 삼아

114) 사람의 몸뚱이를 탄알 삼아 적진을 공격하는 일

꾸준한 '인탄'으로 유지되어오는 것이 이 전쟁의 특색이었다. 적은 한 개 사람의 생명을 대신하기 위해서는 몇 천만 몇 억의 재정을 뿌리기를 아끼지 않는데 반하여 일본군은 한 알의 대포 탄환을 절약하기 위해서 수십 명의 사람의 목숨을 내던지기를 주저하지 않는다. 이 지역 전쟁에서 발령된 소위 특공대가 그 좋은 예다. 젊은 병정들의 목숨을 무더기로 내던져서 겨우 적의 한 척의 배, 한 대의 비행기를 없애버리면 이로써 대성공이라 한다.

이러한 견해와 이러한 사상을 가져야 할 일본 군인의 한 사람으로 되어 현재 나와 있는 나라, 온갖 것이 나의 사상 혹은 주의와 상합되지 않는지라 매우 난처한 때가 많았다.

"저 조선인 하는 노릇 보아라."

"조선인은 저 꼴이다."

나 한 사람의 실수 때문에 애꿎은 동포에서 욕이 돌아간다 하면 이야말로 장차 조상의 영전에 뵈올 면목이 없다.

나는 나의 젊은 넋이 지휘하는 대로 가장 용감스럽

게, 가장 대담하게 내 임무를 치러나갔다.

그러나 나는 일본군의 자랑인 기리코미대(돌격대)에는 한 번도 참가해본 일이 없었다. 일찍이 한 백병전에 참가해서 호주 출신의 적병을 내 칼로 직접 찔러 죽이고 그 뒤 항상 그날 손으로 감각한 바의 육둔한 탄력 있는 촉감을 받고 있는 나로서는 다시금 한 사람 대 한 사람의 기리아히(서로 칼로 싸우는 것) 싸움에는 의식적으로 피하였다.

전쟁에서 적병을 죽이는 것은 당연한 일이나 보이지 않는 먼 곳에서 총알로거나 혹은 비행기에서 폭탄으로거나 이러한 무기로 적군을 공격하는 것은 괜찮지만, 내 손으로 직접 적의 가슴을 찔러서 육둔한 탄력성을 내 손으로 감각하는 그 기분은 회상만 하여도 지긋지긋하고 소름이 돋았다. 기리코미 대로 나갔다가 돌아온 동료들이 나는 몇 사람 나는 몇 사람을 죽였노라 그 공적을 자랑하며 적의 가슴에 박은 칼을 어떻게 어떻게 하여서 적을 어떻게 어떻게 죽였노라는 둥 그 공적을 자랑할 때는 듣기조차 몸에 소름이 금하지 못하였다. 그들의 조상이든가 가업이 도살자가 아니고서야 어떻게 이런 잔학한 행위를 감행할 수 있을까. 그리고 그 사람으로서는 차마 감행하지 못할 잔학 행위를 감행하고 그것을 두고두고 자랑 삼을 수 있으랴.

나는 국정상 일본 사람이요, 병적상 일본 군인이다. 일본군의 승리를 마땅히 기뻐해야 할 것이요 승리하기 심축해야 할 것이다. 그러나 통솔자로서의 아량과 관록을 못 가진 일본인, 장차 그들의 일컫는 바의 대동아 맹주가 되면 그 아이들은 대동아 전역 10억 민중의 고초는 또한 얼마나 클 것인가.

이번 전쟁에서 일본군의 일원으로 동아의 천지를 편력하며 일본군의 정치적 성격이라는 것을 충분히 보았다. 보지 않았을지라도 이만한 것은 알 바지만, 일본인의 통치하에 든 백성같이 가련한 백성은 다시 없을 것이다.

조선 사람의 이번 전쟁관은 다 그러하리라. 일본이 전패하여도 다 그러하리라. 일본이 전패하여도 좋고 전승하여도 좋다고. 일본이 만약 전패하여 조선도 전패국의 일부분의 책임을 진다할지라도 지금 현상보다 더 나쁜 현실은 상상할 수도 없으니까 밑져도 본전은 된다. 만약 일본이 패전하고 조선이 일본과 민족 관계가 다르다 해서 분리되는 경우가 생긴다면 이런 경사는 다시없을 것이다.

만약 일본이 승전을 하면, 상상하기 힘든 꿈같은 이야기이지만 일본이 천행 승전을 한다 하면 1억 국민의 사반분이 넘는 조선에도 무슨 여경(餘慶)[115]이 약간이라도 돌아올 것이다.

이번 전쟁에 있어서 조선도 적잖은 희생을 내기는 하였지만, 이 전쟁이 끝만 나면(승전으로 끝나건, 패전으로 끝나건) 우리 조선인에게는 결코 손해나는 전쟁은 아니다.

어느 편이고 한 편이 아주 망하도록 힘껏 싸우기만 하여라.

고래 싸움에 새우 치여 죽는다.

방휼(蚌鷸)[116]의 싸움에 어부가 이를 본다.

싸움의 결과에 대해서 상반되는 두 가지의 속담말

---

115) 남에게 좋은 일을 많이 한 보답으로 뒷날 그 자손이 받는 경사.
116) 조개와 도요새를 아울러 이르는 말.

이 있지만 이번 싸움에 있어서의 조선인의 입장은 방휼지전쟁[117]에 어부라, 잘 싸워라 싸워라 축수할 따름이다.

기리코미대의 활동이 나날이 치열해갔다. 잠자는 사람을 몰래 기어들어가 칼로 찔러 죽였다 하는 것이 일본적인 성격에 잘 맞음인지, 혹은 악에 받쳐 이러한 행동으로써야 비로소 약간이나마 보복적 쾌미를 맛보게 되는지, 이 기리코미대에 대해서는 일본 본토의 성원이며 치하도 높았거니와 현지 군인들도 제각기 기리코미대로 나가보기를 지원하였다.

그러나 그 언제 호주 출신의 적병의 가슴에 칼을 박고 육둔한 탄력적 촉감에 몸서리치고 그냥 늘 그때에 받은 그 촉감을 손으로 느끼며 그 위협감에 지긋지긋한 나는 기리코미대에만 절대로 참가하기를 피하였다. 내가 내 손으로 한 사람을 찔러 죽였다. 이 불쾌한 기억은 영원토록 내 머리에서 사라지지 않을 것이다. 내가 아내를 내 손으로 이끌고…… 아아, 차

117) 방휼의 전쟁

마 못할 일이로다.

기괴한 소식이 들린다.

미국·영국·중국이 카이로에 모여서 이 전쟁이 대한 회담을 하였는데, 그 결과로써 일본에 통고한 통고 가운데 조선을 일본이 놓아주라는 조건이 있었다 한다.

물론 일본 정부나 일본 군대에서 정식으로 발표한 일은 아니지만 이 마닐라 시에 밀수입되는 영자보에 그런 기사가 있었다 한다.

사실이라면 진실로 놀랄 만한 일이다. 그러나 사실로 믿기는 어려운 점이 많다.

대체 저들은 조선과 무슨 특수한 관계가 있었기에 저들의 막대한 물자와 생명을 내던진 이번 전쟁의 승리의 대상으로서 '조선의 해방'을 요구할까. 혹은 저들이 조선을 나누어 먹는다면 모를 일이지만, 이리에서 떼어내어 해방시킨다는 조건은 아무리 해도 믿기 힘들다.

혹은 일본의 자원인 조선을 일본에서 떼어내어 일본으로 하여금 좀 더 큰 고통을 맛보게 하렴인가.

또는 군국주의 일본과 대륙과의 완충지대로서 조선 독립의 존재가 필요한가.

좌우간 이것이 사실이라 할진대 이미 세궁역진한 일본은 이 조선을 아주 무시하지는 못할 것이다.

남의 덕에 혹은 조선이라는 나라가 독립한 행운을 맛보게 될 수가 있을까.

밤에 잠을 못 이루었다. 가끔 문득 떠오르는 기쁨과 불안.

기쁨이란 물론 일본의 굴레에서 벗어나게 될는지도 모르겠으니 그 기쁨이다.

그러나 일변 느끼는 불안.

내 나이 스물세 살…….

구한국 시대도 지나서 일본의 대정 연대도 초기를 지나서 대정 20년에 세상에 나왔다.

어버이는 당당한 조선 신민이라 하나, 나는 조선이며 한국이 소멸하고 일본제국에 병합된 이후에 났으니 엄정한 의미로는 나면서부터 일본인이다.

조선 신국가가 건설이 되면 부모는 진정한 조선인이지만 당자는 나면서부터 일본인인 우리 같은 사람의 처우를 어떻게 해줄는지.

나면서부터 일본인이요 지금껏 자라는 내내를 일본 국가 비상시국을 하고 넘은 관계로 어려서부터 교육의 황도 정신을 머리에 처박아 오늘까지 이른 우리라…… 열렬한 민족주의자인 아버지를 가진 나 같은 사람은 예외이거니와, 30세 이하의 청소년에게는 일본인 성격과 일본인적 사상과 일본 황도에 젖은 사람이 태반이다.

물론 그들의 피가 반만년 정연히 흘러내려온 조선의 피매 한때 일본인 종교 교육을 받았다 할지라도 그만한 것은 조그마한 노력으로 말살되기는 하겠으나, 그래도 덜컥 일본의 굴레에서 벗어나는 순간 '너는 진정한 조선이 못 되느니' 어떠니 하는 말썽이 안 일어날까.

청소년이 없이 국가는 존립하지 못한다. 조선이 일본에 병합된지 근 40년, 청소년 및 장년의 일부분까지도 조선이라는 나라가 없어진 뒤에 세상에 나온 사람이다. 이 문제가 어떻게 해결될는지. 요행 일본의 굴레를 벗어난다 할지라도…….

8월 보름. 인류가 영원토록 기념하고 자랑할 명예의 날 8월 15일.

인류 사회를 독(毒)하던 마지막 봉우리인 일본의 군국주의도 이날 종내 민의(民意)의 앞에 굴복하였다. 일찍이는 신이라 하여 신생하던 일본 황제가 몸소 마이크 앞에 서서 흐느껴가면서 '카이로 선언'[118]과 '포츠담 선언'[119]을 무조건 따르노라는 포고를 하였다.

이 포고가 조선 천지에 퍼질 때의 조선의 모양이 어떠하였는지는 조선에서 만 리 밖인 이곳에서는 잘 알 수 없다. 그러나 그 뒤 이곳에 들어온 뉴스를 보자면 그야말로 이취여광 삼천리에 천지가 웃음으로 터져 넘치고 40년간 구박받아 숨어 있던 '동해물과 백두산이'의 애국가는 천지를 진동한다.

한때 내 어리석은 소견에 근심하였던 바 대정 연대

118) 제2차 세계대전 말기 1943년 11월 27일 연합국 측의 루스벨트·처질·장제스가 카이로회담의 결과로 채택한 대일전(對日戰)의 기본목적에 대한 공동성명서(발표 12월 1일).

119) 제2차 세계대전 종전 직전인 1945년 7월 26일 독일의 포츠담에서 열린 미국·영국·중국 3개국 수뇌회담 결과로 발표된 공동선언. 일본에 대해서 항복을 권고하고 제2차 세계대전 후의 대일 처리 방침을 표명한 선언이다.

와 소화 연대에 출생한 '일본인인 조선 청소년'들도 노인네들과 손을 맞잡고 미친 듯이 기뻐 뛰논다 한다.

피가 조선의 피다. 한때 연호로 대정이라 소화라 일본의 연호를 좇았는지 모르지만 그들의 혈관 속에 흐르는 피야 어찌 속일 것인가. 그들…… 아니, 우리들이 세상에 나오기도 전에 소멸된 나라 동방의 군자국, 동방의 은사국은 다시 세계의 표면에 솟아오르려 한다.

지금에 앉아서 생각해보건대 이 모든 일이 하늘의 섭리였다.

조선인의 성격이 본시 느리고 대범한 때문에 20세기 찬란한 문화 세상에 조선을 폭로시키면 조선이라는 나라는 국제상 뒤떨어진 나라 노릇을 면하지 못할 것이다. 이 점을 생각하여 하늘은 조선의 지배권을 몇 십 년간 일본에게 맡겼다.

빠랑빠랑하고 조밀한 일본으로 조선을 합병해가지고 단시일 사이에 표면만은 세계 수준에 뒤미칠 만한 시설과 예비를 해놓았다.

조선이 그냥 제 나라를 통치했으면 삼사십 년의 짧

은 기간 안에 이만한 시설은 도저히 못하였을 것이다. 빠랑빠랑한 일본인의 성질을 가지고야 비로소 가능한 일이다.

근 40년을 일본의 전력을 기울여서 닦은 결과 조선도 인젠 표면만은 비슷한 국가 체제를 갖추게 되었다.

이제는 조선의 통치권을 조선인에게 돌려주어야 할 차례다. 이러기 위해서 하늘은 일본에게 미·영·중에 향하여 싸움을 걸도록 꾸몄다.

이 미·영·중 대 일본의 전쟁의 결과로서 조선은 가만 앉아서 해방과 자유를 얻게 된 것이었다.

조선의 해방은 미국이 준 바도 아니요, 중국이 준 바도 아니요, 또는 소련이 준 바도 아니요, 하늘의 선물이다.

일본이 조선을 통치한 40년간을 내내 흉년으로 내려온 조선의 땅이 이해도 처음에는 내내 흉년을 예상시키다가 일본이 손을 뗀다고 결정된 8월 상순부터 갑자기 늦더위가 시작되고 근래에 없던 대풍년이 들게 되었다.

모두가 하늘의 뜻이시다.

하늘이 주신 이 해방의 자유!

한 번의 공습도 받아보지 않고 한 푼의 손해도 받아보지 않고 일본이 40년간을 심혈을 기울여 닦고 간 이 금수강산은 이제 완전히 우리의 손으로 돌아오는 것이다.

일본을 위하여 총을 잡고 싸우던 우리 학병들……이제부터는 마음 다시 먹어 내 나라 내 강토를 보호하기 위하여 우리의 젊은 심신을 바칠 날이 왔다.

화환

잠결에 웅성웅성하는 소리를 듣고 효남이가 곤한 잠에서 깨어났을 때에는 새벽 2시쯤이었다. 그가 잠에 취한 눈을 어렴풋이 뜰 때에, 처음에 눈에 뜨인 것은 어머니의 얼굴이었다. 그 어머니의 얼굴을 보며 어린 마음에 안심을 하면서 몸을 돌아누울 때에 두 번째 눈에 뜨인 것은 아버지였다. 효남이의 다시 감으려던 눈은 그 반대로 조금 더 크게 떠졌다.

아버지는 어느 길을 떠나려는지 차림차림이 길 떠나는 차림이었다. 그것뿐으로도 어린 효남의 호기심을 채우기에 넉넉할 텐데, 아버지와 어머니가 서로 바라보는 얼굴은 과연 이상한 것이었다. 아버지의 얼굴은 험상스러웠다.

어머니의 얼굴에는 눈물의 자취가 있었다. 그리고 서로 바라보는 두 쌍의 눈…… 거기에는 공포와 증오와 애착과 별리가 서로 어울리고 있었다.

이런 광경을 잠에 취한 몽롱한 눈으로 바라보던 효남이는 자기도 모르는 틈에 또다시 곤한 잠에 빠졌다.

효남이는 열세 살이었다.

그의 아버지는 고물 행상을 하였다.

푼푼이 벌어들이는 돈, 그것은 만약 절용하여 쓰기만 하면 그 집안의 세 식구는 굶지는 않고 지낼 만한 것이었다. 그러나 술을 즐겨하고 성질이 포악한 그의 아버지는 제가 버는 돈은 제 용처뿐에 썼다. 집안은 가난하기가 짝이 없었다. 어머니의 품팔이로 들어오는 돈으로 어머니와 아들이 지내왔다.

열두 살부터 효남이도 때때로 돈벌이를 하였다. 활동사진관의 하다모치, 혹은 장의사의 화환 모치, 이런 것으로 때때로 20전씩 벌었다. 그렇게 얼마를 지내다가 그는 마침내 K장의사의 전속으로 되었다.

그의 하는 일이라는 것은 화환을 들고 영결식장까지 장사 행렬을 따라가는 것이었다. 그는 일공으로

10전씩 받았다. 그리고 화환을 들고 장렬을 따라갔던 날은 특별수당으로 20전씩 더 받았다. 그의 수입은 한 달에 평균 잡아서 오륙 원씩 되었다.

그는 아버지와 대면할 기회가 쉽지 않았다. 아버지는 집에서 자는 일이 적었다. 간혹 어떻게 집에서 잔다 할지라도 벌써 효남이가 잠이 든 뒤에 들어 왔다가 효남이가 일을 하러 나간 뒤에야 일어났다. 그런지라 엄밀히 말하면 효남이는 제 아버지의 얼굴을 똑똑히 모른다 할 수도 있었다. 누가 갑자기 효남이에게 '네 아버지의 코 아래 수염이 있느냐, 없느냐' 물으면 효남이는 생각해보지 않고는 대답을 못하리만치 낯선 얼굴이었다.

이러한 아래에서 자라난 효남인지라 효남이는 제 아버지에게 대하여는 아무런 애착도 가지지 못하였다. 피할 수 없는 핏줄의 힘으로 혹은 남보다 조금 다르게 생각되기는 하였으나, 부자지간에 당연히 있어야 할 애착이라는 것은 없었다.

무뢰한, 인정 없는 녀석, 포학한 녀석, 짐승 같은 녀석…… 이러한 이름 아래 불리는 그의 아버지는 효남에게는 오히려 지긋지긋하고 무서운 사람이었다.

효남이는 흔히 제 아버지가 어머니를 때리는 무서운 소리에 곤한 잠에서 깨곤 하였다. 그리고 깰지라도 그는 꼼짝 못하고 그냥 자는체하고 하였다.

어렸을 때부터의 경험으로써 만약 방관자가 있으면(그것이 설혹 철모르는 어린애일지라도) 그의 아버지의 기는 더욱 승승하여서 그의 포악함이 더욱 커지는 것을 잘 아므로 효남이는 설혹 잠에서 깨었을지라도 깬 기색을 아버지에게 알게 하지 않았다. 그리고 혼자서 무서움과 분함으로 몸을 떨곤 하였다.

그날 밤도 웅성웅성하는 소리에 놀라 깬 효남이는 눈을 뜰 때에 눈앞에 당연히 전개되어 있을 활극의 자취를 예기하였다. 그러나 거기는 아무 활극의 자취도 없을뿐더러, 제 아버지의 얼굴에서 오히려 비겁이라고 형용하고 싶은 공포의 표정을 볼 때에 효남이는 안심과 함께 일종의 불만조차 느끼면서 다시 곤한 잠에 빠진 것이었다.

이튿날 아침, 어머니의 앞에서 조반을 먹던 효남이는 문득 어젯밤의 일이 생각나서 어머니를 찾았다.

“어머니.”

“왜.”

“어젯밤에 아버지 왔었지?”

“음.”

“어디 갔어?”

어머니는 대답하지 않았다. 그리고 좀 있다가 손을 들어서 효남의 등을 쓸었다.

“효남아, 너 커서 좋은 사람 되어라.”

“아버지 어디 갔어?”

“그리구, 돈 많이 벌구.”

“아버지 어디 갔어?”

어머니는 아버지의 간 곳에 대하여는 역시 대답이 없었다. 그러나 효남이는 그때의 어머니의 입에서 새어 나온 한숨의 소리를 들었다. 비록 어리나 그런 방면에는 총명한 효남이는 다시 묻지 않았다. 거기에는 무슨 불길한 일이 숨어 있는 것을 효남이는 짐작하였다. 더구나 효남이가 전과 같이 장의사로 가려고 집을 나설 때에 어머니는 전과 달리 그를 문밖까지 바래다주면서,

"너의 아버지는 다시 안 오신단다."
하면서 약한 한숨을 쉬는 것을 보고 효남의 어린 마음에는 까닭은 모르지만 무서운 불길한 예감이 막연히 일어났다.

그날 저녁의 신문지는 이 도회에서 어젯밤에 생긴 무서운 참극을 보도하여 시민을 놀라게 하였다.

어젯밤에 두 건의 살인 사건이 이 도회에서 생겨났다. 하나는 K전당국 주인이 참살당한 사건이었다.

그 참살당하는 날 저녁 전당국 주인은 P라는 고물 행상인(효남의 아버지)과 같이 술을 먹으러 나갔다. 좀 더 똑똑히 말하자면 P가 흔히 장품을 매매하는 것을 전당국 주인이 경찰에 밀고한 일이 있었다. 그 때문에 전당국 주인과 P와 한번 크게 싸움을 한 일이 있었다. 이날 저녁은 P가 화해를 하자고 부러 전당국을 찾아와서 주인을 데리고 같이 나간 것이었다. 때는 밤 9시쯤이었다.

같이 나간 뿐 그 밤에 돌아오지 않은 전당국 주인은 이튿날 새벽 교외에서 참살되어 있는 것이 지나가는 사람에게 발견되었다.

날카로운 칼로써 얼굴과 가슴을 수없이 찔려서 죽은 그 시체는 몸을 뒤져본 결과 곧 K전당국 주인이라는 것을 알았다. 그리고 가해자가 P라는 것도 곧 알았다.

그러나 경관이 P의 집에 달려갔을 때에는 P는 벌써 종적을 감춘 때였다.

이것이 신문에 나타난 한 가지의 살인 사건이었다.

그리고 또 한 가지의 살인 사건은 이러하였다.

○○파출소를 지키고 있던 경관 모(일인)가 새벽 3시쯤 행동이 수상한 사람을 하나 붙들었다. 그리고 주소 성명을 물을 때에 그 흉한은 갑자기 가슴에 품었던 칼을 꺼내 순사를 찔렀다. 그러나 먼저 한 칼을 맞은 순사는 기운 센 흉한을 대적할 수가 없었다. 순사는 몇 군데 칼을 맞고 그 자리에 넘어졌다. 그리고 흉한은 종적을 감추었다. 순사는 지나가는 사람에게 발견되어 곧 병원으로 가서 응급치료를 하였으나, 새벽 6시에 마침내 절명되었다.

그 순사의 말한 바 인상으로써 흉한은 P인 것이 짐작되었다. 그리고 경찰서에서 조사한 바의 그 결론은 이러하였다. 고물 행상인 P는 이전부터 원한이 있던 전당국 주인을 화해를 핑계 삼아서 데려 내다가, 어떤 곳에서 술을 먹여 취하게 한 뒤에 교외까지 끌고 가서 거기서 참살을 한 뒤에 새벽 2시쯤 제 집에 들러서 길신가리를 차려가지고 이 도회를 달아나다가 파출소 앞에서 순사에게 힐난을 받게 되매 그는 자기의 범행이 발각된 줄로 지레짐작하고 그 순사까지 죽여버리고 이 도회를 달아나서 어디로 종적을 감춘 것이라……고.

소문은 소문을 낳았다. 그리고 한 사람의 입을 지날 때마다 거기는 얼마의 거짓말이 더 보태졌다.

그 사건은 과연 이 작은 도회의 시민을 놀라게 할 만한 참극이었다. 물건을 사고 팔고, 아이가 나고 늙은이가 죽고 때때로 비가 오고, 꽃이 피고 지고, 이러한 사건밖에 특수한 사건이라는 것은 쉽지 않던 이 도회에 이번에 생겨난 이 사건은 어떤 의미로 보아서는 너무 단조한 이 도회의 사람에게 대한 한 자극제라 할 수도 있었다. 곳곳에서 사람들은 그 이야기를 하였다.

그리고 이제 장차 일어날 흉한과 경관의 추격전을 예상하고 거기에 비상한 흥미를 느꼈다.

효남이가 일을 하는 ○장의사에서도 일꾼들 사이에 그 이야기의 꽃이 피었다. 그러나 효남이가 그 흉한 P의 아들이라는 것을 아는 사람은 없었다.

효남이는 그들의 이야기를 들었다. 그리고 어젯밤에 잠에 취하였던 눈으로 잠깐 본 아버지의 얼굴을 문득 생각하였다.

사람을 죽인다는 것은 얼마만치 큰 죄악인지는 효남이는 똑똑히 몰랐다.

더구나 장의사에서 일을 보는 아이로서 장사를 매일과 같이 보는 그로서는 죽음에 대한 공포는 다른 아이들과 같이 심히 느끼지 않았다. 그러나(통상시에는 그렇게 험상스럽고 횡포스럽던) 아버지의 얼굴에 어젯밤에 나타났던 오히려 비겁이라고 하고 싶은 얼굴을 생각할 때에 그의 어린 마음에도 알지 못할 괴상한 공포와 쓸쓸함이 복받쳐 올랐다. 더구나 아침에 나올 때에 어머니의 하던 그 말과 여기서 지껄여대는 일꾼들의 이야기를 대조해보고, 그는 무슨 알지 못할 커다란 비극이 또한 일어나려는 것을 예감하였다.

"잡히면 사형이지?"

"암, 순사까지 죽였는데, 사형이고말고."

"잡힐까?"

"글쎄, 경찰이 하도 밝으니깐……."

일꾼들은 이런 이야기를 하였다.

그런 이야기를 그들의 뒤에 앉아서 듣고 있는 효남이는 어린 마음을 괴상한 공포로 말미암아 뛰어놀면서도 자기가 그 '흉한'[120]의 자식이라는 것을 아무도 모르는 것을 오히려 다행히 여겼다.

그날 저녁, 효남이가 집에 돌아왔을 때에 어머니는 이불을 쓰고 누워 있었다. 그러나 뚱뚱 부은 얼굴은 그가 몹시 운 것을 증명하였다.

어머니는 밤에도 몇 차례를 울었다.

효남이도 그 울음의 뜻을 막연하나마 짐작하였다. 어떤 까닭인지 똑똑히는 몰랐지만 어머니의 울음은 아버지의 이번 사건 때문인 것은 짐작되었다. 그리고

---

120) 흉악한 짓을 하는 사람

그는 어머니에게 아무 말도 안 하였다. 어머니가 울 때마다 자기도 까닭 없이 눈물이 내리는 것을 참고 돌아눕고 할 뿐이었다. 하려야 할 말이 없었다. 위로하려야 위로할 말조차 효남이는 알지 못하였다.

통상시에는 못된 녀석이라고 그렇게 아버지를 꺼리던 어머니의 지금의 태도는 어떻게 보면 효남에게는 이상하게까지 보였다. 그 이상한 점이 어린 효남이로 하여금, 사건을 좀 더 중대시하게 하였다. 효남의 마음에는 막연하나마 아버지 잡혔을까 안 잡혔을까에 대한 근심 비슷한 의문이 움 돋았다.

그 사건에 대한 이튿날 신문 기사는 시민의 호기심과 긴장을 더 돋우었다. 이 도회에서 30리쯤 되는 ○산이라는 산에서 어떤 나무꾼이 강도를 만났다. 강도는 칼로써 초부[121]를 위협하고, 옷을 바꾸어 입고, 종적을 감추었다. 그 강도가 남기고 간 피 묻은 옷으로 그것이 P인 것이 확실하였다…… 신문은 이렇게 보도하였다.

121) 나무꾼

이튿날 아침, 신문은 호외로써 그 사건의 그 뒤의 경과를 보도하였다.

○산 주재소에서 당직 순사가 변소에 간 틈에 어떤 도적이 들어와서 장총 한 자루와 화약과 탄환 다수를 도적하여 간 것과, 그로부터 한 시간 뒤에 웬 험상궂은 자가 그 주재소에서 3릿길쯤 되는 산골짜기에서 나무 베는 아이를 습격하여 그 아이의 먹던 옥수수를 빼앗아갔다는 것과, 경찰부에서는 20명의 경관을 ○산으로 급송시켰다는 보도가 한꺼번에 발표되었다.

시민들은 차차 흥분되었다. 그들은 그 흉한이 범한 죄악에 대하여는 아무 관심도 안 가졌으나 경관 대 흉한의 추격 내지는 경쟁에 비상한 긴장을 느낀 것이었다.

"이러다가는 잽힐 걸."

어떤 사람은 근심 비슷이 이렇게 말하였다.

"잡히고야 말아."

어떤 사람은 이런 말을 하였다.

"제기, 아무래도 잡힐 이상에는 한 20일 끌다가 잽혔으면 좋겠네."

어떤 사람은 노골적으로 이렇게 말하였다.

이러한 가운데에서 어린 마음을 죄고 있던 효남이는 자기로도 뜻밖에, 제 아버지에게 대하여 차차 이상한 애착의 감정이 일어나는 것을 깨달았다.

그 밤, 곤한 잠에서 깨어난 효남이는 제 곁에 당연히 누워 있어야 할 어머니가 없는 것을 보고 펴뜩 놀랐다. 그리고 어머니가 들어오기를 잠깐 기다려본 효남이는(설혹 변소에 갔더라도 넉넉히 들어올 시간까지) 안 들어오는 것을 보고 옷을 주워 입고 문밖에 나가보았다. 그리고 앞길에서 어머니를 찾지 못한 효남이는 집 뒤로 돌아가보았다.

어머니는 뒤에 있었다. 어머니는 집 뒤 담벼락에 조그마한 단을 묻고 거기에 촛불을 켜고 그 앞에 꿇어앉아 있었다. 처음에는 영문을 몰랐지만 그것이 아버지에 대한 어머니의 정성인 것이 짐작되자 효남이의 어린 눈에도 눈물이 솟았다. 효남이는 발소리 안 나게 방으로 돌아와서 이불을 머리까지 뒤집어썼다. 그의 눈에서는 눈물이 하염없이 솟았다.

이윽고 어머니가 들어왔다. 그리고 제 아들이 자지

않는 기척을 보고, 아들을 찾았다.

"효남아, 너 자지 않니?"

효남이는 울음을 그치려 하였다. 그러나 할 수 없었다. 아직껏 속으로 울 던 울음은 어머니의 그 소리와 함께 폭발되었다.

어머니는 아들을 끌어당겼다.

"아무리 고약해도 네 아버지로구나."

이것이 한참 뒤에 어머니가 한, 다만 한마디의 말이었다.

이튿날 신문의 보도는 시민의 긴장과 호기심을 여지없이 돋우어 놓았다.

경찰부에서 간 20명의 경관은 그곳 경관 30명과 동리 사람 60명과 합력을 하여 그 ○산을 둘러쌌다. 그리고 그 산 가운데 숨어 있는 범인을 수색하였다. 범인의 손에는 총이 있기 때문에 막 덤벼들기가 힘들었다.

제1대를 지휘하는 어떤 경부(警部)가, 대원들과 떨어져서 풀을 헤치며 산을 기어 올라갈 때였다. 어떤 바위틈에서 흉한이 갑자기 경부의 눈앞에 나타났다.

그리고 놀라는 경부를 거꾸러뜨리고 경부에게서 브라우닝과 탄약을 빼앗은 뒤에 그 브라우닝으로 경부를 쏘아 죽이고 아래에서 덤비는 경관들 을 향하여 두 방을 놓은 뒤에 유유히 풀수풀 가운데로 종적을 감추었다 하는 것이었다.

이때부터 신문은 범인의 이름을 쓰지 않고 살인마라는 대명사를 썼다. 잡히기만 하면 어차피 사형이 될 흉한의 손에 한 자루의 장총과 한 자루의 권총과 다수의 탄약이 들어갔다 하는 것은 그 흉한을 잡으려는 경관들에게는 끔찍하고 진저리나는 사실에 다름없었다. 그날 밤으로 경찰부에서는 40명의 경관을 응원으로 또 보냈다.

"인제야 잽혔지."

"그럼, 뛸 데가 있나."

시민들은 그의 운명을 이렇게 선고하였다.

이러한 소문을 듣고 이러한 선고를 들을 때에 효남이의 마음은 무슨 커다란 공포 앞에 선 것과 같은 명료하지 못한 무서움을 느꼈다. 그리고 그 가운데에는 그의 아버지는 이젠 죽은 목숨이라는 막연한 생각도 섞여 있었다.

이튿날 아침 당국은 시민에게 이와 같은 성명을 하였다.

○산은 지금 이곳에서 간 경관 50명과 그곳 경관 전부와 촌민 100여 명으로 포위를 하고 각각으로 그 포위 그물을 죄어가서 오늘 아침의 전화를 의지하건대, 그 그물의 범위가 1평방 리가 못 되니 이제 범인은 자루에 든 쥐다.

다만 시간문제만 남아 있다. 적어도 오늘 오후 4시 전으로 '범인 포박'이라는 기꺼운 소식에 이를 줄을 의심하지 않고 믿는다…….

그날은 비가 부슬부슬 왔다. 이러한 가운데에서 그 사건에 극도로 긴장된 시민들은 연하여 경찰서에 전화를 걸었다.

오후 5시쯤, 비보는 경찰서에 이르렀다. 범인은 마침내 잡힌 것이었다. 포위대가 그 범위를 차차 좁혀서 상대의 거리가 30간쯤 되었을 적에 복판 가운데쯤 되는 수풀 사이에서 웬 장한이 하나 일어섰다. 그리고 손에 들었던 총과 브라우닝을 앞으로 던지고,

"자, 잡아가라."

하며 두 팔을 썩 벌렸다. 그런 뒤에는 하하하 하고 웃었다. 포위대는 모두 뜻하지 않게 엎드렸다. 그러니까 그 장한은 제가 경관들 있는 편으로 걸어왔다. 이리하여 손쉽게 잡은 것이었다.

이 말이 효남의 귀에 들어올 때에 효남이는 가슴이 덜컥 내려앉았다. 그리고 자기도 무엇을 하여야 할지 모르면서 허덕허덕 집으로 달려왔다.

어머니는 바느질을 하고 있었다. 그 앞에 털썩 주저앉으며 효남이는 간단히,

"잽혔대."

하고는 머리를 돌리고 말았다.

어머니는 바늘과 일감을 내려뜨렸다. 그리고 효남의 얼굴을 바라보았다.

그런 뒤에 얼굴이 차차 하얗게 되다가 베개를 발로 끌어당겨서 거기 드러눕고 말았다.

모자는 한 마디의 말도 사귀지 않았다.

이튿날 장의사에 갔던 효남이는 의외의 장례를 따라가게 되었다. 그것은 그의 아버지 P가 이 도회를

달아나던 날 밤에 죽인 그 순사의 장례였다.

처음에 효남이는 그 장례가 누구의 장례인지를 몰랐다. 조상객이 대개가 경관인 것을 보고 어렴풋이 어떤 경관의 장사인 줄 알 뿐이었다. 그러다가 누구가 추도문을 읽을 때에야 그는 그 주검의 주인을 알았다.

추도문은 물론 일본말로서 일어의 지식이 그다지 풍부하지 못한 효남이로서는 다 알아듣지는 못하였으나 그 뜻만은 넉넉히 짐작하였다. 그는 그 흉한을 장례의 전날 잡은 것은 고인의 신령의 도움이라 하였다. 그리고 그 흉한의 포학스러움과 고인의 용감스러움을 되풀이하였다.

어린 마음에 일어난 극도의 분노와 불유쾌함과 부끄러움으로써 그 행렬을 따라갔던 효남이는 장의사에 돌아와서 기진맥진하여 토방에 넘어지고 말았다.

좀 뒤에 주인에게서 특별수당으로 20전이 나왔다. 효남이는 그것을 받아서 주머니에 넣었다. 그러나 그는 그것을 받아야 옳을지, 안 받아야 옳을지 몰랐다. 정당한 노동의 보수로서 그것을 받는 것이 결코 부끄러운 일은 아닐 것이었다. 그러나 그의 양심과 자존심의 한편 구석에서는 그 돈을 거절해버리라는 명령이 숨어 있었다.

효남이는 주머니 속에서 그 돈을 쥐었다 놓았다 몇 번을 하였다.

그날, 효남이의 아버지는 이곳 경찰서로 호송되어 왔다.

"너 돈 있니?"

효남이가 저녁때 집으로 돌아온 때에 기다리고 있던 그의 어머니가 첫 번 물은 말이 이것이었다.

"응."

"얼마나 있니?"

효남이는 말없이 주머니에서 아까 받은 그 20전을 꺼내 어머니 앞에 놓았다.

어머니는 그 돈을 집어가지고, 치마를 갈아입으면서 변명 비슷이,

"너희 아버지가 이리로 왔다누나. 장국 한 그릇이라두 사 들여보내야지."

하면서 밖으로 나갔다.

효남이는 황망히 나가는 어머니의 뒷모양을 바라보았다. 그리고 아까 그 돈을 모아 넣은 것이 잘되었다 생각하였다. 그 생각 속에는 복수를 하였다는 것 같은 통쾌한 생각조차 약하나마 섞여 있었다.

환가

송은주가 자기의 가정과 남편 및 소생 자식 남매를 버리고 집을 뛰쳐나온 것은 해방1년 뒤였다.

남편 고광호와 내외가 된 지 10년, 일본 정치의 제약 많은 생활을 내외가 서로 돕고 격려하며 잘 겪어왔다. 이리하여 1945년 8월 15일 국가 해방에까지 이른 것이었다. 국가 해방으로 과거의 권력자요, 세도자이던 일본이 이 땅에서 물러가자, 일본인이 차지하고 있던 자리는 모두 이 땅 본토인에게 개방되었다. 보통 사원은 과장이나 혹은 껑충 뛰어서 사장으로, 관리는 부장으로, 중학 교원은 대학 교수나 중학 교장으로…… 이렇듯 과거에는 이 땅 본토인(주인)에게는 폐쇄되어 있던 지위가 모두 주인에게로 돌아왔다.

은주가 광호와 결혼할 때는 광호는 갓 대학을 나와서 어느 중학교원이 되어 있던 때였다. 그 이래 10년, 정치적 구속과 경제적 부자유의 아래서 젊은 내외는 용히 싸우며 겪어왔다.

이리하여 국가 해방의 날을 맞은 것인데, 한 10년 중학 교원을 지낸 사람은 모두 교장이나 대학교수로 쑥쑥 자리가 변동되는 이 경기 좋은 시기를 만나서도 남편 광호는 마치 그 자리에 못 박힌 듯이 움직일 줄을 몰랐다.

은주의 동창 동무들의 남편은 모두 활발하게 움직여 혹은 고관 혹은 신흥 부호로 전환하여 그들의 아내인 은주의 동무들은 모두 출입에는 자동차요 손가락에는 반지를 번쩍이는 호화로운 신분으로 승차하였는데도 불구하고, 오직 꽁하고 주변성 없는 남편의 아내인 은주는 여전히 이 호화로운 날에도 한 가난한 중학 교원의 아내로 밤낮 가난에 시달리며 놀랍게 올라가는 물가에 위협되며 움직임 없는 생활을 계속하고 있었다.

남보다 자존심이 세고 남보다 야심이 많고 남보다 호화욕이 센 은주는 참기 힘든 노릇이었다. 그래서 은주는 남편에게 바가지를 긁고 격려하고 충동하고 별별 수단을 다 써보았다. 그러나 원래 주변성 없고 꽁한 선비의 타입인 남편 광호는 10년 일색인 중학 교원 생활을 싫어할 줄도 모르고 여전히 그 자리에 그 모양대로 주저앉아 있는 것이었다. 여기서 은주는 그의 결심을 한 것이었다. 자립하기로.

은주의 동창 동무로 과부 혹은 노처녀로 있는 사람들도 그래도 무슨 활동을 하여 무슨 회의 회장이거나 간사로 활약하여 신문지상에 그 이름이 오르내리고 실업계에 활동하여 성공한 사람도 있었다.

이런 경황을 볼 때에 비교적 야심 많고 욕심 많은 은주는 잠자코 보고만 있을 수 없어서 남편을 충동하고 격려하고 하다 못해서 종내 이 무능한 남편의 집에서 뛰쳐나와 스스로 제 길을 개척해보기로 한 것이었다. 야심과 허영심의 앞에는 남편과의 10년간의 성애도, 한 쌍 소생에게 대한 모성애도

그림자를 감추었다.

국가의 해방과 동시에 나도 부부 관계에서 해방된다는 일종의 비장한 결심으로써 은주는 '가정'이라는 사슬을 끊어버리고 집을 뛰쳐나온 것이었다.

은주는 남편의 집을 뛰쳐나와서 당분간(장래 방침이 확립될 때까지)의 몸을 고녀 시절의 가장 가깝게 지내던 혜라의 집에 의지하기로 하였다. 해방 후 수천만 원의 재산을 쌓아올린 새 부자 남편을 가진 행복된 동무 혜라는 손가락에 몇 캐럿이라는 커다란 금강석 반지를 낀 손을 두르며 반가이 은주를 맞아주었다.

결혼한 이래 10년, 단 하루를 남편과 아이 없이 자 본 일이 없는 은주는 첫날밤은 혜라의 집 널따란 방에서 홀로 지내기가 무한 고적하고 괴로웠다. 고적하고 가지가지의 생각 때문에 잠 못 드는 한밤을 은주는 혜라의 행복된 생활을 부러워 여기면서 지냈다.

학생 시대에는 같은 계급의 딸로 똑 같은 지위로 지내던 혜라가 오늘날은 은주와는 천양의 차이로 식모라 침모라 찻집이라 찬모라 별별 명색의 하인을 턱으로 부리며 호화스러운 양옥의 여왕으로 호강하는 모양을 볼 때에 남편 광호의 10년이 하루 같은 꾀죄죄한 꼴과 그것을 개척해보려는 아무 노력이나 활동도 없는 무력한 꼴과 대조되어 은주의 마음을 괴롭게 했다. 자기도 장차 무슨 활동을 하여서 무슨 성공을 하여, 성공의 호화로운 날에, 자랑스러운 얼굴로 예전 버렸던 남편을 다시 품에 불러, 그때 다시 이룰 가지가지의 공상을 해가면서 밤을 보냈다.

남편 광호는 역시 소극적인 사람이었다. 아내가 자기를 버리고 간 것을 안 뒤에 한두 번 스스로 아내를 찾아와서 같이 돌아가기를 종용해보았고 함께 가자고 조르기도 해 보았다. 사람을 보내서 권고도 해보았다. 그러고는 그만 은주에게 거절당하고는 그만 단념한 모양이었다.

은주로도 10년 산 정이 있고 지금도 남편이 미운 사람은 아닌지라, 만약 남편이 와서 적극적으로 데려가면 마지못하는 체하고 끌려갈 은주의 배짱이었다. 그런데 남편이 몇 번 소극적으로 권고해보다가 단념해버릴 때에 은주는 도리어 내심 통곡하면서 자기도 아주 단념해버리기로 결심하였다.

이리하여 자기의 장래 방침이 확립될 때까지 헤라의 집에 기류하고 있는 동안 은주는 표면 몹시 호화롭고 아무 부족 없는 헤라의 속살림에 커다란 결함이 있는 것을 발견하였다. 생활에는 아무 부족 없고 호화롭고 자유로운 헤라였다. 그러나 은주가 묵고 있던 두석 달 헤라의 남편 되는 사람을 본 적이 댓 번 못 되었다. 헤라는 자기의 자존심과 체면상 그런 내색은 보이기를 피하였지만 헤라의 남편은 첩을 두고 있는 모양이었다.

얼굴 생김이며 지식이며 모양이며 아무 나무랄 데가 없는 헤라는, 아내를 두고 따로 첩을 둔 헤라의 남편의 심리도 은주로서는 이해하기 어려운 일이지만 남편을 두고도 과부 생활을 하는 헤라의 사정도 동정할 만하였다. 남편을 버리고 나온 은주와 남편을 두고 그러면서도 첩에게 빼앗긴 헤라의 두 여인은 좋은 대조였다.

수십 명 남녀 비복에게 둘러싸여 매우 호화스러운 여성 헤라였지만 헤라에게는 아내로서의 불만이 있었다. 헤라의 불구적인 생활을 볼 때에 은주는 자기가 벅찬 가정의 옛 남편, 결혼 이래 단 하루를 아내와 따로이 지낸 일이 없는 남편을 회상하고는 일종의 긍지를 느끼는 일도 간간 있었다. 그리고 사람으로서의 행복(경제상의)은 혜라가 나을지 모르나 아내로서의 행복은 지난날의 자기가 훨씬 나았음을 때때로 흥분 섞인 마음으로 느꼈다. 그것은 비록 초라한(경제적으로) 생활이요 초라한 의식주였지만…….

그 혜라가 어떤 날 은주에게 조용히 무슨 의논을 하기를 요구했다. 그사이 수십 일 혜라의 얼굴에는 분명 무슨 당황한 기색이 있었다. 혜라의 남편 되는 사람이 무슨 혐의로 형무소에 수감되었다는 것이었다. 혜라는 누차 무슨 오해에서 생긴 일이라고 변명했지만 소위 악질 모리배로 인정되어 악질 모리 사건으로 기소가 된 모양이었다.

혜라와 은주의 동창 동무의 남편 되는 사람이 그 모리 사건을 맡아보는 고관이었다. 혜라는 은주더러 그 동창 동무(고관 부인)를 찾아서 사정을 잘 말하고 돈은 몇 천만 원이 들고 간에 사건이 무사히 결말짓도록 해주기를 부탁해달라고 당부하였다. 혜라의 집에 몸을 의탁하고 있는 처지라 더욱이 장차의 재생 출발을 위해서는 여러 방면에 교제가 있어야 할 은주는 이 책임을 지고 옛날 동창의 남편인 고관의 집을 찾아갔다.

은주가 찾아간 그 집에도 한 비극이 전개되고 있었다. 그 고관도 어떤 수회 사건으로 그사이 문초를 받다가 오늘 아침 수감이 되었다는 것이었다.

혜라는 곳곳에 냉철한 태도를 유지하였지만 혜라와 성격이 다른 그 집 주부는 당황 낭패하여 은주를 맞아 울며불며 하소연하였다.

월급 사오천 원으로 어떻게 생활을 유지하며 더욱이 고관으로서의 체면과 체재를 유지하느냐. 현 정부의 고관의 체면을 유지하기 위하여 월급 이외의 수입이 절대로 필요하다. 그러기 위해서 모리배의 돈 좀 먹었으면 어떠냐는 것이 그 동무의 하소연의 주지였다.

소위 박봉 생활자답지 않은 그 집 굉장한 저택이며 호화로운 가구며 그 동무의 차림차림을 보며, 해방 이래 얼마나 먹었으면 옛날 가난하고 가난하던 이 집이 이다지 굉장하고 우렁차게 되었을까 속으로 혀를 둘렀다.

은주는 비로소 느꼈다. 해방 이후 갑작양반(고관) 갑작부자들이, 그것이 부럽다 볼 때에는 다만 부럽기만 하더니 그들의 속살을 들여다보니 그것은 바늘방석에 앉은 살림이요 모래 위에 세운 집의 살림으로서 늘 전전긍긍하고 언제 무너질지 모르는 위태로운 살림이었던 것을.

그리고 은주 자기의 지난 생활(부부 시절의)을 회고하건대 그것은 비록 가난하여 금강석 반지에 자동차 생활은 못 되나마 누구에게든 버젓하고 어디를 내놓아도 부끄럼 없는 살림이었던 것을 알았다.

그렇게 생각하고 보니 옛날 살림의 고결한 인격이 새삼스레 그리워졌다. 무능하고 주변성 없다고 한때 경멸하고 박차기는 하였지만 10년을 하루같이 교육에만 전념하고 다른 데 눈 거들떠보지 않는 그 신념과 충성.

가정에서는 아내와 자식밖에 모르고, 사회에서는 충실한 교육자로, 국가에서는 바른 국민으로 오직 내 길에만 충실하던 남편의 고결한 인격은 금강석으로 바꿀 것이 아니었다.

호화롭게 호강하던 동무들이 혹은 몰락의 비경에 떨어지고, 혹은 몰락을 전전긍긍히 겁내며 겁내는 동안, 자기는 그 남편 앞에 서면 비록 물질상의 부자유는 있을지나 마음만은 언제까지든 여유와 긍지를 느끼며 지낼 수가 있을 것이었다.

헤라에게는 대강의 사정을 편지로 알리고 은주는 어떤 여관에 투숙하여 20여 일간 생각한 뒤에, 머리를 숙이고 남편에게 사죄하고 다시 새 가정으로 돌아가기로 결심하였다.

자존심이 센 은주로서는 좀 괴로운 일이었으나 정의와 진리 앞에 숙이는 머리는 결코 부끄럽지 않다는 결의로써 남편의 집으로 다시 돌아간 것이었다.

남편은 아무 나무람 없이 한때 자기를 박찼던 아내를 달가이 다시 받았다.

K박사의 연구

"자네 선생은 이즈음 뭘 하나?"

나는 어떤 날 K박사의 조수로 있는 C를 만나서 말끝에 이런 말을 물어보았다.

"노신다네."

"왜?"

"왜라니?"

"그새 뭘 연구하고 있었지?"

"벌써 그만뒀지."

"왜 그만둬?"

"말하자면 장난이라네. 하기야 성공했지. 그렇지만 먹어주질 않으니 어쩌나."

"먹다니?"

"글쎄. 이 사람아, 똥을 누가 먹어."
"똥?"
"자네 시식회에 안 왔었나?"
"시식회?"
C의 말은 전부 '?'였다.
"시식회까지 모를 적에는 자네는 모르는 모양일세그려. 그럼 내 이야기해줄게 웃지 말고 듣게."
이러한 말끝에 C는 K박사의 연구며 그 성공에서 실패까지의 이야기를 들려주었다.

맬서스라나…… '사람은 기하학급으로 늘어나고 먹을 것은 수학급으로밖에는 늘지 못한다'고 이런 말을 한 사람이 있지 않나. 박사의 연구도 이 말을 근본 삼아가지고 시작되었다네.
어떤 날(여름일세) 박사는 책을 보고 있고 나는 다른 생각을 하면서 같이 앉았노라는데 박사가 머리를 번듯이 들더니,
"자네, 똥 좀 퍼 오게."
하데그려. 이게 무슨 말인지 알 수 있겠나. 그래서

똥이란 대변이냐고 물었더니, 대변 아닌 똥도 있느냐고 그래. 그래서 무슨 검사라도 할 일이 있는가 하고,

"뉘 변을 말씀이외까?"

했더니 벌컥 성을 내면서 뉘 똥이든 퍼오라데그려. 너무 어망처망하여 가만있었지. 글쎄(의사는 아니지만) 검사라도 할 양이면 뉘 변이든 지적을 해야 하지 않는가. 그래서 박사의 얼굴만 바라보고 있노라니깐 채근도 없어. 흥, 잊었구나 하고 다시 앉으려 하니까,

"퍼 왔나?"

하면서 일어서데그려. 자, 이렇게 채근까지 하는 것을 보면 농담도 아니야. 할 수 없이 변소에 가서 냄새나는 것을 조금 퍼다가 박사께 드렸네그려. 그것을 힐끗 보더니 조금만 퍼 왔다고 또 성을 내거든. 나도 슬그머니 결이 나데그려. 그래서 다시 가서 한 바가지 수북이 퍼 왔지, 그러니깐 만족하다는 듯이 웃더니 실험옷의 팔을 걷으면서 나도 연구실로 가자고 그래.

자네도 알다시피 내야 이학상(理學上) 지식이야 어디 조금이라도 있나.

단지 박사의 서기로 들어가 있는 사람이니깐 좌우간 알든 모르든 따라 들어갔지. 박사는 똥을 떠가지고 현미경으로 시험관에 넣어서 끓이며 세척하며 전기로 분해하며 별별 짓을 다 해보더니 그래도 마음대로 되지 않는지 저녁까지 굶어가면서 밤새도록 가지고 그러데그려. 아무리 전기 환기 장치를 했다 해도 그 냄새는 참 죽겠데. 코가 저리고 눈이 쓰리고.

나는 참다 못해 슬그머니 나와버렸네그려. 그랬더니 새벽 2시쯤 찾아.

그래서 가보니깐,

"이게 새 똥이냐, 낡은 똥이냐?"

또 묻데그려. 내니 어찌 알겠나, 변소에서 퍼 온 뿐이지. 변의신구(新舊)[122]야 알 리가 있겠나. 그래서 모르겠다고 그러니깐,

"낡은 겐 모양이군. 다 썩었어. 낡은 게야."

혼자서 중얼중얼하더니 나더러 새 똥 좀 누라데그려. 나도 성미가 그다지 곱지 못한 사람이라 마렵지

122) 새것과 헌것을 아울러 이르는 말

않노라고 해버리니깐 박사는 근심스레 머리를 기웃 기웃하더니,

"나두 그리 매렵지 않는걸."

하면서 그릇을 가지고 저편 방에 가더니 마렵지 않다던 사람이 웬걸 그다지 누었는지 한 그릇 무더기 담긴 것을 가지고 들어오데그려. 아, 우습기도 하고 잠 못 자는 것이 일변 성도 나고 그래서 '밤참으로는 넉넉하겠습니다'고 쏘아주려다가 그래도 박사가 '마지메(진지)'하게 들여다보고 있는 것을 보니깐 그러지도 못하겠어.

그래서,

"전 먼저 자겠습니다."

하고 나와서 내 방으로 가서 자버렸지.

그 이튿날부터는 박사는 꼭 연구실에 틀어박혔는데 음식까지 그 냄새나는 방에서 먹고 하는데 오히려 불쌍하데. 땀을 뻘뻘 흘리면서 더러운 물건을 이리 주무르고 저리 주무르는 양은 우습기도 하거니와 한쪽으로 생각하면 그 사치하게 길러나고, 아무 고생이며 더러움을 체험해보지 못한 박사가 연구 때문에

얼굴을 찌푸리고 냄새나는 방에서 음식까지 먹으며 밤잠까지 못 자며 돌아가는 것은 어떻게 엄숙해 보이기도 하고 존경할 생각도 나데.

이러구러 몇 달이 지났네. 무얼 하는지는 모르지만 대변을 분석해가지고 무슨 유효 성분을 얻어보려는 것을 알겠데. 좌우간 낡은 똥은 쓸 수가 없다 해서 그 뒤부터는 집안 하인의 변까지 죄 그릇에 누어서 박사의 연구실로 들어가게 되었네그려. 그러니깐 변소는 늘 소변밖에는 아무것도 없었지. 집안사람들이라야 박사와 나와 행랑식구 세 사람과 식모 하나 침모 하나와 사환애 둘이었는데, 때때로는 그 아홉 사람의 것으로 부족될 때가 있어.

그런 때는 박사는 가족이 20인이며 30인이며 하는 사람들을 슬며시 부러워하는 기색까지 보이는데 연구 재료가 부족해서 박사가 안타까워하며 발을 동동 구를 때는 너무 미안스러워서 될 수만 있으면 서너 동이씩 만들어보고 싶데.

그러는 동안에 시골 계신 할머님이 세상을 떠나서 나는 시골 내려가서 한 달쯤 있다가 가을에야 다시 올라왔네그려. 그래서 곧 박사네 집으로 가서 짐을 푼 뒤에 복동이(사환애)에게 물으니깐 박사는 역시 연구실에 있다 하기에 들어가서 인사를 드렸네. 박사는 무엇을 먹고 있었는데 몹시 반겨하면서 와서 같이 먹자고 그래. 오래간만에 맡으니깐 냄새는 꽤 지독하데.

연구실 한편 모퉁이에 조그마한 책상을 놓고 거기서 박사는 점심을 먹고 있는데, 나도 오라기에 교자를 하나 끌고 그리로 갔지. 점심조차 떡 비슷한 것인데 맛은 '고깃국물을 조금 넣고 만든 밥'이랄까 좌우간 그 비슷한 맛이 나는 아직껏 먹어보지 못한 물건이야. 그래서 혹은 양식인가 하고 두어 덩이 소금을 찍어 먹으니깐,

"맛 좋지?"

하고 묻데그려. 그래서 괜찮다고 하니깐,

"똥내도 모르겠지?"

하고 또 웃데그려.

"?"

아닌 게 아니라 냄새가 좀 나기는 하는 것을 이 방

안의 공기 탓이라고 하고 그냥 먹었네그려.

그렇지만 박사의 그 말을 듣고 나니깐 혀 아래서 맑은 침이 핑그르 돌더니 걷잡을 사이 없이 구역이 나겠지. 그래서 변소로 가려고 일어서려다가 그만 그 자리에 욱 하니 토해버렸네.

"왜 그러나? 왜 그래. 야 복동아, 수남아."

하면서 박사는 일어서서 나를 붙들어다가 소파에 뉘려는데그려.

아, 결도 나고 성도 나고 그래서 괜찮다고 하고 박사를 밀쳐버리고 '대체 그 먹은 것이 무엇인가'고 물었네.

둔감한 박사는 내가 토한 원인을 그때야 처음으로 안 모양이데그려.

"먹은 것? 응 그것 말인가? 그것 때문에 토했나? 난 또 차멀미로 알았군. 그건 순전한 자양분일세, 하하하하하(박사는 웃을 경우에는 웃을 줄을 모르고, 웃지 않을 경우에는 잘 웃는 사람이라네)! 건락(乾酪), 전분, 지방 등 순전한 양소화물(良消化物)로 만든 최신최량원식품(最新最良原食品)."

"원료는…… 그……."

"그렇지, 자네도 알다시피 그……."

나는 그 말을 채 듣지도 않고 다시 일어서면서 토했지. 좀 메스껍기도 하고 성도 나는 김에 박사의 얼굴을 향하여 토했네그려. 박사도 놀란 모양이야.

"아, 이 사람두. 야, 수남아…… 복동아……."

그때 결나는 것을 보아서는 박사를 한 대 쥐어박고 싶기는 하지만 꿀꺽 참고 내 방으로 돌아와서 이불을 쓰고 눕고 말았지. 그 뒤 사흘 동안을 음식 하나 못 먹고 앓았네. 글쎄, 구역에 음식을 어찌 먹겠나. 아무것이라도 뱃속에 들어만 가면 잠시를 머물러 있지 않고 도로 입으로 나오데그려. 아무것을 먹어도 그 냄새가 나는 것 같아. 박사는 미안한지 진토제(鎭吐劑)[123]를 주면서 잠시도 내 곁을 떠나지 않고 몸소 간호하겠지. 그러면서 연거푸 자양분만 뽑아서 정제한 것이니깐 아무 불쾌할 리가 없다고 설명해주네그려. 아닌 게 아니라 그러고 보니깐 나도 미안하데.

123) 〈약학〉 제토제(구역질이나 구토를 멈추게 하는 약)

무슨 악의로써 내게다가 그것을 먹인 바도 아니요, 박사 자기도 먹으면서 내게도 좀 준 것이니 말하자면 원망할 것도 없어. 박사의 말마따나 무슨 부정한 것이 섞인 바도 아니요, 과학의 힘으로써 가장 정밀히 만든 것이겠으매 웬만한 음식점의 음식들보다는 훨씬 깨끗할 것일세. 그저 내 비위에 맞지 않는다는 것뿐이지…… 그것을 책임 관념상 박사가 그렇게 미안해하는 것을 보니깐 오히려 내가 미안해오데그려.

그래서 사흘째 되는 날 일어났지.

"그 음식이 더럽다는 것이 아니라 내 비위에 맞지 않는 것뿐이니깐 그 마음상만 고치면 되겠지요."

그리고 일어나서 먹기 싫은 음식을 억지로 먹으면서 연구실에 드나들기 시작하였네그려 처음에는 참 역하데. 박사는 점심은 역시 손수 만든 음식을 먹는데 그것을 보기만 해도 구역이 탁탁 가슴에 치받치는데 참 못 견디겠어. 박사는 먹기는 먹으면서도 미안한지,

"이게 어떻담, 하하하하하."

하면서 먹고 해.

그러는 가운데도 박사는 실험을 거듭하여 몇 가지 조미료를 더 넣을 때마다 자기가 몸소 맛본 뒤에는 연대 감정인으로 차마 내게는 먹어보래지 못하고 복동아, 수남아, 해가지고는 애들에게 먹어보래지, 그 애들이야말로 아리가타메이와쿠(달갑지 않다)야, 얼굴이 벌개지면서 주인의 명령이라 거역치는 못하고 입에 조금 넣는처럼 한 뒤에는 삼키지도 않고,

"먼젓번 것보담도 더 좋은걸요."

하고는 달아나고 하는 양은 가련해. 그럴 때마다 정직한 박사는 득의만면해가지고 그러려니 하면서 상금으로서 그 애들에게 50전씩 준다네, '감정료'지. 박사의 말에 의지하건대 똥에는 음식의 불능 소화물, 즉 섬유며 결체조직이며 각물질(角物質)이며 장관내(腸管內) 분비물의 불요분(不要分), 즉 코라고산(酸), 피스린 '담즙 점액소'들 밖에 부패산물인 스카톨이며 인돌이며 지방산들과 함께 아직 많은 건락과 전분과 지방이 남아 있는데, 그것은 사람 사람에 따라서 혹은 시간에 따라 각각 다르지만 그 양소화물이 3할에서 내지 7할까지는 그냥 남아서 항문으로 나온다네

그려. 그리고 그 대변 가운데 그냥 남아 있는 자양분은 아무도 돌아보는 사람이 없이 헛되이 썩어버리는데 그것을 어떤 방식으로 추출할 수만 있다 하면은 그야말로 식료품 문제에 위협받는 인류의 큰 복음이 아닌가. 그래서 연구해 그 방식을 발견했대나. 말하자면 석탄의 완전 연소와 마찬가지로 자양분의 완전 소화를 계획하여 성공한 셈이지. 즉 대변을 분석해서 그 가운데 아직 3할 혹은 7할이나 남아 있는 자양분을 자아내어 그것을 다시 먹자는 말일세그려.

그러니까 사람이 하루에 세 끼씩 먹는 가운데 두 끼는 보통 음식을 먹고, 한 끼분은 그 새로운 주식품을 먹으면 이 지구상의 식료 원품이 3할 이상 늘어가는 셈 아닌가. 이 지구에 지금보다 인구가 3할쯤, 한 5천만 명쯤은 더 많아져도 박사의 연구가 실현만 되면 걱정이 없는 셈일세그려. 맬서스도 이후에 이런 천재가 나타날 줄은 몰랐기에 그런 걱정을 했지. 좌우간 그러는 동안에 조미(調味)[124]에 대한

124) 음식의 맛을 알맞게 맞춤

연구까지 끝나지 않았겠나. 나는 첫번 모르고 한 번 먹은 뿐 그 뒤에는 절대로 입에 대지도 않았고 박사도 내게는 권하지도 않았으니깐 모르지만 냄새는 마지막에는 꽤 좋은 냄새가 나데. 스키야키[125] 비슷하고도 더 침이 도는 냄새야. 냄새뿐으로는 구미도 들데. 그만큼 되었으니깐 이제 남은 것은 '발표'라 하는 과정일세그려.

박사는 어림도 없이 발명 경로를 신문에 발표한 뒤에 시식회를 열겠다고 그래. 그것을 내가 우쩍 말렸지. 나는 먹어도 못 보았지만 짐작컨대 맛은 괜찮은 모양인데…….

그러니깐 그 맛있는 것을 먼저 먹여놓은 뒤에 이것의 원료를 발표해야지. 먼저 원료를 발표하면 시식회에는 한 사람도 나오지도 않을 것일세그려. 그렇지 않나. 그래서 말렸더니 박사도 그럴듯한지 내 의견대로 하자고 그러더먼. 그리고 박사와 내가 의논한 결과 그 발명품의 이름은 박사의 이름을 따라 ○○병

---

125) sukiyaki[鋤燒](스키야키): 일본전골, 일본찌개

(餠)이라 하기로 하고 그 ○○병에 대한 성명서를 박사가 초(草)하였네. 지금 똑똑히 기억치는 못하지만 대략 이런 뜻이야. 생어(M. Sanger)라 하는 폭녀가 나타나서 산아제한을 주장한 것을 일부 인도주의자는 눈살을 찌푸렸지만 거기도 상당한 근거가 있는 것을 어찌하랴. 위생관념이 많아가면서 연년이 사람의 죽는 율은 주는데 그에 반하여 이 지구는 더 커지지 않으니까 여기 사람의 나아갈 세 가지의 길이 생겼으니 하나는 '도로 옛날로 돌아가서 이 세상에서 위생이라 하는 것을 없이하고 살인 기관으로 전쟁을 많이 하여 사람의 수효를 도태하는 것'이요, 또 하나는 '사람의 출세(出世)를 적게 하는 것'이요, 나머지는 '아직껏 돌아보지 않던 데에서 식원료를 발견하는 것'이다. 여인인 생어는 이미 있는 인명을 없이하자 할 용기는 못 가졌었다. 여인인 생어는 신국면 발견이라 하는 천재적 두뇌도 못 가졌었다. 그는 마지막으로 고식적 구제책을 발견하였으니 그것이 '산아제한론'이다.

그러나 독창력과 발명력을 가진 오인(吾人)은 그러

한 고식책으로서는 만족하지 못할지니 오인의 연구는 여기서 비롯하였다. 오인의 매일 배설하는 대변에는 아직 많은 자양분이 남아 있으니 그 전 분량의 3할 내지 7할, 평균 잡아서 5할 약이나 되는 자양분은 헛되이 땅속에서 썩어버린다(그리고 대변에 대한 분석표며 그 밖 숫자가 있지만 그것은 약해버리세).

이것을 헛되이 썩혀버릴 필요는 없다. 이것을 자아낼 수만 있다하면 자아내어가지고 오인의 식탁에 올리는 것이 오인의 가장 정당한 행위라 아니할 수 없다. 각가지로 각 방면에서 일어나는 온갖 고식적 문제도 그 근본을 캐자면 인류의 식료품 결핍이라는 무서운 예감 때문에 생겨난 신경과민적 부르짖음이라 할 수 있으니 인류의 생활이 유족해지면 온갖 문제와 그 문제의 근본까지 저절로 사라질 것이다. 오인의 연구는 여기서 출발하였다(그리고 연구의 경로도 약해버리지). 이러한 동기 아래서 이러한 경로를 밟아서 생겨난 이 ○○병을 귀하의 식탁에 바치노니 고평(高評)을 바란다, 운운……. 이것을 인쇄소에 보내서 썩 맵시나게 인쇄를 해왔겠지. 그리고 크리스마스를 기회로 박사 댁에서 시식회를 열기로 각 방면에 초대장을 보냈네그려. 그 초대장에는 그저 ○○병이라 할 뿐, 원료며 그 동기에 대해서는 찍소리도 없는 것은 다시 말할 필요는 없겠지. 크리스마스 한 사나흘 전부터는 꽤 분주하데. 겨울이라 대변의 자양분이 썩을 염려는 없어. 그래서 소제부에게 부탁해서 열 통을 사들였네그려. 그리고 그것을 분석하고 처리하고 하느라고 사나흘동안은 박사, 나, 수남이, 복동이, 임시 조수 두 사람, 모두 다 똥 속에서 살았네그려. 더럽기가 짝이 있겠나, 에이 구역나, 생각만 해도 구역이 나서 못 견디겠네.

박사도 미안하긴 한 모양이야, 누가 청하지도 않는데 연방 조선 호텔 한턱 쓰지 하면서 복동아, 수남아, 하면서 돌아가데그려. 크리스마스 전날은 밤까지 새워가면서 모두 만들어놓은 뒤에 당일 아침에는 집을 씻느라고 또 야단이지. 글쎄, 이 방 저 방 할 것 없이 모두 똥내가 배어든 것을 어찌하나. 아닌 게 아니라 독한 놈의 냄새가 배어든 다음에는 빠지질 않아. 물론 약품으로 씻다 못해서 마지막에는 향수를 막 뿌려서 냄새를 감추도록 해버렸다네.

오후 1시쯤 손님들이 왔네. 원래 착하고 교제성이 없는 박사는 정신을 못 차려 이리 왔다, 저리 갔다 하며 일변 웃으며 연거푸 복동아 수남아를 찾으며 조수들을 꾸짖으며 어리둥둥한 모양이야. 신사 숙녀 한 50명쯤 초대한 사람이 거진 모인 뒤에 2시에 식당은 열렸네.

박사의 취지 설명이 있은 뒤에 I신문사 주필 W씨의 답례로써 시식회가 시작되었어. 그런데 시작되자마자 어떤 신문기자 한 사람이 박사를 찾데그려.

"K박사."

"네?"

"이 ○○병에서 향기롭지 못한 냄새가 좀 납니다그려."

"?"

이때에 박사의 얼굴의 변화는 내 일생에 잊지 못하겠네. 문득 하얘지더니 웃음 비슷한 울음 비슷한 변한 얼굴을 하더니 별한 신음을 하면서 벌떡 일어서서 연구실로 가. 그래서 나도 따라가려니까 박사는 가던 발을 다시 돌이키며 나를 붙잡더니 내 귀에다 대고 작은 소리라고 하기는 하지만 그리 작은 소리도 아니야. 그런 소리로써,

"야단났네그려, 스카톨이나 인돌의 반응은 없었지?"

내야 인돌이 뭔지 스카톨이 뭔지 아나, 박사가 시키는 대로 할 뿐이지.

더구나 반응인지야 알 리도 없잖아.

그래도 박사의 그 표정을 보니깐 모른다고 그러지도 못하겠데그려.

그래서,

"확실히 없었습니다."

고 그랬네. 그러하니깐 그래도 아직 미안미안한지,

"야단났네, 큰일났네."

하면서 어쩔 줄을 모르데그려.

"아, 선생님 걱정하실 게 뭡니까? 지금 모두들 맛있게 잡숫는데……."

사실 말이지, 한 사람이 그런 질문을 하기는 했네. 하지만 다른 사람들은 모두 맛있게 먹고 있어. 내 말을 듣고 그 양을 보더니 그제야 박사는 마음이 놓이

는지 숨을 내쉬며,

“좌우간 반응은 없었것다. 확실히 없었어. 여보게 C군, 그 성명서 돌리게.”

하데그려. 문제는 이게 문제일세. 한창 맛있게들 먹는 판에 당신네들이 먹고 있는 것이 똥이외다고 알게 해놓으면 무사할는지 이게 의문이야. 그러나 안 돌릴 수도 없고 그래서 그 인쇄물을 갖다가 복동이와 수남이를 시켜서 돌렸네그려. 그러니깐 어떤 사람은 받아서 주머니에 넣고, 어떤 사람은 식탁 위에 놓고, 어떤 사람은 읽어보는데 나는 슬며시 빠져서 다른 방으로 가버렸지.

달아는 났지만 그래도 마음이 놓이지 않아서 귀를 기울이고 있노라니깐 무엇이 왝왝하며 콰당콰당해, 뛰어가보았지. 하니깐 부인 손님 두 사람과 신사 한 사람이 입에 손수건을 대고 게워내는데, 그리고 몇 사람은 저편으로 변소 변소 하면서 달아나고, 다른 사람들은 영문을 모르고 중독되었다고 의사를 청하라고 야단인 가운데 박사는 방 한편 모퉁이에 눈만 멀찐멀찐하면서 서 있데그려. 이게 무슨 꼬락서닌가.

망신이데그려. 그래서 박사에게 가서 웬 셈입니까고 물었더니 박사는 우들우들 떨면서,

"야단났네, 망신이야, 큰일났어…… 야, 수남아!" 하더니, 우물쭈물 저편 방으로 달아나버리고 말데그려. 그래서 하는 수 있나. 그래도 이런 일이 생기지나 않을까 해서 내가 몰래 진토제를 준비해두었던 것이 있기에 내다가 임시 조수며 복동이 수남이를 시켜서 (초대받았던 의사 몇 사람까지 협력해서) 간호들을 한 뒤에 박사는 몸이 편하지 않아서 못 나온다고 하고 사과를 한 뒤에 손님들을 보내버렸지.

시식회는 이렇게 흐지부지 끝이 났네그려. 그런 뒤에 박사의 침실에 들어가보았더니 박사는 몸에 신열까지 나고 헛소리를 탕탕 하고 있지 않겠나. 나도 미안스럽기도 하거니와 딱하데. 그래서 얼음을 갖다가 박사의 머리를 식히면서 한참 간호하니깐야 정신을 좀 차려. 그리고 연하여 야단이다, 망신이다, 어쩌나를 연발하는데 거북살스럽데. 한참 정신없이 눈을 한 군데만을 향하고 있다가는,

"여보게 C군, 이 일을 어쩌나? 야단났네그려, 이런

괴변이 어디 있겠나?”
하는데 난들 뭐라고 대답하겠나.

“뭘 하리까?”

이런 대답은 하지만 참 거북살스럽기가 짝이 없데. 소위 사회의 일류라는 사람들을 초대해놓고 똥을 먹여놓았으니 이런 괴변이 어디 있겠나.

세상사에 어두운 박사는 이렇게까지 될 줄은 뜻도 안 했겠지만 나 역시 뜻밖일세그려. 아니, 나는 이런 일이 있지 않을까 예감은 있었지만 박사의 그 걱정하는 태도를 보니깐 예상외로 나도 겁이 나데그려. 내 생각으로는 대상인 피해자(?)를 개인 개인으로 여겼지 그것이 합한 ‘사회’라는 것을 생각 안 했네그려. 그러니 이제 사회의 명사 숙녀들을 똥을 먹여놓았으니 말썽이 안 생기겠나.

그러는 동안에도 연하여 신문기자가 찾아오며 전화가 오는 것을 복동이를 시켜서 모두 거절해버린 뒤에 그날 오후 종일과 밤을 새워가지고 협의한 결과 말썽이 좀 삭아지기까지 박사와 나는 어떤 시골에 한두 달 숨어 있기로 작정을 하였네. 그리고 목적지는 박사의 토지가 몇 백 정보 있는 T군의 박사의 사음(舍音)126)의 집으로 작정하였네그려. 그리고 이튿날 아침 첫차로 그리로 뺑소닐 쳤지.

그런데 우리의 생각으로는 신문에서 깨나 왁자지껄할 줄 알았더니 비교적 말이 없데그려. I신문 잡보란에 조그맣게 '○○떡 시식회'라는 제목 아래 간단히 기사가 난 것뿐, 그 굉장한 사건이며 ○○병의 원료에 대해서는 한 마디도 없어. 아마 신문사에서도 창피스럽던 모양이야. K역에서 내려서 T군에 가는 자동차를 기다리기 위해서 어떤 여관에서 묵은 뒤에 이튿날 아침에야 우리는 그 신문기사를 보았는데 이 기사를 보더니 박사는 적이 안심이 되는지 처음으로 조금 웃데그려. 그러더니 갑자기 T군은 그만두고 그 역에서 멀지 않은 Y온천장으로 가자데그려. 내야 이의가 있을 리가 있나. 온정으로 갔지. 온정에서도 박사는 생각만 나면 그 이야기만 하자네그려.

"C군, 스카톨 반응은 확실히 없었지? 혹은 좀 있었

126) 마름(지주를 대리하여 소작권을 관리하는 사람)

던가? 왜들 토해. C군, 반응은 확실히 없었나? 아무래도 있은 모양이야."

"반응은 있었는지 모르겠지만 혹은 없었다 해두 게우는 게 당연하지요. 누가……."

"C군!"

박사는 이런 때는 꼭 역증을 내데그려. 그러나 이렇게 되면 내 성미도 그리 곱지는 못하니까 막 쏘아주지.

"똥 먹구 구역 안 나는 사람이 어디 있어요!"

"똥?"

한 뒤에는 일어서서 뒷짐을 지고 한참 서성거리데그려. 그러다가,

"자네 오핼세. 과학의 힘으로 부정한 놈은 죄 없애버린 게 왜 똥이야. 오핼세."

한 뒤에는 또 이유도 없이 하하하하 웃지.

"선생님, 그렇지 않아요. 분석해보면 아무리 정한 게라 해두 똥으로 만든 것을 먹고야 왜 구역을 안 해요? 세상사는 그렇게 공식대로 되는 것이 아니니깐요."

"공식? 아무리 생각해두 자네 오해야. 그렇진 않으리."

"그럼 왜들 게웠어요?"

"글쎄, 반응은 없었는데, 혹은 있었던가……."

단순한 박사는 아직껏 손님들이 게운 이유를 스카톨이나 인돌이 좀 남아서 대변 특유의 냄새가 난 데 있는 줄만 알데그려. 한인은 연정(戀情)을 '오매불망'이라고 형용했지만 박사와 ○○병의 사이야말로 오매불망인 모양이야. 우두커니 앉았다가도 문득 스카톨이 있었나 하고는 한숨을 쉬고 하네. 자다가도 세척이 부족한 모양이야 하면서 벌떡 일어나네그려. 곁에서 보는 내가 참 미안하고 딱하데. 너무 민망스러워서,

"선생님, 인젠 그 생각은 잊어버리시구려."

하면,

"잊지 않자니 헐 수 있나?"

하고는 또 한숨을 쉬시네. 여간 민망스럽지 않데. 사실 말이지 귀한 발견이야 귀한 발견이 아닌가. 아무도 돌아보지 않고 헛되이 땅속에서 썩어버리는 폐물

가운데서 평균 5할 약의 귀중한 자양분을 얻어낸다는 것은 인류 경제 문제의 얼마나 큰 발견인가. 우리의 인습 때문에 비위가 받지를 않으니 말이지 그것을 만약 어떤 사람이 원료를 비밀히 해가지고 대량으로 만들어서 판다면 우리 인류에게 얼마나 큰 공헌인가. 그래서 어떤 날 저녁을 먹다가 박사에게 그 떡을 학문광(學問狂)의 나라 독일 학계에 발표해보면 어떠냐고 물어보았지. 하니깐 대답도 없어. 그리고 나도 그 말만 한 뿐 잊어버리고 말았는데 박사는 잊지 않았던 모양이야.

그날 밤 한잠 들었다가 목이 너무 말라서 깨어서 물을 먹으려는데 박사가 그냥 안 잤댔는지,

"독일도 틀렸어."

하데그려. 나야 자다 주먹이라 무슨 뜻인지를 알겠나. 그래서 그저 네네 하면서 물을 먹고 다시 누우니까,

"○○떡은 독일도 재미가 없어."

하고 다시 주를 놓데그려. 그 소릴 들으니까 펄떡 졸음이 천리 밖으로 달아나는데 그렇잖아도 이즈음 늘 민망스럽던 판에 박사가 밤에 잠도 안 자고 그 생각

을 하고 있었나 하니깐 막 눈물이 나오려데 그려. 그래서 왜 그렇느냐고 물으니까,

"독일서는 공기에서 식품을 잡는 것은 연구해서 거진 성공했다니까 이것은 그다지 센세이션을 일으킬 것이 못 될 것 같어."

하면서 또 한숨을 쉬시데그려. 나도 할 말이 없어서 그것도 그렇겠습니다, 하고 다시 먹먹히 있노라니깐 또 찾지 않겠나.

"C군 자나?"

"네?"

"안 자나?"

"네."

"일본은 어떨까? 나라는 좁고 백성은 많은……."

"말씀 마십쇼. 일인에게는 소위 결백이라는 게 있지 않습니까? 쿠소쿠라에(똥이나 먹어라)라는 것이 욕이 아닙니까. 어림도 없습니다."

"그래도 일인들은 더러운 목간물을 벌컥벌컥 들이마시지 않나?"

"그거야…… 그래두 ○○떡은 안 먹습니다."

"안 먹을까……."

"안 먹지 않구요."

박사는 또 한숨을 쉬시데.

"선생님, 그것을 미국에다 발표해보면 어떻습니까?"

"미국 놈은 먹어줄까?"

"먹을 건 모르지만 그놈들은 아무것이든 신기한 것과 과학이라는 데에는 머리를 싸매고 덤벼드는 놈이니깐 혹은 좋다 할지도 모르지요."

"글쎄……."

이러한 말을 주고받고 하다가 아무런 해결도 얻지 못하고 자고 말았네. 온정에는 한 달 남짓 묵었는데 박사의 ○○떡에 대한 집착은 조금도 줄지 않데그려. 그 지독한 집착심이야……. 이러구러 한 달 남짓 지난 뒤에 이제는 돌아가자고 온정을 출발해서 K역까지 왔다가 여기까지 온 이상에는 박사의 토지도 돌아볼 겸 C군까지 다녀가자는 의논이 생겨서 우리는 C군으로 갔었네그려.

양력 2월 초승인데 혹혹 쏘는 바람을 안고 자동차로

두 시간이나 흔들리면서 C군까지 가니깐 정신이 다 없어지데. 눈이 보이지를 않고 다리가 뻣뻣하며 코가 굳어진 것 같고 몸의 혈액순환까지 멎은 것 같아.

그것을 겨우 자동차에서 내려서(면장 노릇하는) 박사의 사음의 집을 찾아갔지. 머리가 휑한 게 정신이 없는 것을 그 집을 찾아 들어가니깐 반갑게 맞으면서 자기네들은 모두 건넌방으로 건너가며 큰방을 우리에게 내주어. 그래서 우리는 들어가서 다짜고짜로 자리를 펴고 누웠지.

방을 절절 끓여놓고 두어 시간 자고 나니깐 정신이 좀 들데. 박사도 그제야 정신이 드는지 부스스 일어나더니 토지를 돌아보러 나가자데그려. 세수들을 하고 옷을 든든히 차린 뒤에 사음의 아들을 불러서 앞세우고 그 집을 나서려는데 개가 한 마리 변소에서 뛰쳐나오면서 컹컹 짖겠지. 보니깐 변소에서 똥을 먹고 있던 모양이라 입에 잔뜩 발라가지고 그 더러운 입을 쩍쩍 벌리며 따라오데그려. 사음의 아들은 개를 쫓아버리느라고 야단인데, 나는 박사에게 개도 ○○떡을 먹다가 온다고 그러니깐 박사는 눈살을 잔뜩

찌푸리더니,

"에, 더러워! C군, 실험실과는 다르네. 이놈의 개, 오지 마라, 가!"

하며 슬슬 피하며 나가는 모양은 요절하겠데.

박사의 토지라는 것은 꽤 크데. 200 몇 십 정보라는데 말은 쉽지만 눈으로 덮인 무연한 벌판인데 어디까지가 경계인지 좀체 모르겠데.

그것을 한번 다 돌아보고 사음의 집까지 돌아오니깐 벌써 저녁때가 되었어. 몸도 녹일 틈이 없이 저녁상을 들여왔데그려. 시장하던 김이라 상을 움켜안고 먹었지. 더구나 내가 좋아하는 개고기가 있데그려. 그래서 밥은 제쳐놓고 개고기만 뜯어먹고 있었지.

박사도 괜찮은 모양이야.

글쎄 한 달 남짓을 일본 여관에 묵느라고 고기는 맛까지 거의 잊게 되었네그려. 그런 판이니까 오래간만에 맛나는 고기라 박사도 한참 고기만 뜯더니,

"C군."

하고 찾데그려.

"왜 그러십니까?"

"이런 시굴서도 암소를 잡는 모양이야."

"……?"

"고기 맛이 썩 부드러운데 암소 고기야."

"선생님 개고기올시다."

"개?"

"아까 그 짖던 개요. 돌아올 때는 안 보이지 않습디까?"

"아까 그, 그? 똥 먹던?"

"그럼요."

박사는 덜컥 젓가락을 놓데그려. 그러더니 얼굴이 차차 하얘지더니 얼른 저편으로 돌아앉겠지. 그리고 훅훅 두어 번 숨을 들이쉬더니 왝 하고 모두 토해버리데그려.

왜 그러십니까고 나도 먹던 것을 집어치우고 박사에게로 가서 잔등을 쓸어주니까 가만있게, 가만있게 하면서 연하여 왝왝 소리를 내데그려. 그것을 한 10분 동안이나 쓸어주니깐 좀 진정되는지,

"안됐네. 이것 주인 몰래 치우세."

하면서 손수 걸레로 모두 훔쳐서 문밖에 내놓기에

나는 그것을 집어다가 대문 밖에 멀리 내버리고 도로 들어오니깐 박사는,

"에, 속이 편찮어. 야, 수남…… 야, 상 치워라."

하더니 베개를 내리고 벌떡 눕고 말데그려. 상을 치운 뒤에 사음이 불을 켜가지고 들어왔는데 박사는 돌아누운 대로 그냥 모른 체 하기에 몸이 곤하신 모양이라고 사음을 내보내고 나도 베개를 내려서 드러누웠더니 한참 있다가 박사는 돌아누운 대로 찾아.

"C군."

"네?"

"개고기하고 돼지고기하고 어느 편이 더 더러울까?"

"글쎄 돼지가 더 더러울 걸요."

"그럴까. 둘 다 마찬가지겠지. 마찬가지야, 소고기두 마찬가지구."

혼잣말같이 이렇게 중얼거리더니 또 잠잠해버려. 나도 곤하던 김이라 어느 틈에 잠이 들었는지 모르지. 좌우간 나는 입은 채로 잠이 들고 말았는데 아마 박사가 그렇게 한 게야. 자리를 모두 펴고 옷을 벗겨서 이불 속에 집어넣데그려. 내야 알 리가 있나. 이튿

날 아침에 깨어서야 처음 알았지.

이튿날 아침 눈을 부스스 뜨니깐 박사는 언제 깼는지 벌써 깨어 있다가 내가 눈을 뜨는 것을 보고, C군, 하데그려. 그래서 대답을 하니까,

"일인도 안 먹을 게야."

또 자다 주먹일세그려.

"네?"

"○○병은 일인도 안 먹을 게야. 목간물은 벌컥벌컥 먹어두."

"네, 아마……."

"돼지고긴 좋아두 개고긴 못 먹겠거든. 자네 개고기 잘 먹나?"

"육중문왕(肉中文王)입니다."

"그럴 게야."

하더니 한숨을 내쉬어.

그때부터 박사의 입에서는 ○○병의 문제는 없어졌네그려.

그 뒤에 집에 돌아와서도 박사는 ○○병의 문제는 집어치우고 전자와 원자의 관계의 연구를 쌓는 중이

니깐 이제 언제 거기에 대한 무슨 발명이나 발견이 나올 테지. 그리고 이번 것은 그 ○○병과 같이 실패로 안 돌아가기를 나는 진심으로 바라네.

이것이 C가 들려준 바 K박사의 연구의 성공에서 실패로 또다시 일전(一轉)하여 회개까지의 경로였다.

지은이

김동인

(金東仁, 1900~1951)

소설 작가, 문학평론가, 시인, 언론인.
본관은 전주(全州)이며 호는 금동(琴童), 금동인(琴童仁)이며, 필명으로 춘사(春士), 만덕(萬德), 시어딤을 썼다.
평안남도 평양 출생.

1919년의 2.8 독립선언과 3.1 만세운동에 참여하였으나 이후 소설, 작품 활동에만 전념하였고, 일제강점기 후반에는 친일 전향 의혹이 있다. 해방 후에는 이광수를 제명하려는 문단과 갈등을 빚다가 1946년 우파 문인들을 규합하여 전조선문필가협회를 결성하였다. 생애 후반에는 불면증, 우울증, 중풍 등에 시달리다가 한국전쟁 중 죽었다. 평론과 풍자에 능하였으며 한때 문인은 글만 써야 된다는 신념을 갖기도 하였다. 일제강점기부터 나타난 자유연애와 여성해방운동을 반대, 비판하기도 하였다. 현대적인 문체의 단편소설을 발표하여 한국 근대문학의 선구자로 꼽힌다.

1907~1912년 개신교 학교인 숭덕소학교
1912년 개신교 계통의 숭실학교에 입학
1913년 숭실학교 중퇴
1914년 일본에 유학하여 도쿄학원 중학부에 입학
1915년 도쿄학원의 폐쇄로 메이지학원 중학부 2학년에 편입
1917년 아버지의 사망으로 일시 귀국 많은 재산을 상속받음. 메이지학원 중퇴
1917년 9월 일본으로 재유학, 일본 도쿄의 미술학교인 가와바타화숙에 입학하여 서양화가인 후지시마 다케지의 문하생이 됨
1918년 12월 이광수·최팔용·신익희 등과 함께 2.8 독립선언을 준비함
1919년 2월 일본 도쿄에서 주요한을 발행인으로 한국 최초의 순문예동인지 『창조』를 창간, 단편소설 「약한 자의 슬픔」을 발표하며 등단함
1919년 2월 일본 도쿄 히비야 공원에서 재일본동경조선유학생학우회 독립선언 행사에 참여하여 체포되어 하루 만에 풀려남
1919년 3월 5일 귀국한 후 26일 동생 김동평이 사용할 3.1 만세운

동 격문을 기초해 준 일로 체포되어 구속되었다가 6월 26일 집행유예로 풀려남

1919년 「마음이 옅은 자여」, 1921년 「배따라기」, 「목숨」 등을 발표하면서 예술지상주의를 표방함

1923년 첫 창작집 『목숨』(시어딤 창작집, 창조사) 발간

1924년 8월 동인지 『영대』를 창간, 1925년 1월까지 발간함

1925년 「명문」, 「감자」, 「시골 황서방」 등 자연주의 작품 발표

1929년 「근대소설고」 발표(춘원 이광수의 계몽주의문학과에 대립되는 예술주의문학관을 바탕)

1930년 「광염소나타」, 「광화사」 등의 유미주의 단편 발표

1930년 9월~1931년 11월 동아일보에 첫 장편소설 「젊은 그들」을 연재하였으며, 1933년 「운현궁의 봄」, 1935년 「왕부의 낙조」, 1941년 「대수양」 등은 연재한 대표적인 작품임

1932년 7월 문인친목단체 조선문필가협회 발기인, 위원 및 사업부 책임자를 역임. 동아일보 기자

1933년 4월 조선일보에 입사 조선일보 기자 겸 학예부장으로 약 40여 일 동안 재직

1934년 이광수에 대한 최초의 작가론 「춘원연구」 발표

1935년 월간잡지 『야담』을 인수하여 1935년 12월부터 1937년 6

월까지 발간

1937년 수양동우회 사건으로 구속되었다가 풀려난 뒤 전향의혹을 받음

1942년 일본 천황에 대한 불경죄로 두 번째 옥살이

1946년 1월 전조선문필가협회 결성을 주선하는 한편, 일제 말기에 벌어진 문학인의 친일행위 등을 그린 「반역자」(1946), 「망국인기」(1947), 「속 망국인기」(1948) 등의 단편을 발표

1951년 1월 5일 서울 성동구 하왕십리동 자택에서 사망

1955년 사상계사에서 그의 문학적 업적을 기려 동인문학상을 제정

도쿄 유학시절 이광수·안재홍·신익희 등과 친구로 지낸 김동인. 1919년 창간된 『창조』를 중심으로 순문학과 예술지상주의를 내세웠으며, 한국어에서 본래 발달하지 않았던 3인칭 대명사를 처음으로 쓰기 시작한 게 김동인이다.

김동인은 평소 이상주의에 깊은 공감을 가지고 있었으나 파리강화회의에 김규식 등 한국인 대표단이 내쳐졌다는 소식을 듣고 상심하여 회의적이고 냉소적으로 변했다고 전한다.

1920년대부터 가세가 몰락하면서 대중소설에 손을 대기 시작했다.

신여성의 자유연애에 부정적인 태도를 표출했던 김동인은 신여성 문사 김명순을 모델로 삼은 김연실전에서 주인공 연실을 “연애를 좀 더 알기 위해 엘렌 케이며 구리야가와 박사의 저서도 숙독”했지만, 결국 “남녀 간의 교섭은 연애요, 연애의 현실적 표현은 성교”라는 관념을 가진 음탕한 여자, 정조관념에는 전연 불감증인 더러운 여자로 묘사한다. 이러한 부정적인 언급은 김명순 개인을 넘어 자유연애와 자유결혼을 여성해방의 방편으로 여겼던 신여성들과 지식인들 전반을 겨냥한 것이었으며, 나아가 김명순을 남편 많은 처녀, 혹은 과부 처녀라고 조롱하기도 하였다.

그는 풍자와 조롱을 잘 하였고, 동료 문인이나 언론인들, 취재 기자들과도 종종 시비를 붙기도 했다고 전한다. 그 중 단편소설 「발가락이 닮았다」는 염상섭을 빗댄 작품이라고 하여 설전이 오가기도 했다고 전한다. 당대 문단을 주도했던 이 두 사람의 설전은 무려 15년 동안이나 계속 되었다고 한다.

김동인의 친일행적: 김동인의 친일행적은 일제강점기 말기 중일전쟁 이후부터다. 1939년 2월 조선총독부 학무국 사회교육과를 찾아가 문단사절을 조직해 중국 화북지방에 주둔한 황군을 위문할 것을 제안했다. 그 제안이 받아들여져 3월 위문사(문단사절)를 선출하는 선거에

서 뽑혔으며, 4월 15일부터 5월 13일까지 북지황군 위문 문단사절로 활동하여 중국 전선에 일본군 위문을 다녀와 이를 기록으로 남겼다. 이후 조선총독부의 외곽단체인 조선문인협회에 발기인으로 참여했으며, 1941년 11월 조선문인협회가 주최한 내선작가간담회에 출석하여 발언하였고, 1941년 12월 경성방송국에 출연하여 시국적 작품을 낭독했다. 1943년 4월 조선총독부의 지시하에 조선문인협회, 조선하이쿠협회, 조선센류협회, 국민시가연맹 등 4단체가 통합하여 조선문인보국회로 출범하자, 6월 15일부터 소설희곡부회 상담역을 맡았다. 또한 총독부 기관지 매일신보에 내선일체와 황민화를 선전, 선동하는 글을 많이 남겼다. 1944년 1월 20일에 조선인 학병이 첫 입영하게 되자, 1월 19일부터 1월 28일에 걸쳐 매일신보에 「반도민중의 황민화: 징병제 실시 수감」의 제목으로 학병권유를 연재하기도 하였다. 이 밖에도 김동인은 친일소설이나 산문 등을 여러 편 남겼다. 1945년 광복 이후 8월 17일 임화와 김남천이 주도하는 중앙문화건설협의회 발족회에서 이광수 제명을 반대하였으며, 해방 직후 이광수에 대한 단죄 분위기가 나타나자 이광수를 변호하는 몇 안 되는 문인중 한 사람이기도 했다. 김동인은 말년에 사업에 실패하고 불면증에 시달렸다고 한다. 수면제에 의존해 살다가 수면제에 대한 박사가 되었다고 한다. 이후 중풍으로 쓰러졌다 반신불수가 되어 1951년 1월

생을 마감하였다.

**2002년 발표된 친일문학인 42인 명단과 2008년 민족문제연구소가 선정한 친일인명사전 수록예정자 명단 문학 부문에 포함되었다. 친일반민족행위진상규명위원회가 발표한 친일반민족행위 704인 명단에도 포함되었다.

**1955년 『사상계』가 김동인의 이름을 딴 동인문학상을 제정하여 1956년 시상을 시작했다. 이후 동인문학상은 1956년부터 1967년까지는 사상계사, 1979년부터 1985년까지는 동서문화사, 1987년부터는 조선일보사가 주관하여 매년 시상되고 있다.

큰글한국문학선집: 김동인 작품선집

편주의 가는 곳

© 글로벌콘텐츠, 2018

1판 1쇄 인쇄_2018년 03월 10일
1판 1쇄 발행_2018년 03월 20일

지은이_김동인
엮은이_글로벌콘텐츠 편집부
펴낸이_홍정표

펴낸곳_글로벌콘텐츠
등 록_제25100-2008-24호

공급처_(주)글로벌콘텐츠출판그룹
이사_양정섭 기획·마케팅_노경민 편집디자인_김미미
주소_서울특별시 강동구 풍성로 87-6(성내동) 글로벌콘텐츠
전화_02-488-3280 팩스_02-488-3281
홈페이지_www.gcbook.co.kr

값 31,000원
ISBN 979-11-5852-177-6 03810

※이 책은 본사와 저자의 허락 없이는 내용의 일부 또는 전체의 무단 전재나 복제, 광전자 매체 수록 등을 금합니다.
※잘못된 책은 구입처에서 바꾸어 드립니다.